COLLECTION FOLIO

Philippe Krhajac

Un dieu dans la poitrine

Gallimard

Ce roman a précédemment paru sous le titre
Une vie minuscule.

Né en 1966, enfant de l'Assistance publique, Philippe Krhajac est comédien. Il a joué dans des pièces de théâtre, des films et des séries pour le cinéma ou la télévision. *Un dieu dans la poitrine* est son premier roman.

« ... Le pessimisme de notre intelligence est bien moins fort que l'optimisme de notre cœur. C'est pourquoi nous continuerons.

Même quand tout est perdu, il reste toujours l'honneur de quelques-uns à sauver. »

David le Breton,
Don Quichotte Variations,
d'après l'œuvre de Cervantès

Dans l'encadrement d'une fenêtre, la silhouette d'une machine gigantesque qui soulève des masses de matières, une grue peut-être. Le soleil, si fort à l'extérieur, plonge la pièce dans une obscurité singulière. Allongé dans un lit d'enfant, enfant moi-même, je regarde la lumière, la grue qui s'agite avec force, les matières dans les airs, le noir de la pièce.

Tout à coup, deux mains, deux bras, suivis d'un énorme vieux visage s'approchent, m'enlacent et me soulèvent. De mon lit, je décolle. C'est une dame, très vieille dame, qui souffle fort, profond, qui peine, qui sent la vieille et qui m'emporte. J'arrive à son rythme dans le monde. Gens, voitures et vent, tout va plus vite qu'elle.

On a beau regarder…

La neige tombe,

Les nuages sont absents.

Ainsi, grâce à la lenteur de ma vieille, dans ses bras, les infimes variations nous traversent : un chien qui s'arrête, dresse l'oreille, les branches qui s'agitent dans le vent, cet arbre qui semble soutenir la petite maison de ma vieille. Et, au milieu du mouvement, des changements de direction des uns et des autres, sans cesse, nous, vieille et enfant, avançons dans le soleil, doucement mais tout droit, comme si ensemble nous allions au même endroit…

Le souvenir s'évanouit là, dans un trop de choses, un trop de lumière.

Combien naquirent sur les sols boueux de nos campagnes, en plein sable, dans la tempête, sans eau et sans lumière ? Le voyage n'est-il donc pas pour tout le monde le même ?

Qu'importe. Le temps qui nous est accordé ne nous semblera infini que si l'amour s'en mêle. Et peut-être, de nos larmes dernières ayant troublé la poussière, reviendrons-nous, phosphorescents, de l'au-delà.

Une vie minuscule contre l'éternité.

L’ORPHELINAT

Le train et l'ambulance, premier voyage

Elle descend de son ambulance, vient à ma rencontre. Le cœur soulevé comme la première fois que l'on voit un mort, un mort vieux déjà, je la fixe. Son visage, ses mains, ses bras, ses doigts, son parfum d'hôpital, ses cheveux déteints, voilà tout ce qui va me prendre en voyage ?

— Viens avec moi, mon enfant, nous avons du chemin.

Je ne bouge pas.

— Regarde, les autres enfants montent dans les voitures, sagement. Ils te font coucou. Coucou ! Fais-leur coucou !

Elle me prend la main, me la secoue, je fais signe. Mes petits camarades me regardent, le nez contre la vitre arrière des ambulances, sans broncher, juste un peu effrayés. On vient de faire un long voyage en train, tous ensemble, étiquette autour du cou. On remplissait un wagon à nous tout seuls. On était comme fous et les accompagnatrices ont eu du mal à nous tenir. Centaines d'orphelins qui se retrouvent…

Je vois mes petits amis, toujours collés à la lunette arrière, mes petits amis d'un voyage en train, séparés et dispersés dans ces campagnes du monde français d'alors, tous vêtus administrativement, tous identiques, tous petits épouvantails sans chapeau ni soleil, simplement solitaires, flanqués d'une énorme valise noire, qui me font à présent coucou avec la force de l'oubli. Les ambulances démarrent, les petites mains disparaissent dans la circulation et la vieille, au volant, entame une marche arrière, une marche avant et nous aussi, disparaissons.

Nous voilà, routes de France assommantes, ma vieille conductrice aux poches pleines de bonbons et moi. Elle me parle, elle me parle, cette dame, elle me questionne, elle me donne un, trois, quatre bonbons. Moi, je regarde les bonbons comme s'il s'agissait de véritables trésors et ne les mange pas. J'ai tout juste quatre ans et l'on m'envoie dans un établissement spécialisé, au fin fond de la France, pour les enfants de l'Assistance publique en régression, c'est-à-dire des enfants qui ne mangent plus, qui ne mâchent plus, des enfants trop éteints ou trop vivants, des enfants en colère et qui ne parlent pas. Ils sortent de l'enfer des familles d'accueil qui les battaient à tout-va. Je sors de cet enfer et on va me soigner.

Le sanatorium héliomarin de Cannes, la cure d'eau de mer et de soleil n'ont pas suffi à me remettre d'aplomb. La médication faite de Gardénal, d'Équanil, de Calcibronat, de Valium, de fortifiants, de calmants surtout, non plus. Pourtant, mon état nerveux, instable, fragile, prompt à des emportements ravageurs, le demande. C'est écrit dans le dossier secret que chacun des enfants de l'État traîne avec lui, sans savoir. Tout y est consigné : lieux, dossier de santé, dossier scolaire, dossier médical, dossier des familles, dossier de l'habillement, dossier de l'argent de poche, dossier des voyages, dossier des colères, des travers, des oublis, des erreurs, des lettres disparues, des amours perdues et, dans le mien, ça commence ainsi : « Enfant débile, colérique, d'une nervosité excessive. Personne, à sa naissance, ne l'a réclamé, ni depuis. Aucune visite de la mère. A été placé dans divers établissements hospitaliers suite à sa grande prématurité, puis en pouponnière d'Antony et de Draveil et en familles d'accueil. La dernière semblerait avoir usé de violences physiques. À son arrivée à l'agence, avons pu constater des ecchymoses sur le visage, cloison nasale déplacée, cicatrice sur le front. Depuis, l'enfant refuse toute nourriture solide, ne veut que des liquides. Il ne parle plus et s'emporte à la moindre remarque ; à la moindre attention, se roule par terre. Vue défectueuse, digestion difficile, état nez-gorge-oreilles insuffisant. Rachitisme, abdomen volumineux. À surveiller de près. »

Elle me questionne toujours, ma vieille conductrice.

— Tu ne m'as toujours pas dit ton prénom et

ton âge. Tu aimes les voyages ? Les bonbons ? Tu vois ce bouton ? Là. Tu peux appuyer dessus, c'est le pin-pon de la voiture. Tu veux ?

Je ne peux rien lui dire. Je ne peux rien dire. J'ai tant à dire. J'appuie tout de même sur le bouton.

Piiin-pon ! Piiin-pon ! fait l'ambulance.

Elle a une petite croix autour du cou. Elle m'effraie beaucoup, cette vieille-là, elle me questionne encore et, souvent, me touche la joue. Je regarde sa main. Sa peau sèche et désertée des caresses trahit son don d'accompagner, tout son zèle, son bénévolat. Mais qu'importe, le voyage continue et l'ambulance hurle son pin-pon au détour des hameaux. *Piiin-pon ! Piiin-pon !* pour amuser ces cargaisons d'enfants peureux et inquiets, de vieilles ridées des pieds jusqu'au front et qui savent que l'ambulance est une machine infernale, une machine qu'on visite en phase dernière, terminale.

Vroum ! Vroum ! Alors, comme de vieux colonels paumés sonnant de la trompette dans la chaleur d'un désert, *tût-tût-tût ! Tût-tût ! Tari tata ! Tari tata ! Tariiiii, tataaa !*, soutenues dans leur effort musical par leurs jeunes aides de camp, ces vieilles actionnent furieusement, sans relâche, le pin-pon, défiant ainsi le calme mortuaire de ces campagnes parsemées de villages séculaires où tout est très lent. Campagnes peuplées de fermes puantes, dans la cour desquelles trônent des dindons à la crête sanguinaire, à la roue agressive, déployant leur ramage, funèbres, face à des coqs vaincus qui les fuient, le plumage saignant, éclaté, à l'air. Campagnes où ces spectacles vernaculaires rappellent de profondes défaites à ces vieilles adjudantes du social qui livrent toujours bataille en s'accrochant coûte que coûte à un devoir maigrichon : accompagner, rouler, rouler au service des pupilles de la Nation !

L'arrivée au château et le triomphe des chaussettes

On arrive enfin. L'ambulance quitte la route goudronnée, passe un immense portail en fer forgé et emprunte une longue allée bordée d'arbres majestueux pour déboucher devant un château aussi imposant qu'inattendu. Là, en pleine province, au milieu de la Bourgogne profonde, enfoui dans un parc forêt, un joyau digne d'un conte. Mes yeux ne peuvent plus se détacher de ce décor. Les petites tours, les fenêtres par centaines, des ronds, des pointes sur les toits en ardoise qui, sous la clarté du soleil, font l'effet de milliers de petits miroirs. Tout autour, un parc et ses séquoias si grands pour mes yeux d'enfant que je me dis qu'avec ces sapins-là le ciel n'est pas si loin. De la magie, du conte, du cinéma tout à la fois.

Ça me plaît, ici. Je descends de l'ambulance, ma conductrice me donne ma valise noire et nous allons à la rencontre de cette dame qui se tient toute bien droite devant le château de mes rêves. C'est la sous-directrice de l'orphelinat, la dame bien droite. Elle demande si le voyage s'est bien passé, si j'ai vomi, si j'ai faim maintenant. Je l'écoute, je souris, encouragé par la beauté de l'endroit, mais pas un mot. Elle est toute marron, jupe, veste, chaussures marron, un marron ancien. Ses cheveux aussi sont marron, teints marron exactement. Son visage est dur, taillé, anguleux et sa voix aiguë. Sa main est sur ma joue maintenant. Très froide, main fripée. Enfant, on voit tout ça, démesurément, à la loupe, peau, odeur, vieillesse, couleur, drame.

Toujours pas un mot de ma bouche. Elle dit que je dois être fatigué, que l'on va m'emmener à mon dortoir, voir les autres petits copains. À cet instant, une autre dame arrive près de nous. La sous-directrice lui annonce que je m'appelle Phérial, que j'ai quatre ans, que je viens de Paris et que sans doute, après ce long voyage, il faut que je me repose.

— Bref, je vous le confie, il est à vous. Nous nous reverrons à la réunion, ce soir.

Jeune, de grands cheveux blonds, de grands yeux bleus, la nouvelle dame me prend la main :

— Je suis Mlle Isabelle, je suis ta monitrice et tu seras dans mon groupe d'enfants. Nous nous appelons les dauphins. Tu as déjà vu des dauphins ? Tu sais comme ils nagent bien et comme ils aiment les enfants ? Allez, viens !

Je la suis. Sa main est savoureuse, c'est l'infinie douceur au bout de cinq doigts qui me touche, moi. Je me sens dauphin et je l'aime déjà. Quant à parler, toujours pas.

La vieille conductrice court après nous. Elle veut un bisou. Elle me biche les joues, mes lèvres se pincent, je regarde mes pieds.

— Quel drôle de petit, dit-elle, il est pas bavard, mais quel drôle de petit. Tu te plairas ici. Moi, je repars en mission. Fais-moi un bisou.

Je ne veux pas. C'est Mlle Isabelle que je veux embrasser. La vieille attend. Le ciel est bleu et le vent chaud. Je suis démuni face à cette femme qui n'a plus de courage et qui, auprès de ceux qui en ont tellement besoin, quémande l'impossible amour qu'elle n'aura pas. Mlle Isabelle serre ma main et, saluant la vieille à genoux, me fait entrer dans l'orphelinat.

Ça y est, je suis dans le château. Nous sommes au centre d'une large entrée, il y fait frais et sombre. Sur la gauche se trouve une double porte fermée, sur la droite un grand escalier grillagé qui monte et, de là, j'entends des cris d'enfants qui jouent.

— Ici, c'est le bureau du directeur, me dit Mlle Isabelle en me montrant la porte double. Il s'appelle M. Brabu, mais on l'appelle monsieur le directeur. Il est gentil, tu le verras un jour et, ah oui, on doit toujours frapper avant d'entrer dans son bureau. Maintenant, si on montait dans ton dortoir ?

Je fais oui de la tête. Mademoiselle Isabelle se penche vers moi, prend mon visage entre ses mains et dépose un bisou sur ma joue.

— Tu veux que je porte ta valise ?

Ma tête fait machinalement non. Un court instant, yeux dans les yeux, et nous voilà grimpant l'escalier jusqu'au premier étage. Je découvre un long couloir, du bout duquel proviennent les cris des enfants.

À mon arrivée, tous s'arrêtent de jouer et me regardent fixement. C'est le silence. Un grand et lourd silence. Ils ont la bouche ouverte, l'œil rond, entre quatre et sept ans, les cheveux en bataille, l'énergie en suspens, tout juste s'ils ne tremblent pas un peu comme des animaux, corps à l'arrêt, tendus, qui flairent quelque chose ; et ce quelque chose, c'est un des leurs. C'est un pareil, sans père ni mère, un orphelin frère, qui se trouve là, avec l'avantage incontestable d'être le nouveau nouveau. Il porte en lui, sans le savoir, l'espoir qu'il est peut-être le dernier et qu'ainsi, partout ailleurs dans le monde – que l'on s'imagine, à ces âges de l'enfance, grand, inconnu, sans fin –, il n'y aura plus, après lui, d'enfant d'abandon.

C'est tellement fort, tellement étrange dans la pièce, que Mlle Isabelle fait un effort pour ne pas se sentir bizarre elle aussi au milieu du silence absolu des enfants perdus qui découvrent qu'ils ne sont pas les seuls et qui vous ouvrent d'emblée la porte de leur dortoir de solitude.

— Voici Phérial, votre nouveau camarade. Il vient de faire un long voyage jusqu'à nous. Qui veut l'aider à faire son lit ?

— Moi, mademoiselle Isabelle !

— C'est gentil, Maurice.

— Je suis gentil, mademoiselle Isabelle ?

— Oui, tu es un très gentil garçon, Maurice. Bien, maintenant je vous laisse. Si vous avez besoin de moi, je suis en salle d'activités.

Mlle Isabelle quitte le dortoir avec ma valise. À cet instant, tous les enfants s'approchent et les questions fusent :

— T'es venu comment ?

— Ça veut dire quoi, Phérial ?

— En train ?

— En ambulance ?

— Pourquoi ?

— T'es malade ?

— T'es fou ?

— Tes habits sont pas comme les nôtres. Quel âge tu as ?

— Tu veux jouer avec moi ?

— Non, avec moi !

— Oui, avec nous ! D'accord ? On joue à quoi ? Au tir de chaussettes ?

— Oui, oui ! Aux chaussettes ! Aux chaussettes !

— Il en a pas, il a que les siennes.

— Elles sont sales ?

— C'est pas grave, c'est plus rigolo si elles puent !

— Aux chaussettes qui puent !

— Tu veux voir les filles ?

— Elles sont dans le dortoir à côté. Elles s'appellent les gazelles, nous, c'est les dauphins.

— Moi, j'aime pas le poisson.

— J'aime pas les gazelles.

— T'as jamais mangé de gazelle ?

— Non, mais une fois à la cantine, on a mangé du rhinocéros et c'est pas bon du tout, et les filles elles aiment pas jouer au tir aux chaussettes.

— Qu'est-ce qu'y a, tu dis rien ? Tu pleures ? T'as quoi ?

Je regarde Maurice, puis tous les autres. Je risque un timide :

— Ma valise ?

— Y avait quoi dedans ?

— Je sais pas.

— Ses habits ?

— Mes habits… oui.

— Demain, t'iras à la maison des habits, peut-être que tu les retrouveras là-bas. Allez, faut faire ton lit.

Et aussitôt, Maurice s'active. Il sort d'un grand placard une couverture verte et lourde, des draps sont déjà sur le lit. On prend la couverture, on la borde bien au carré pendant que les autres enlèvent leurs chaussettes, les roulent en boule, et c'est la neige des chaussettes qui puent, qui volent de partout dans le dortoir.

La lune, la nuit et le monstre

Mlle Isabelle est revenue nous chercher. Elle a crié un peu pour les chaussettes, nous a fait ranger le dortoir, mettre en rang deux par deux, main dans la main, descendre le grand escalier grillagé, un, deux, trois étages, direction la cantine. En traversant la salle d'activités, Maurice me glisse :

— C'est ici qu'on fait des activités pas drôles.

Un nouvel escalier nous amène devant les portes de la cantine près desquelles se tiennent tous les enfants du château. Je découvre qu'on est beaucoup, une centaine, un millier, un million d'orphelins qui ont faim et qui attendent l'ouverture de la salle du festin. La sous-directrice surgit, le silence se fait, on s'écarte sur son passage. Elle est toujours toute marron.

— Bonjour à tous, je suis Mme Trévisse, votre sous-directrice. Les anciens me connaissent bien et savent comme il est très important de passer par moi lorsque l'un d'entre vous rencontre quelque difficulté. Mais, si je m'adresse à vous de façon un peu solennelle, c'est que, aujourd'hui, j'ai deux nouvelles à vous annoncer. Tout d'abord, de nouveaux petits et petites camarades sont arrivés dans notre établissement. Ils vont donc faire connaissance avec vous et avec toute l'équipe d'encadrement, ainsi qu'avec le bon fonctionnement de l'orphelinat, et apprendre avec nous, avec vous, les points importants à respecter afin que chacun puisse jouir de ce bon fonctionnement. Par exemple, à cet instant précis, la règle pour la cantine est la suivante : ce sont les plus petits qui entrent et s'installent à leur table en premier, suivis des moyens et des plus grands. De plus, pour qu'un bon fonctionnement reste un bon fonctionnement, il faut que ce dernier ne soit pas exempt de modifications et j'en viens donc à la deuxième nouvelle qui est que, à dater de ce jour, les tables à la cantine seront mixtes, c'est-à-dire que les filles et les garçons pourront manger ensemble. Je laisse le soin à vos encadrants de veiller à la bonne répartition de chacun.

Une vague énorme, un « ouais » immense s'élève d'un coup et, dans ce cri général, je me mets moi aussi à crier, plus par peur qu'autre chose.

— On se calme ! On se calme et on entre en rang.

Nous voilà, deux cents orphelins tout joyeux, prenant place autour de ces longues tables rectangulaires, disposées en rangées, revêtues de Formica rouge ou vert, qui nous attendent. À chaque table, douze enfants. Dans les allées, les monitrices et les moniteurs surveillent le bon déroulement du repas. Des dames de cuisine poussent leur chariot métallique et déposent les plats. Aux plus petits, comme moi, elles montrent comment on se sert et finissent par dire :

— La prochaine fois, mon bonhomme, c'est toi qui le feras.

J'observe mes camarades, les habitués du réfectoire. Ils commencent par chercher sous la table. Je cherche aussi. Je découvre un trou, dans lequel se trouve une serviette et, comme tous, je la mets autour de mon cou. Une couleur de serviette par table. Plus tard, je remarquerai que les couleurs changent. Aujourd'hui, nous sommes la table des serviettes jaunes. La dame au chariot dépose une grande gamelle avec une grande louche, les deux aussi brillantes que son chariot. Ce jour-là, il y a des rognons à manger. Je m'en souviens bien, pour cette première de cantine, car la forte odeur de ce plat étrange nous saisit, moi et ma voisine d'en face. S'ensuit une incontrôlable envie de vomir. Je demande timidement, avec la voix la plus basse possible, à ma voisine, tout aussi dégoûtée que moi :

— C'est quoi, ça ?

Elle me répond, à voix basse aussi :

— C'est du rhinocéros !

Je la regarde, inquiet :

— C'est quoi, du rhinocéros ?

— Je sais pas, mais c'est pas bon. Ça sent

mauvais et c'est dur, et même que si t'en manges et que t'aimes pas ça, tu peux avoir les dents cassées. Tu t'appelles comment ?

— Phérial. Toi, c'est quoi ?

— Catherine.

— Alors, les enfants, c'est bon ? Mais vous êtes nouveaux tous les deux ? demande un moniteur. Il faut bien manger. Vous êtes arrivés quand ?

Catherine lui répond aussi sec :

— Moi, hier. Lui, je sais pas, mais il est gentil.

— Tu es gentil ? me demande le moniteur.

Je ne réponds pas, j'enfourne à la vitesse de l'éclair plusieurs morceaux de rhinocéros dans ma bouche.

— Hou ! Mais c'est qu'il a très faim, ce grand garçon-là, me dit-il en me frottant énergiquement la tête en signe de reconnaissance masculine.

Je pense, malgré l'infect rhinocéros dans ma bouche, que je ne suis pas grand du tout, que je le sais bien et que c'est sans doute toujours pareil avec les moniteurs, les monitrices, les directeurs, les directrices, on est toujours grands, toujours beaux, on mange toujours bien, on est toujours sages, toujours mignons, toujours plus que ce que l'on est, et très vite, on nous dit l'exact contraire, on n'est pas si beaux, pas si gentils, pas si obéissants, on est de la mauvaise graine, on mérite bien pire que ce que l'on cherche, seules les bonnes raclées nous feront entendre quelque chose aux dures lois de la vie.

Pour finir, ils se demandent comment pareille engeance a bien pu naître et se prennent même à douter de l'existence de Dieu si, réellement, ce dernier a laissé pareils petits démons aller évoluer librement dans les tourments de la vie d'ici-bas.

Oui, à quatre ans et quelque, je peux clairement penser tout ça et réaliser avec précision à quel point les plus grands du moment nous attribuent d'emblée une place, un personnage, mi-clown, mi-enfant, et qu'il s'agit pour nous de ne pas sortir de ces limites imaginées par eux, sans autorisation spéciale, de ne surtout pas nous faire remarquer par un quelconque comportement hors des limites de leur imagination. L'autorité qui nous entoure nous perçoit comme des orphelins. Agissant sous la bannière de cette pensée, elle destine le plus logiquement du monde la plupart d'entre nous à ne jamais remettre en question la force de cette certitude.

— C'est bien, renchérit le moniteur. Tu seras grand et fort !

Il s'éloigne. Je mâche comme un fou et reçois un coup de pied sous la table. C'est Catherine qui prend sa serviette pour me montrer comment recracher les immondes morceaux de mammifère à cornes.

— Mets-les dans ta serviette, mets la serviette dans le trou, pousse-les très fort jusqu'au bout, ça va disparaître à un moment.

Je m'exécute : je crache dans ma serviette, je trouve le trou et pousse fort, à rentrer presque tout mon avant-bras. Je sens les morceaux qui s'écrasent mollement au fond.

Maintenant, c'est le dessert.

— Aujourd'hui, c'est de la crème Mont-Blanc praliné, annonce, joviale, la dame de service.

Les enfants, un peu partout, lâchent des « hum ! » et des « ouais ! ». Moi, je n'en ai jamais goûté. J'interroge du regard ma petite amie, arrivée hier. Ses grands yeux noisette s'écarquillent à la vue de la crème. Elle remarque mon air de novice devant le mets de Dieu et me fait signe que « c'est bon, ça ».

— Ça vient de la rivière d'une grande montagne, me confie-t-elle.

Je goûte. Ça vous prend à la langue, à la gorge, cette crème-là, et, une fois dans le ventre, ça vous apaise. Tout à coup, ce n'est plus un réfectoire mais le ciel ou la mer, ou Saturne, Vénus, la lune, au choix. C'est le paradis en boîte ! Ce que c'est bon ! Mais ce que c'est bon, cette crème de rivière de montagne ! J'en prends trois bols pleins et j'oublie le rhinocéros qui meurt enfermé dans mon trou de serviette.

En regagnant nos dortoirs, seule la lune nous éclaire. Je ne l'avais jamais vraiment vue. Très ronde, très blanche, j'ai l'impression que plus j'avance, plus elle me suit. C'est une amie, sans doute, à me suivre partout de cette façon. Je m'arrête, elle s'arrête. Je tourne un peu la tête et je la vois nettement se tourner, mais dans l'autre sens, comme un visage sans corps, qui s'amuse avec moi. Le plus intrigant, c'est que je suis sûr de voir des petits bonshommes qui habitent chez elle, et ces petits bonshommes, ils ne chantent pas, ils ne dansent pas. Il y en a un qui coupe un arbre sur lequel poussent des fruits gros comme des bijoux de sultans pendant que d'autres bonshommes pleurent parce que cet arbre va se faire abattre.

— Mademoiselle Isabelle, je veux arrêter l'homme qui vit dans la lune et qui coupe l'arbre aux fruits qui fait pleurer les autres bonshommes qui tournent autour.

Elle me dévisage, prend ma tête entre ses mains. Je dois rentrer. C'est la nuit. La lune fera encore bien du travail ce soir. Mais elle le fera peut-être encore mieux si elle voit que moi, petit garçon, je dors paisiblement. J'oublie la lune qui n'a pas l'air de m'en vouloir.

— Qu'est-ce que tu fais tout seul ici ? Où est ton éducatrice ? Tu n'as pas peur, tu n'as pas froid ? Donne-moi la main et suis-moi !

Autour de moi, pas de Mlle Isabelle, pas les autres enfants, seulement les grands sapins, les séquoias, et Mme Trévisse qui s'empresse de me faire rentrer.

Dans le dortoir, Mlle Isabelle s'inquiète :

— Où étais-tu, Phérial ? Nous t'avons cherché partout !

— Il rêvassait dans le parc. Encore un qui sait se faire oublier. À surveiller de près, mademoiselle Isabelle, recommande Mme Trévisse.

On sent bien, tous, à ce moment-là, que Mme Trévisse et Mlle Isabelle, c'est, comment dire, chaussette sale contre chaussette propre, quelque chose comme ça.

— Allez, au lit ! L'incident est clos, personne n'est perdu, tout le monde va dormir bien comme il faut, car demain est un autre jour, chaque jour demande à chacun d'entre vous de nouvelles choses, et seule une nuit bien remplie réussira à vous donner les forces nécessaires.

Elle ajoute, plus bas mais pas trop quand même :

— Mademoiselle Isabelle, en salle de réunion s'il vous plaît.

Mon pyjama m'attend sur ma couverture. Je me déshabille et, avant l'extinction de la lumière, je suis déjà dans le froid du lit que mon petit corps tente de réchauffer.

— Bonne nuit, les enfants !

— Bonne nuit, mademoiselle Isabelle.

Noir. Un long silence. Puis des voix commencent à chuchoter ici et là. Maurice me demande :

— Tu t'es vraiment perdu ?

— Non.

— T'as vu un mort ?

— Non

— Moi, si.

Un autre enfant questionne :

— Quand ? Où ? Qui ?

Maurice, assis dans son lit, commence une incroyable histoire :

— Eh ben voilà. Un jour…

— Pourquoi « un jour » ? l'interrompt petit Claude, le garçon qui est juste à côté de mon lit, à droite.

— C'est comme ça, petit Claude, dans les histoires, c'est toujours « un jour », assure Maurice. Donc, un jour, je me promène tout seul derrière le château de l'orphelinat, et là, je vois, dans le petit bois juste avant le chemin qu'on prend pour aller dans la grande forêt, vous voyez ?

— Ouais ! Ouais ! font les autres, et alors ?

— Alors, ben là, tout à coup, je vois une ombre passer devant moi, mais derrière un arbre. Moi, j'suis pas un peureux et je vais derrière cet arbre, et là, vous savez pas quoi ?

— Non, non !

— Eh ben là, y a un cimetière caché.

— Incroyable !

— Arrête Maurice, j'ai peur, dit petit Claude.

— N'aie pas peur, petit Claude, tu vas voir, la suite de l'histoire est bien.

— La suite ! La suite ! scandent les enfants du dortoir, et leurs voix se font plus fortes.

— Chut, vous allez faire venir le monstre, dit Maurice, parlez moins fort.

— Non, pas le monstre, pleure petit Claude.

— Pleure pas. J'arrive.

Jean se lève et va se glisser près de lui.

— Donc, un cimetière, reprend Maurice, et puis surtout un arbre étrange tout mort, aux branches bizarroïdes, et c'est le seul qui est mort. Je m'approche au milieu des croix, vers l'arbre, et je le touche avec mes doigts. À ce moment-là, une sorcière morte et vivante quand même sort du tronc en faisant craquer et grincer ses dents !

— Wouah ! font les autres.

— Et moi, je suis pas peureux, et j'attrape un bois très dur qui est au pied de l'arbre et je tape la sorcière.

Je demande :

— Comme pour la faire rentrer dans son arbre ?

— Oui, Phérial, t'as raison, c'est ça, pour la faire rentrer dans son monde de sorcière vivante morte ! Mais c'est là que ça devient intéressant, passe que mon bout de bois devient une épée et je lui coupe la tête !!!

— Pfff, fait un garçon au fond du dortoir. Ça sert à rien, passe que, elle est morte, déjà.

— T'as rien compris, dit petit Claude, quand quelqu'un est les deux, il faut lui couper la tête pour qu'il soit vraiment mort.

— Bravo, petit Claude, passe que maintenant c'est vrai, elle est morte devant moi et sa tête coupée est rentrée au fond du trou du tronc et son corps est mort.

— Pfff, c'est pas vrai. Tu dis que des conneries, Maurice, t'es un menteur !

— C'est pas des conneries ! Toi, tu crois jamais rien, je vais te couper la tête, Sylvain, comme à la sorcière que j'ai vraiment vue.

— Menteur, dit l'autre.

Et bing bang, ils se battent comme deux chiens dans la nuit du dortoir. Tout le monde hurle :

— Vas-y Maurice, coupe-lui la tête, coupe-lui la tête !

Moi aussi, je hurle, parce qu'en vrai, j'ai la trouille, dans le noir, des sorcières mortes vivantes, alors je hurle très fort comme les autres.

On n'y voit pas bien, dans le noir, un petit peu quand même, grâce au panneau vert lumineux sur lequel est marqué, je l'apprendrai plus tard, je ne sais pas encore lire, « Sortie ». Maurice a le dessus et il cogne bien Sylvain, qui, malgré tout, lâche des « Menteur, même pas vrai » entre deux coups de pied, trois coups de poing. Dans la foire d'empoigne, j'entends tout à coup petit Claude qui gémit avec force :

— Le monstre, voilà le monstre !

Tout le monde s'arrête net. Maurice remonte à une vitesse vertigineuse dans son lit. La porte du dortoir des petits n'est jamais fermée et on distingue comme une sorte de gouffre, de trou, le noir total du couloir. Mais là, ce que je vois, c'est un point lumineux qui balaie le trou noir, accompagné d'un bruit étrange, d'un rythme étrange, du genre Pam… Schlick… Pam… un temps, puis, de nouveau, Pam… Schlick… Pam… Ce bruit et ce point de lumière se rapprochent lentement mais sûrement. La lumière balaie maintenant nos visages un à un. Le monstre qui tient dans sa main, dans sa griffe peut-être, le point lumineux, souffle fort. De mon lit, j'aperçois Maurice et, comme moi, il a peur. Le monstre de la lumière reste longtemps, son souffle envahit la chambrée. Plus un enfant ne bronche. Le monstre reprend profondément son espèce de respiration, comme s'il allait parler. Mais rien. Il repart avec son rythme terrible. Sa lumière disparaît dans le fond du trou noir du couloir.

J'ose rien dire, personne n'ose rien du tout, on ne sait plus vraiment si c'est nous qui figeons le silence ou si c'est le silence qui nous fige. La peur règne dans le dortoir et la peur, ça parle pas, ça crie pas, c'est là et ça vous tient. Je sens que j'ai chaud dans mon lit, très chaud. Je fais pipi. Mais je ne bouge pas et ne bougerai pas. Je dois dormir, maintenant, pour me sortir de ce cauchemar. Dormir, vite.

La caverne d'Ali Baba

Lumière du matin baignant toute la pièce, bruit et fureur des enfants, pyjamas qui tombent, je vois de mon lit tout le petit monde du dortoir en effervescence. Je ne bouge pas malgré les deux, trois « Debout, Phérial » de la belle Mlle Isabelle. Maurice, qui a déjà fait son lit, déjà habillé de pied en cap avec, dans le regard, la lueur d'un vainqueur, me remarque.

— Tu te lèves pas, t'es malade ?

Je ne réponds rien, juste je le regarde droit dans les yeux, vivement. Il me fixe lui aussi. Soudain, ses narines frémissent et enflent. À partir de là, je sais précisément ce qui se passe en lui. Son visage dessine l'expression parfaite de celui qui atteint le sommet de la compréhension quasi instantanée parce que ça lui est déjà « arrivé ». Il s'approche et me lance :

— Ça pue, t'as pissé au lit ! ?

Ses narines enflent de plus belle :

— T'as fait caca aussi…

Mes yeux acquiescent, toujours fixement.

— Mademoiselle Isabelle, mademoiselle Isabelle ! Venez voir, y a une urgence ! hurle Maurice.

Du coup, les autres rappliquent illico. Presque tous les enfants de la chambrée sont là. Entouré, observé, je tremble. C'est le frisson de la honte qui parcourt mon corps de la tête aux pieds. Une sensation effroyable. Un dégoût de soi et de ceux qui vous observent. Un tableau à vous faire régurgiter à vie tout ce qui ressemble à la collectivité et son esprit. J'attends, ils attendent, nous attendons et rien ne se passe. Rien du tout même, pas un son d'eux, de moi. Pas un cri, ni un rire ni une moquerie ne sort de leur bouche. Rien de railleur dans leur œil. Comme si chacun savait parfaitement ce que c'est que de subir un pareil moment. Je tremble toujours un peu. Enfin, du fond du dortoir, on entend :

— Oui, Maurice, que se passe-t-il ? Qu'avez-vous tous ? Pourquoi cet attroupement ?

Oh non ! Elle s'approche de nous et tous les mômes s'écartent sur son passage, créant ainsi comme une voie jusqu'à mon lit. L'horreur ! Dans un moment aussi pénible, à ma grande surprise, je ne vois que ses cheveux blonds longs, ce bleu comme le ciel qu'elle a dans les yeux, et n'entends que le son de sa voix qui est sûrement bien plus douce que celle du rhinocéros immangeable d'hier.

À partir de cet instant douloureux, mon corps n'aura de cesse de me faire sentir ce qui se cache derrière toute situation, toute chose, toute personne. Rien n'est si clair. Du beau et du laid, comme du simple, du complexe, l'enfant discerne, dans sa grande colère, qu'il peut s'agir de deux compagnons, à la façon d'un ami de qui l'on peut dire : il est comme mon frère ! Ce qui est faux, bien sûr, et vrai à la fois.

En tout cas, miroir ou pas, frère faux ou vrai, Mlle Isabelle cerne elle aussi d'un coup de narine, enfin, le problème. Elle demande aussitôt aux enfants de se mettre en rang et de sortir du dortoir.

— Allez tous en bas, aux activités colliers, nouilles, macramé. Mlle Josiane, l'éducatrice des gazelles, vous surveillera le temps que je termine ici.

— Oh non, mademoiselle Isabelle, pas les nouilles ! s'exclame aussitôt Maurice.

— Maurice, tu as raison d'exprimer tes préférences artistiques et c'est pour cela que je te récompense en te nommant chef du groupe jusqu'à ce que vous soyez arrivés à la salle d'activités.

— Merci, mademoiselle Isabelle.

Très fier de sa nouvelle nomination – pensez donc, chef du groupe des dauphins ! –, Maurice se passe la main dans les cheveux comme pour les remettre en ordre et avoir l'air plus sérieux. Il lance d'une voix étonnamment ferme pour son âge, à peine huit ans, un retentissant :

— Tous en rang, on descend sans bruit les escaliers et on va aux activités de Mlle Josiane !

Silence, gêne et embarras entre Mlle Isabelle et moi.

— Phérial, je vais t'emmener à la douche maintenant. Tu veux te lever ?

Je fais signe que non.

— Il faut pourtant y aller, beau petit garçon.

Beau petit garçon ? Je me demande comment on peut être un beau petit garçon quand on sent le caca.

— Et si je te donne la main ? Tu viendras avec moi ?

Elle tend sa main, je la lui prends et me lève timidement. Nous traversons le dortoir, le grand couloir jusqu'aux douches. Je me déshabille maladroitement et me mets sous la rampe. J'ai du mal à appuyer sur le bouton-pressoir, Mlle Isabelle m'aide et me lave.

— C'est la première fois et la dernière fois que je te lave, beau petit garçon. Ici, tous les dauphins savent se laver seuls.

Je l'écoute tout en pensant que c'est drôlement bon, l'eau chaude et la main de Mlle Isabelle. En plus je me sens propre, lavé de cette nuit où peurs, rires, inquiétudes et solitude se sont côtoyés. Elle va chercher une serviette de toilette et de nouveaux vêtements.

— Allez, viens, nous allons rejoindre tes camarades.

Dans la grande salle glacée, je rejoins le groupe qui s'affaire autour des nouilles et des ficelles. Maurice est dans un coin.

— Alors ? Y s'est passé quoi dans les douches ? me demande-t-il aussi sec.

— Ben... j'sais pas. La douche, puis les habits propres et...

— Ah, d'accord... me coupe-t-il en plissant un peu les yeux comme si ma réponse succincte lui suffisait à comprendre une chose d'importance qui m'aurait, à moi, plus petit, échappé.

C'est sans doute à ça qu'on reconnaît un chef, vous lui dites un mot ou deux, et hop, il en fait des phrases dans sa tête qui rendent tout clair, tout limpide, des choses importantes comme celles, par exemple, de l'Univers. Étoiles et galaxies n'ont plus de secret pour lui, pas plus que votre honte, vos problèmes ou que vos fesses collantes et les mains douces de Mlle Isabelle.

— On va partir dans la forêt maintenant.

— Pourquoi ?

— Passe que c'est le jour de la sortie en forêt. C'est samedi. Tu connais le jeudi, le mardi, le vendredi ?

— Non, Maurice. C'est quoi ?

— C'est les jours de la semaine. Et dans une semaine il y a sept jours, ou huit, je sais plus. Et ils ont un ordre. Tu veux l'apprendre ?

— Oui !

— D'accord. Tu peux compter avec tes doigts, comme moi. Alors il y a le lundi, un, le mercredi, deux, le jeudi, trois, le mardi, quatre, le vendredi, cinq et le samedi et le dimanche, six et sept. T'as compris ?

— Oui !

— Bien. Après, c'est d'autres jours, mais je sais plus lesquels. Pas encore appris à l'école.

— Moi je suis en primaire, et toi ?

Je hausse les épaules.

— Bon, t'inquiète pas, tu vas aller à l'école toi aussi, m'assure Maurice, et après t'iras comme moi en…

Il ne finit pas sa phrase. Un retentissant « En rang par deux, nous allons en forêt » provoque la cohue. Je me retrouve à côté de Catherine, qui m'attrape la main. Mlle Isabelle nous fait sortir de la salle glaçon en comptant soigneusement chaque petite tête.

Dehors il fait nettement meilleur, un soleil magnifique dispense sa chaleur en ce mois d'août de l'année 1970. Mais le plus agréable, ce sont les séquoias qui nous apportent toute l'ombre que l'on désire. Il y en a trois dans le grand parc de l'orphelinat, mais des trois, il y en a un vraiment immense, immense… comme le haricot magique dans l'histoire pour enfants. En passant devant eux, je vois bien comme ce n'est pas le ciel qui vient à nous mais eux qui vont au ciel, c'est vous dire l'immensité ! J'ai envie d'aller les toucher. Au même moment, Mlle Isabelle demande si nous avons envie de faire une ronde autour du géant en bois. Mon vœu est exaucé, c'est vraiment la fée bleue, cette Mlle Isabelle ! On nage en plein conte avec elle. Elle est de ces êtres qui savent exactement de quoi on a besoin et le livrent avec la plus grande simplicité. Vous voulez un gâteau, elle en a trois dans la poche et tous au chocolat.

En cercle, on tourne autour du grand séquoia en chantant. Moi, je chante pas et Catherine non plus, ni Maurice. On lève la tête vers le haut de l'arbre, on se donne le vertige, on veut atteindre le ciel, on veut que tout se mélange, arbre, sol, herbe, ciel, enchantés, émerveillés de pouvoir toucher un tel monde où rien n'est vraiment si loin, si grand.

C'est le bonheur des orphelins du séquoia. Mlle Isabelle aussi est dans la ronde, elle rit comme nous, elle chante. Enfin, à bout de forces, nous nous écroulons sans savoir lequel d'entre nous a fait trébucher l'autre et la farandole se termine en un tas de dauphins et de gazelles au bord d'une plage sans eau. Tous en sueur, tous tout rouges, Mlle Isabelle a un peu de mal à nous relever.

Derrière le château, Catherine me montre la cour de l'école.

— Tu vois, là où y a le petit mur et les marronniers ?

— Ah oui… Les marronniers ?

Elle en sait, des choses, Catherine.

— Tu iras à l'école ?

— J'sais pas, Maurice m'a dit que oui.

— Maurice, c'est mon amoureux, et personne, sauf toi, le sait.

— Ah bon…

— Alors toi aussi tu peux être mon amoureux puisque tu le sais et que je t'aime bien.

— C'est quoi un amoureux ?

— C'est deux personnes, ou trois, qui s'embrassent comme ils aiment. Tu as déjà embrassé une fille ?

Je ne dis rien.

— Ouais, t'as pas embrassé de fille. C'est pas grave, je vais t'embrasser tout à l'heure. Quand on sera dans la forêt. Tu veux ?

Sur un petit chemin de terre, on longe un grand champ. Je ne sais pas encore ce que sont des vaches mais le « On ne fait pas peur aux vaches en leur criant dessus, les enfants ! » de Mlle Isabelle me l'apprend. C'est vraiment gros et grand, une vache. Et surtout, les yeux sont énormes. On s'y perd complètement. Elles vous engouffreraient dans une œillade, ces bêtes-là. Et cette mâchoire qui bouge à un rythme toujours égal et toujours lent. Je les observe, les mains moites, mi-effrayé, mi-impressionné. Ça me fascine drôlement, mais Catherine me rappelle à la réalité des orphelins :

— Ça y est, on arrive dans la forêt, me lance-t-elle, très excitée.

Au fond de moi, je souhaite qu'elle ait un peu oublié son désir de m'embrasser. Tu parles. Mlle Isabelle nous a à peine autorisés à aller nous balader, mais pas trop loin, que déjà Catherine m'entraîne dans une petite clairière.

Y vont où, tous ?

— À la caverne d'Ali Baba. Assieds-toi là et donne-moi ta main et tais-toi maintenant. Tu m'aimes ?

— Oui…, je risque.

— Pourquoi ?

— Ben… heu… passe que… comme moi, t'aimes pas manger le rhinocéros…

— Bonne réponse ! T'as mal où maintenant ?

— Au ventre.

— C'est normal. Si je t'aime, c'est pourquoi ?

— Parce que j'aime pas, comme toi, le rhinocéros.

Elle dépose ses lèvres sur les miennes. J'ai chaud, très chaud. Ses yeux verts sont pétillants et ses longs cheveux bien coiffés sont en bataille à présent. Elle me lance un « Toi et Maurice, vous êtes mes amoureux pour la vie ! » et mon « Oui » conclut ce pacte d'amour d'enfants dont le nombre de participants au jeu des « je t'aime pour toujours » n'a aucune espèce d'importance.

— Tu veux aller à la caverne d'Ali Baba ?

— Y a quoi dedans ?

— Ben, des trésors !

— Je veux !

Elle m'entraîne en courant dans le bois rejoindre le reste du groupe. La caverne, c'est une montagne de pierres, deux trois fois plus haute que nous, avec une sorte d'entrée obstruée par une pierre plus grande et plus grosse que les autres. Là, Jean, Maurice, petit Claude, et même Sylvain, malgré son œil au beurre noir, de nouveau copain avec Maurice, s'essaient à prononcer des formules magiques, des mots de passe pour que la grosse grande pierre roule, se déplace, s'ouvre. Après plusieurs « Ouvre-toi, pierre »,

« Roule, caillou », et encore des « Pousse-toi, menhir », Maurice, donnant un coup de pied dans la terre, nous affirme :

— Jamais cette caverne s'ouvrira passe que nous savons pas le vrai mot magique.

Sylvain propose alors qu'on essaie de creuser sous la pierre.

— Tu crois pas qu'on va se faire écraser les doigts ? s'inquiète petit Claude.

— C'est vrai, dit Jean, si on creuse dessous, elle va tomber, la pierre, et alors là, pff ! plus de doigts.

Petit Claude geint :

— Je veux pas perdre mes doigts !

— Tu crois qu'il faut faire quoi, Phérial ? demande mon amoureuse.

— Faut pas creuser, faut pousser la pierre. Elle tombera.

— Il a raison, on le fait.

Aussitôt, Sylvain se met à pousser la pierre. On l'aide, on pousse de toutes nos forces en se demandant ce qu'on va vraiment trouver dedans. Est-ce qu'il y aura des caisses de pièces d'or et d'argent, des sabres, des épées de pirates, des lampes à huile magiques, des tapis volants, enfin toutes sortes de choses aussi magnifiques qu'incertaines, étant donné que la caverne se trouve dans une forêt de Bourgogne, juste à côté de Frétoy. Pas grave ! On pousse toujours, on pousse quand même, et l'incroyable arrive.

D'un coup, la pierre de géant tombe avec un bruit sourd et puissant. Bouche bée, on se dévisage puis on regarde en direction de la caverne, du noir. On n'ose pas entrer. On sent le froid venir de la grotte. Peut-être qu'il y a des morts et pas des trésors, dans ce sombre-là ? On n'est pas si téméraires que ça, après tout. Quatre, six, sept, huit ans, ce n'est pas très grand. On ne sait pas quoi faire. Maurice se demande même à voix haute s'il faudrait pas demander de l'aide aux tigres, ces enfants qui, eux, ont neuf, dix, douze, quatorze ans.

— Non, on ne demande pas aux tigres, dit Jean. Y vont prendre tous les trésors. On entre, nous, et si on est morts dans la caverne, ben on est morts !

Ça fait son effet de courage. Aussitôt, en se serrant les uns contre les autres, on entre dans le noir... Il ne fait vraiment pas chaud et on voit rien, pas un trésor, pas une malle. On tâte le sol, on pousse avec nos pieds, le vide est partout. On ressort penauds, déçus. Petit Claude pleurniche :

— C'est injuste, les trésors étaient pour nous.

— C'est vrai, dit Maurice, déjà qu'on n'est pas riches et qu'en plus on pousse pour rien, alors c'est sûr, ça donne envie de pleurer.

Je remarque que personne ne demande à petit Claude d'arrêter cette fois-ci. Non, on le laisse. Il pleure pour nous tous et on lui en est bien reconnaissants, parce que ce n'est pas si facile de pleurer devant les autres, devant les copains ou son amoureuse. D'ailleurs, je me souviendrai toujours de petit Claude pour le courage de ses larmes. C'est lui qui nous a appris à ne plus retenir les nôtres, c'est lui qui nous a dévoilé un grand secret, un grand trésor. Ce secret, c'est que toute peine mérite son chagrin.

Au retour, main dans la main avec mon amoureuse, je regarde le ciel qui se couvre. Tous les explorateurs de la caverne en ont un coup au cœur. Quand Mlle Isabelle annonce l'heure de la douche, chacun rejoint son dortoir et je fais comme tout le monde, bien que cette douche-là m'envahisse vite d'un étrange sentiment. En un clin d'œil, nous sommes tout nus. On traverse le grand couloir qui mène aux douches et là, surprise ! Les gazelles sont nues elles aussi, adossées au mur. On attend. Ça me paraît long, ce moment. Je vois que personne n'ose vraiment examiner l'autre. Je vois comme chaque dauphin tente de se cacher avec ses mains, pareil pour les gazelles. Mais ce n'est pas facile de cacher son sexe. On bouge, on se retourne, on veut tout de même un peu voir comment les autres sont faits. Le sentiment bizarre qui continue de m'envahir, c'est cette curiosité, impossible à refréner. Qu'y a-t-il à l'intérieur de nous ? C'est quoi, tous ces corps, toutes ces mains, tous ces yeux, tous ces sexes ? Et pourquoi un zizi pour les dauphins et autre chose pour les gazelles ? Voilà les questions que je me pose dans ce couloir qui semble avaler le temps.

Enfin, et c'est là le plus surprenant, je vois sortir les tigres et les girafes des douches. Ils ont une serviette autour des fesses, de la poitrine et du sexe et ils sont grands, ils font bien des mètres de hauteur… Ils parlent fort, ils rigolent, et les tigres sont bien plus bruyants que les girafes qui sont très belles.

Mlle Isabelle déclare :

— Les douches de droite pour les garçons, les douches de gauche pour les filles.

On se précipite. Une serviette pour chacun de nous est pliée sur un banc en bois. On appuie sur les boutons et l'eau coule. Les savons jaunes qui tournent autour d'un manche en fer fixé au mur moussent bien sous la friction de nos mains. Qu'est-ce qu'on rigole ! Maurice exhibe son zizi à tout-va alors que Jean fait de la musique en se donnant des claques sur les fesses. Petit Claude, lui, fait pipi, il en est tout content car on est bien, là, maintenant, entre garçons, et l'eau chaude qui jaillit des pommeaux envahit de sa vapeur toute la salle des douches des dauphins joyeux d'avoir retrouvé leur élément.

On sort comme les grands tigres, les belles girafes, la serviette autour des hanches, direction le dortoir, la cantine et encore le dortoir. C'est tout propres, tout pleins d'images, que l'on s'endort sans savoir ce que demain sera, sans comprendre pourquoi c'est toujours dans un couloir qu'on est tout nus, sans vouloir plus que ce qui nous est donné, bien que, plus, on l'espère à en pleurer. Extinction des feux.

La coccinelle de la classe

L'été passe. Le soleil dort plus tôt qu'hier et aujourd'hui c'est le grand jour pour tous les enfants de France puisque, aujourd'hui, c'est la rentrée des classes, qu'on ait des parents ou qu'on n'en ait pas. Une semaine déjà qu'on en parle dans l'orphelinat, à coups de :

— Et toi, tu rentres en quelle classe ?

— J'aime pas les mathématiques !

— Mme Trévisse, elle est sévère !

— C'est la première fois, pour toi ?

— Le cartable, c'est lourd !

— Les dauphins ont des blouses bleues !

— Les tigres, des blouses rouges !

— Vivement que je sois un tigre !

— Les gazelles, des blouses vertes.

— Beurk, j'aime pas les gazelles.

— Les craies, ça fait mal aux oreilles sur le tableau.

— Moi, j'aime bien brosser le tableau. Quand je brosse, tout s'efface et ça veut dire que l'école est terminée.

— Maurice, t'avais raison, moi aussi je vais aller à l'école.

— Bien sûr, petit gars, que tu vas y aller !

Dans ce jeu de questionnement général, je reste moi-même : ma frayeur égale mon excitation. La veille de l'école, je mets un point d'honneur à ne pas faire pipi au lit car c'est toujours le signe d'une très grande peur.

— Silence dans le rang !

Notre institutrice n'est pas Mme Trévisse.

— Silence dans le rang et on entre dans la classe en silence pareillement.

Elle n'est pas Mme Trévisse, mais elle a la même voix. Une voix qui commande bien, parce que tout le monde se tait quand elle le demande, tout le monde entre quand elle le permet. On se tient debout, près d'une table à deux places, en bois, basse, qui a deux trous et un banc accroché. Je fais comme les copains, j'attends avec mon amoureuse à côté de moi.

— Asseyez-vous, les enfants. Je suis Mme Bévot, votre institutrice, et nous allons ensemble, tout au long de l'année, apprendre à lire, à compter et à écrire, pour les plus doués d'entre vous. Nous commencerons par faire connaissance avec l'alphabet. Mais avant toute chose, je vais vous parler des quatre règles essentielles de la discipline à observer en classe. Premièrement, lorsque vous avez des questions, vous devez lever le doigt et attendre que je vous dise de poser votre question. Deuxièmement, on ne va pas aux toilettes toutes les cinq minutes, car, pour cela, il y a la récréation. Troisièmement, on ne discute pas et on ne chahute pas avec son voisin ou sa voisine de table. Et enfin, la quatrième règle est que tout bon travail, tout bon comportement, toute bonne action sera immanquablement récompensée d'un bon point. Dix bons points permettent d'obtenir une image. Dix images donnent droit à la récompense suprême : un petit livre. Ainsi, celui qui participe et œuvre au mieux pour son travail et pour la vie scolaire en général se verra toujours gratifié. Il existe bien sûr d'autres sous-règles, qui ne sont pas moins importantes que les quatre premières déjà citées… Et blablabla et blablabli. Ainsi commence ma première journée de classe, par l'apprentissage du règlement et autres passages en revue de ce que l'on doit faire ou pas.

Alors que la journée s'étire en longueur, une petite chose bien rouge avec des taches noires vient se poser sur mon doigt que je lève. Mme Bévot, qui sait déjà mon prénom, demande :

— Oui, Phérial ?

Je ne réponds rien, pointe mon index. Aussitôt, oubliant la discipline, mon amoureuse s'écrie sans retenue :

— C'est une coccinelle ! C'est une coccinelle !

Et tous les autres mômes, en chœur :

— Elle va s'envoler ! Elle va s'envoler !

Dans la classe de notre institutrice au règlement bafoué, c'est le bazar sans retenue, ça crie à tue-tête, ça se lève, malgré les réprimandes inaudibles. Il n'y aura que le goûter pour éteindre cette anarchie. La coccinelle est oubliée et Mlle Isabelle nous récupère, laissant Mme Bévot traverser seule la cour d'école délimitée par de vieux marronniers, au-delà desquels pas un enfant ne s'aventure. Il faut dire que, derrière, il y a les bois…

Comme les autres, je reçois une pâte de fruits enduite de sucre, coincée dans un énorme morceau de pain.

— Tu manges pas ? Fais comme moi. Si t'aimes pas le pain…

Catherine enlève sa pâte de fruits du pain, la porte à ses lèvres, entrouvre sa bouche et y fait entrer le rectangle jaune, orangé et sucré. Elle le suce en me fixant de ses grands yeux. Je l'imite.

— Elle est bonne, la tienne ?

— Oui… et la tienne ?

Elle sort sa pâte de fruits de sa bouche et me la tend. Elle est toute brillante et les morceaux de sucre, moins abondants, sont lumineux. En échange elle goûte la mienne, mais la dégustation ne dure pas longtemps. Maurice arrive :

— Tu manges drôlement doucement, t'as pas faim ? C'est pas grave, moi aussi des fois c'est pareil, pas faim, pas soif.

Il se tire en courant après m'avoir piqué ma pâte de fruits. Je me rabats sur le pain. Lentement, je mâche et c'est moins bon.

— Viens, je vais te montrer une chose que t'as jamais vue puisque t'as pas faim.

Je suis Catherine mais j'ai un peu la trouille

parce que je comprends vite qu'on se dirige vers les bois, derrière la cour.

— J'ai faim, tu sais…

On se retrouve aux abords de la forêt, tous les deux cachés derrière un arbre.

— T'es prêt ?

Je fais oui de la tête.

— Regarde comment on fait, nous, les filles !

Elle relève sa petite robe, baisse sa culotte et, accroupie, fait pipi. Je rougis devant le liquide doré, les yeux brillants de Catherine, la petite culotte baissée. Le vent s'en mêle, l'odeur du bois, les feuilles qui bruissent, le soleil qui filtre et, là-bas, la voix de Mlle Isabelle qui appelle :

— En rang ! C'est l'heure de la douche ! Allez, les dauphins, c'est l'heure.

Catherine se relève, remet sa culotte.

— La prochaine fois, c'est toi qui me montreras.

On revient en courant, excités, transformés, pleins d'un immense secret. En rang, je tiens la main de Maurice et on entre dans l'orphelinat des petits et grands énervés tandis qu'à notre passage Mlle Isabelle pose rapidement mais doucement sa main sur notre tête pour nous compter.

Les habits neufs des orphelins

Aujourd'hui sont arrivées, dans la salle froide des activités, des boîtes en carton, aussi grandes et aussi larges que nous. Disposées au sol, en ligne, on voit, écrits en gros sur les boîtes, nos noms et prénoms. C'est la première fois que je me rends compte qu'il est bizarre, mon nom : Phérial Chpapjik. Mon colis se trouve entre celui de Jean Pelain et celui de Sylvain Depourto. C'est vraiment étrange, un nom. On dirait que ça ne veut rien dire. Depourto ? Pelain ? Chpapjik ? Maurice Caquot ? Ça sonne faux. Maurice, d'ailleurs, me fait remarquer :

— Il est dur à dire, ton nom.

— Je sais, Maurice, moi-même j'y arrive pas.

— Moi, me coupe Jean, j'aime pas mon nom : Pelain, ça ressemble à rien.

— Depourto, c'est pas mieux, dit Maurice.

— Le tien, il est pire, attaque Sylvain. Caquot ? Caquot ? Caca !

— Toi, si t'arrêtes pas… Mon nom c'est mon nom. Si t'es pas content, tu dégages ou je te tue !

— Ton nom c'est ton nom ? N'importe quoi, on est des orphelins. C'est pas nos vrais noms parce qu'on n'a pas de parents pour nous les donner. C'est eux, les moniteurs, les monitrices, les directeurs, les sous-directrices de l'Assistance publique, oui, monsieur Maurice, qui nous donnent des noms. Tu comprends jamais rien.

— C'est peut-être vrai, Sylvain. Comme il faut avoir un nom dans la vie, on nous a donné des noms comme ça, au hasard, renchérit petit Claude. En tout cas, ça me fait un peu peur de pas savoir qui m'a donné mon nom.

— Et c'est quoi le tien, petit Claude ? demande Maurice.

— C'est Otruche…

— Comme l'animal ?

— Non, ça s'écrit avec un O, pas avec un a ni un u, tu sais pas lire ? T'es vraiment un idiot, Maurice Caca.

— Toi, Depourto, un jour, je vais vraiment te tuer !

Mme Trévisse se lance dans un discours qui met fin aux envies de bagarre des deux ennemis jurés.

— Les enfants, les cartons que vous voyez disposés dans la salle d'activités sont vos trousseaux vestimentaires. Il y a un trousseau pour chacun de vous. Dans chaque trousseau se trouvent vos nouveaux vêtements. Nous allons donc, avec l'aide de votre monitrice, Mlle Isabelle, procéder à l'essayage.

Et c'est parti. Des pieds à la tête, bonnets,

pantalons, chaussettes, on enfile, on essaye, excités, maladroits. Mlle Isabelle passe de l'un à l'autre pour secourir, pour une manche qui ne veut pas d'un bras, pour un pantalon trop serré. Mme Trévisse aussi vient à notre rescousse. Mon nouveau pantalon en velours est trop large.

— Tu nages dedans, t'es vraiment pas gros, un vrai asticot. Mais ne t'inquiète pas, Mme Costa, en deux coups d'aiguille, saura arranger cela.

Mme Costa, c'est la dame qui travaille à la maison des habits, là où se trouvent tous les vêtements des orphelins du château, sur des étagères, bien repassés, bien pliés. On la connaît et on l'aime bien, Mme Costa. Dans sa maison des habits, ça sent bon le chaud du repassage. Elle a un accent et souvent il faut qu'elle répète parce qu'on ne la comprend pas.

— Allez, essaie-moi cette chemise maintenant. Voilà, eh bien c'est parfait, elle te va comme la chaussure de Cendrillon.

Mme Trévisse s'en va aider Maurice qui râle plus que jamais sur les lacets de ses nouvelles chaussures, qui ne veulent pas s'attacher comme il le désire, c'est-à-dire vite, d'un coup. Ça dure un peu, la séance des nouveaux vêtements, mais à la fin on est tous vêtus de neuf et ravis, même un peu fiers, autant que Mme Trévisse qui prend visiblement un véritable plaisir à nous accoutrer. D'une certaine manière, nous sommes un peu ses enfants, et aujourd'hui, on sent que derrière sa sécheresse naturelle, derrière son ton toujours strident de chef, se cache une femme gentille, une mère d'orphelinat dont les maladroites attentions trahissent cette subtile évidence : elle aime, elle aime beaucoup ses garnements. Quant à Mlle Isabelle, c'est pas pareil, avec elle, on est, on veut être ses enfants. Pas d'hésitation lorsque la grâce vous habille.

Dans les escaliers, je me rends compte d'un truc étonnant : on porte tous les mêmes vêtements. Mon pantalon de velours noir est tout aussi noir que celui de Jean ou de Maurice. Le même pour tous. Identiques chemises, gants et bonnets. Pas le choix, cette année, on sera tous jaunes et, la prochaine, tous verts. Ça fait un drôle d'effet. J'y ai jamais fait attention avant. Du coup, à la cantine, j'observe les tigres, les girafes et les autres. Même chose, mêmes habits neufs.

Finalement, face à cette impression de couleur imposée, je me dis que là où on n'est vraiment pas pareils, c'est avec nos noms, nos prénoms. Depourto, Pelain, Caquot, Chpapjik, c'est notre différence, et la révélation est faite. Les noms, voilà à quoi ça sert. Je m'endors plein de cette certitude.

L'homme en blouse blanche qui fait tourner le train en rond

— Entre, jeune homme. Tu es tout essoufflé, tu as couru ?

— Oui, docteur.

— Assieds-toi.

L'homme en blouse blanche s'assoit également, juste en face de moi. Une table nous sépare. Sur cette table se trouvent un petit train électrique posé sur des rails formant un cercle ainsi que des boîtes avec des formes creuses et des pièces en bois de couleur jaune, verte, rouge, bleue, un peu comme les serviettes de la cantine. Mais tout ça ne m'intéresse pas trop ; c'est surtout la montre du docteur que je regarde. Elle est belle. Elle est grosse et elle brille comme la lune. J'aimerais bien l'avoir, car, moi, je sais lire l'heure maintenant, et mieux que Maurice qui s'emmêle toujours les pinceaux avec les moins le quart.

— Quel âge as-tu ?

— Six ans.

— Six ans, répète le docteur. Et tu es arrivé ici quand ?

Je ne dis rien.

— Je veux dire, combien de temps cela fait d'après toi ?

J'aime bien sa question. Je réfléchis, parce que le temps, c'est mon affaire.

— Je suis au château depuis longtemps.

— Oui, c'est vrai, Phérial. Mais pourrais-tu me dire exactement combien ce « longtemps » contient de jours, d'années peut-être ?

— D'années, je n'sais pas. De jours non plus, mais d'heures oui.

Le docteur me regarde attentivement, ma réponse paraît lui plaire.

— Ah oui ? Et peux-tu me donner le nombre de ces heures alors ?

— Un nombre non, car il y en a plus que votre montre peut en avoir.

Il ne répond rien, sourit puis me désigne le train posé au milieu de la table en me disant :

— Tu vois ce train, eh bien je vais le faire fonctionner et il va tourner sur ces rails assemblés en cercle. Il va donc tourner en rond. Cependant, bien qu'il tourne en rond, il tourne quand même dans un sens. Et moi, je n'ai pas encore trouvé dans quel sens il tourne précisément. Peux-tu m'aider, me dire dans quel sens il tourne ?

— Oui, docteur.

Il met le train en marche. Il roule. On entend parfaitement le son de sa mécanique. Rapide, régulière, comme un vrai, quoi. Je me lève pour voir le train du dessus. Je le suis des yeux et ma tête fait le même mouvement que le train. Je me rassois.

— Je sais, docteur, je sais dans quel sens. Je peux vous aider.

Il arrête le jouet et attend ma réponse. Je reproduis le mouvement du train avec ma tête et déclare :

— Docteur, le train tourne comme ma tête.

— Très bien. Mais dans quel sens tourne ta tête ?

Je réfléchis encore. Je regarde autour de moi, cherchant à aider ce bon docteur qui n'arrive pas à comprendre le sens des choses qui tournent, mais ne vois rien d'autre qu'un grand tableau d'école posé sur ses pieds en fer dos à nous, ou encore la mallette du docteur, dans laquelle se trouvent plein de dossiers. Non, vraiment, y a rien de rien dans cette petite salle qui puisse aider, elle est froide et presque vide. Mes yeux s'arrêtent de nouveau sur sa montre. Elle est ronde. Et, ça alors, ses aiguilles tournent en rond. Je me lève aussitôt, prends sa main, désigne la montre et suis de la tête le mouvement de la trotteuse.

— Le train, docteur, tourne dans le même sens que les aiguilles de votre montre.

Je regagne ma place, très fier. Le docteur ne répond rien, il sort juste un dossier de couleur rouge, y inscrit des choses, le referme et me dit :

— Merci, Phérial, pour ton aide. Maintenant, je sais dans quel sens tourne le train.

On joue ensuite avec les formes bleues, vertes,

rouges, je les remets dans les bons trous, puis au puzzle du petit cheval en bois, et enfin je parle de moi, à la demande du bon docteur. Je raconte que j'aime bien l'école et les récréations, les douches et les savons jaunes, les balades en forêt et Catherine, mon amoureuse. Il me donne un bonbon. Je le mets dans ma poche en disant bien merci. Je sors, libre, courant sous la galerie des tôles ondulées, toutes chaudes du soleil de ce début d'été 1972. Je pense : il ne faut pas mourir. Le soleil est là, et les trains qui tournent ne sont pas des assassins d'enfants, puisqu'ils tournent aussi bien dans ma tête que dans celle du bon docteur. Lui non plus, d'ailleurs, n'est pas un mangeur d'enfant. C'est juste un bon docteur qui fait un peu peur, avec ses questions, ses épreuves, ses expériences, sa blouse blanche, d'où la mort comme complice des après-séance. Un bon docteur dans les yeux duquel je peux lire ceci : notre vie n'est qu'une fable dans laquelle se cachent les ogres que l'on veut, les monstres dormants qui auraient vu toutes les monstruosités.

En attendant, sa montre brille comme j'aime et j'en aurai une aussi belle un jour, avec des aiguilles d'or et d'argent. Elle pourra aller dans l'eau et, lorsque je l'inclinerai d'une certaine façon, elle se transformera pour devenir le miroir du temps au poignet des enfants. Tout le jeu sera là, dans l'eau et dans le reflet. Il faut s'y voir, au moins une fois.

Courir encore, libre, un instant, montre en tête, bon docteur et train derrière soi. Fascinant.

Ce bon docteur est, pour les enfants de l'orphelinat, de la plus haute importance. C'est lui qui donne le feu vert, selon nos résultats aux tests psychologiques, pour une réinsertion dans le monde « normal », dans une famille d'accueil. En somme, c'est une sorte de dieu tout-puissant.

Je retrouve mes camarades. Ils jouent à chat, à la marelle, avec des cerceaux qu'ils font rouler avec un bâton. On est gâtés, quoi. Mais là, je ne joue pas. Je m'assois, fatigué par ma course, par la séance. Un léger vent caresse mon visage. Je rapproche mes genoux de ma tête et y pose mon menton. J'entends les rires, les cris, le vent dans les feuilles. C'est bien doux ici. C'est sans temps. J'ai un peu mal au ventre, un peu peur de tout ça, les camarades, les jeux, la nature, l'école, le petit train. La sensation que je n'accroche pas à ce qui m'entoure et que ce qui m'entoure n'existe pas vraiment m'envahit. Il ne faut pas que je laisse faire. Je ferme les yeux et les images défilent : les copains qui courent, les sons, les mouvements de chacun. Les images deviennent floues, se déforment, les copains élastiques s'allongent, courent et les sons suivent leurs corps. Ça fait comme un choc quand un pareil son rencontre de pareils corps. Alors les cerceaux deviennent autre chose que ronds, autre chose que rigides. Tout se transforme et se mélange avec les bois derrière qui nous font peur, et doucement, les images ne sont plus vraiment des images. Plus rien n'a de sens, cour sans limites, arbres poussant vers le bas plutôt que vers le haut, enfants plus rapides qu'eux-mêmes. Et puis la lumière, toujours la lumière, noire, blanche, noire, blanche.

J'ouvre les yeux. La réalité me frappe de plein fouet. Tout se remet en place, cerceaux, frontières, docteur, enfants. Je me lève, avance vers mes camarades en pensant que je suis un petit bateau jeté à la mer. Des creux ! Des vagues ! Hop ! Bateau qui disparaît, vaincu un instant, et hop, plus loin, qui remonte, vaillant ! Je réalise, à cet instant, à quel point je ne suis qu'un enfant, petit, minuscule. Mon souhait le plus cher ? Qu'un géant des mers, très grand, le plus grand de tous, apparaisse ici même. De sa main, il m'emmène dans son pays lointain. Les autres me regardent avec étonnement m'élever ainsi dans les airs et je leur crie que je reviendrai les voir quand je serai devenu à mon tour un géant, que je les emmènerai là où ils voudront.

Noël au château

Il y a les derniers rayons de soleil, escorte lumineuse des feuilles mortes dans leur chute. Il y a la pluie et des ciels gris, puis le froid et la neige, le blanc partout en maître absolu de la campagne entière. Il y a les luges et les batailles, les doigts gelés, les engelures, les pieds glacés et, par-dessus tout, il y a Noël.

Au matin, fulgurante levée de lit, direction le sapin. Dans nos chaussures, on découvre nos cadeaux : une mandarine et des papillotes. On se régale en moins de deux, puis Mlle Isabelle nous réunit et nous offre les deux paquets que le Père Noël a déposés pour les dauphins. Le premier est un jeu collectif que Maurice qualifie aussitôt de « jeu d'idiots ». C'est un loto. Sans intérêt à côté de l'autre : une moto de police, avec son motard et qui est téléguidée ! Chacun de nous veut la manette, chacun de nous veut faire rouler cette moto tout en fer avec sirène et gyrophare à la clef.

Depuis quelques jours, un air de fête a envahi

l'orphelinat. Comme tous les ans, les enfants, petits et grands, se sont affairés à la décoration du château. Nous autres, dauphins et gazelles, papier crépon, guirlandes, boules de Noël en main, nous nous sommes occupés du sapin. Un immense sapin, dressé au milieu de la grande salle froide. Il fallait nous voir, hier encore, tournant autour, comme des Indiens autour d'un totem. On accrochait de nos doigts fébriles les faux cadeaux, les guirlandes dorées, rouges, argentées.

On a dû aussi construire, avec le papier crépon, la maison de Bethléem. Madame Trévisse nous a abondamment renseignés sur l'existence de Jésus de Nazareth, ce petit bébé tout rose, aux cheveux blonds, joufflu et fait de plâtre, que l'on a placé au centre de la maison, entouré par les autres figurines, Marie, Joseph, les rois mages, le bœuf, l'âne. D'après elle, cet enfant a été conçu par le Saint-Esprit, la lumière, dans le ventre de Marie. Et Joseph, le papa, n'est pas vraiment le père, car le père ce serait Dieu. En tout cas Joseph n'a rien dit, il a cru à cette magie sans poser de questions telles que je m'en pose encore aujourd'hui.

— C'est qui, c'est quoi le Saint-Esprit, le Dieu-Père de Jésus, Maurice ?

— Je sais pas. Je m'en fiche.

— Et moi, et toi, qui n'avons pas de père, ni de mère, est-ce que, par hasard, mon père pourrait être aussi son père à lui, Jésus de Nazareth ?

Et ma mère aussi, une Marie qui a reçu dans son ventre la lumière ?

— Ben non, bien sûr, t'es pas blond et je suis pas en plâtre et tu ne connais pas d'âne ou de rois mages, alors ?

— T'as raison, Maurice. En tout cas, Jésus me plaît bien. Après tout, lui non plus n'a pas vraiment de père, ni vraiment de mère.

— J'en sais rien. Moi, ce que je préfère, me dit Maurice, c'est pas l'histoire de ce bébé, c'est les boules de Noël, parce qu'on se voit dedans en couleur.

— Eh ben moi, c'est pas la couleur qui me plaît, mais c'est que quand tu te regardes et que t'avances et que tu recules, ben ta tête elle se déforme et ça fait un peu peur, renchérit petit Claude.

Ça m'intrigue. Je m'approche d'une boule. Je vois dans celle-ci mon visage plat, mes cheveux raides, cassés, mes joues creuses. J'avance et, c'est vrai, ma figure change. J'avance encore et puis recule. Mon nez se tord, s'écrase, tout s'étire, cruels miroitements. J'en abandonne mes réflexions sur Jésus et on file tous à la cantine qui, elle aussi, est décorée et très bruyante. Au dessert, on a encore de la bûche mais je n'aime toujours pas ça. Catherine non plus. Ce n'est pas grave, Noël est passé et je n'ai plus à me demander quel cadeau je vais recevoir en mettant mes chaussures près d'un sapin.

Dehors, la neige tombe et un gros camion déverse près de la buanderie son énorme chargement de charbon. C'est beau, ces boules noires sur le blanc de la neige. En les voyant, je repense à celles qui reflètent si bien nos oreilles pointues, nos lèvres gonflées, nos yeux carrés, nos visages fêlés. Elles dévoilent, chaque année, à qui veut les voir, nos laideurs en fête. Je pense à la Terre, cette planète que j'imagine être une grande boule accrochée sur une des branches de l'Univers, et je sens Dieu, Père de Jésus, et peut-être aussi de nous, qui vient s'y regarder naïvement. Oui, peut-être qu'Il se penche tous les jours. Il avance, Il recule et, comme nous, Il ressent la peur des enfants.

Le soir du jeu de l'amour avant le départ inattendu

Un après-midi, après l'école, Mme Trévisse vient nous trouver pour nous annoncer une chose importante.

— Les enfants, l'établissement a décidé de repeindre votre dortoir avant les grandes vacances. Par conséquent, le temps des travaux n'étant pas encore défini, chacun de vous ira dormir le soir chez les gazelles. Leur dortoir a été scindé en deux afin que chaque groupe y trouve un semblant d'intimité. Bien sûr, aucun chahut, aucune incorrection de votre part ne seront tolérés. Respect des autres et du règlement, telle est et sera votre devise tout au long de votre séjour chez mesdemoiselles les gazelles. Nous avons déjà transféré vos lits dans votre nouveau dortoir, il ne vous reste plus qu'à aller prendre vos affaires personnelles. Sur ce, je vous laisse en compagnie de votre monitrice qui ne saurait tarder.

Mlle Isabelle nous emmène chercher nos serviettes et gants de toilette, baluchons de slips et chaussettes, et les trésors de chacun :

un morceau de bois taillé en forme de couteau pour Maurice, un herbier pour petit Claude ou encore une pierre de la caverne d'Ali Baba pour moi. Une fois arrivés chez les filles, nous sentons dans l'air les ondes ultraélectriques de nos copines les gazelles, l'excitation générale redouble d'intensité. Tant bien que mal, on s'installe. Mlle Isabelle et Mlle Josiane ont bien des difficultés à contenir ce groupe d'enfants enflammés par la mixité du moment. Contrairement aux recommandations de Mme Trévisse, le chahut est vite notre compagnon principal au cours de ce déménagement phénoménal. Mais le plus incroyable est que moi, Phérial, je me retrouve, par manque de place, de lits, propulsé dans le dortoir des très grandes filles.

Les très grandes filles ont entre quatorze et dix-huit ans. On n'a, nous autres, nabots de dauphins, quasiment aucun contact avec elles, ni avec les grands garçons du reste. Tout juste si on se croise à la cantine. Et puis ils ont une particularité qui n'arrange pas vraiment les choses, question communication. Leurs groupes n'ont pas de nom du style girafe, baleine, lion ou éléphant, non ; trop grands, trop grandes pour ça. Leur présence, leur regard, leur façon de bouger les cheveux, leur rire, leur démarche, différente de celle des gazelles, plus dansante, envoûtante, me gêne, et cette gêne s'amplifie au moment de se mettre en pyjama. Là, au pied de mon lit, telle la statue du déshonneur, je ne bouge pas. Droit, les yeux dans le vague, pyjama à la main, j'attends l'instant où chacune d'elles regardera ailleurs. Au bout d'un moment, je me rends compte qu'elles ne font pas vraiment attention à moi, qu'elles m'ignorent même, petite chose insignifiante tombée d'un plafond de dortoir. Cela me convient. Tout doucement, je m'active, me déshabille dans la plus grande économie de gestes. Discrètement, cachant l'essentiel de mon anatomie, j'enfile mon habit de nuit et me faufile au plus vite dans mon nouveau lit.

Armé d'une patience imbécile, j'attends l'extinction de la lumière qui arrive bien plus tard que chez nous, les dauphins. Pour la première fois, je souhaite le noir, sans peur. Et le noir arrive. Pas complètement. Ici aussi, le halo du rectangle lumineux sur lequel je peux lire aisément aujourd'hui, du haut de mes huit ans, « Sortie », empêche ce prince de la nuit d'exister. Terriblement troublé, j'ai du mal à m'endormir. Tout est si différent dans cette chambrée. À commencer par les odeurs : un mélange de parfums, un panache de corps différents qui vous éveille les sens. Et puis le monstre à la lampe passe plus régulièrement ici que dans notre dortoir. Pourquoi ? Je ne vais pas tarder à le savoir.

Juste après un passage du monstre de nos nuits, une main glisse sous mon drap, puis un corps tout entier et, loin d'être effrayé, je pousse machinalement le mien, pour plus de luxe. Ma voisine, de huit ans mon aînée, sans un mot, m'embrasse sur la bouche, ses doigts, parcourant mon corps, atteignent mon sexe avec une violence contenue. Ses yeux brillent dans les miens, ses cheveux recouvrent mon visage. L'envahissement est total. Aucun de nous ne s'obéit plus. Nos mains, nos têtes, nos cœurs nous ont lâchés. Il y a dans notre jeu du sexe une élégance de rapacité. Nos désirs sont urgents, comme si nous savions que nous pouvons nous détruire et périr dans l'instant. Le zénith est atteint lorsque, surpris par le monstre à la lampe, je reçois une magistrale fessée accompagnée d'insultants propos à peine déguisés. Magistrale fessée dont personne n'entend parler nulle part à l'orphelinat caché dans les profondeurs de la nature.

Le lendemain matin, je suis convoqué chez le bon docteur. J'apprends que je vais devoir quitter aujourd'hui même l'établissement, que je vais embrasser une nouvelle vie, rejoindre le monde et ses familles d'accueil. Mes résultats aux tests sont suffisamment concluants pour justifier ce départ.

Dans son bureau, je rencontre un étrange personnage, M. Froidefond, lui aussi docteur, en psychologie. C'est un grand bonhomme, avec une grosse voix, une grosse barbe, un gros corps, qui m'annonce la couleur :

— Mon petit Phérial, te voilà donc paré pour rejoindre ta nouvelle vie. Sache qu'en cas de besoin je serai là, et même lorsque tu n'auras pas de besoin particulier, je viendrai aux nouvelles. Je t'accompagnerai demain chez les Liliane, ta prochaine famille.

Là-dessus, on m'envoie à la maison des habits. Mme Costa me donne ma valise noire emplie d'affaires avec comme étiquette cousue sur chacune d'elle le numéro trente-sept. La valise est lourde, mais Mme Costa m'aide à la porter jusqu'à l'entrée principale de l'orphelinat. Elle me plante un gros bisou sur chaque joue et repart au travail dans sa petite maison en bois. C'est Mme Trévisse qui prend à son tour ma valise et me fait entrer dans le bureau du directeur que je rencontre ce jour pour la première fois.

— Dans la vie, cher garçon, il y a les bons et les gentils. Et entre les deux, au milieu, il y a ceux qui sont les deux. À toi de choisir et bonne chance, cher garçon.

Rien à dire sur ce M. Brabu, lui aussi très barbu, et sur sa bizarre recommandation. Mme Trévisse me raccompagne au dortoir : c'est l'heure de dire au revoir. Mlle Isabelle n'est pas là, elle est en congés. Ça me rend triste, j'aurais aimé l'embrasser. Maurice m'assure que j'ai de la chance et qu'on se reverra un jour. Quant à Catherine, mon amoureuse, elle ne dit rien et je ne dis rien. Les yeux, toujours les yeux pour se parler.

Dans la cour, la même vieille conductrice qu'à mon arrivée m'attend. Elle a une vraie voiture, plus une ambulance.

— Eh bien, mon garçon, tu as drôlement grandi ! Tu veux un bonbon ?

— Oui, merci madame.

— Et tu causes, maintenant ? Tu vas me raconter tout ça pendant le voyage.

Avant de monter, l'œil humide, Mme Trévisse m'embrasse, mon cœur bat la chamade et je l'embrasse aussi. La voiture fait finalement entendre son moteur, coucou de la main à chacun. On emprunte la grande allée du château.

LE MONDE
ET L'ERRANCE

L'arme et l'infirme

— Aide-moi, Chpapjik... aide-moi... je peux plus me relever. Je tiens plus sur mes cannes. Je suis vieux, je comprends pas ce que je fiche là. Pourquoi ils m'ont fait ça ? J'ai rien fait ! J'ai rien fait, je te dis !

Le vieil homme attrape ma main pour se redresser. Il a sûrement plus de soixante ans et je me garde bien de lui demander pourquoi il est là. Du mirador, un gardien a suivi des yeux toute la scène, sans bouger. Le vieil homme essuie sa bouche au coin de laquelle se mélangent salive et terre. Il vient de faire une crise qui l'a terrassé et l'a fait trembler au point que j'ai cru que ses os allaient se briser. Hier, dans la vie, dehors, c'était un homme libre et alcoolique. En prison, nous sommes tous pareils : malades et souffrants.

Moi non plus, je ne sais pas ce que je fiche là. Moi non plus, je ne comprends pas et le ciel bleu qui s'étend au-dessus de la cour grillagée est aujourd'hui une insulte éternelle pour ceux qu'on va bientôt juger. Comment ai-je pu en arriver là ? Qui sont les vrais coupables dans toute cette affaire ? Suis-je innocent ? Du haut de mes presque seize ans, je regarde l'infirme dans sa vieillesse. Il me fait pitié avec sa pitié. Je l'écoute gémir et je crie dans ma tête en serrant les dents : seuls ceux qui ne savent pas d'où vient le vent sont innocents. Il continue de se plaindre et j'ai envie de le faire taire, ce vieux déchet. J'esquisse un geste et aussitôt :

— Chpapjik, calme-toi ! m'intime le gardien du haut de son perchoir.

C'est bien ce que je pensais : ce n'est pas le vieux qu'il surveillait, mais moi. Il tient son arme que pour rien au monde il ne lâchera. Il lit dans mes yeux qu'il ne le faudrait pas. Je le tuerais sans hésiter, je les tuerais sans hésiter, je vous tuerais tous sans hésiter, jusqu'à ce que je retrouve les coupables…

Je m'adosse au mur, me laisse glisser de tout mon poids. Le vieux s'approche, je l'arrête avant même qu'il ne pose sa main sur moi. Il n'a pas envie de mourir… Il tourne les talons et va souffler plus loin, au fond de la cour. Ma vue se trouble derrière mes larmes, je ne vois plus la lune, je ne vois plus ma maman… je m'assoupis sans le vouloir en me demandant comment je vais me sortir de là…

Le Watergate

Il fait très chaud, nous sommes en août 1974 et la vraie voiture file bon train. On ne se dit rien, la vieille conductrice et moi, même si j'aimerais bien lui raconter mes au revoir aux petits copains, aux grands séquoias et lui parler aussi de la peur, du vide, de mon fragile regard en avant. En avant pour la vie dans le monde, loin de cette enfance morcelée et mélancolique, loin de mes camarades. Lui dire que je ne les oublierai jamais, eux qui possédaient pour seul écho leur solide délaissement, et qui, de leurs allégresses comme de leurs peines, ne faisaient cas. Ce n'est plus si simple maintenant, ce n'est plus juste eux et moi. Je fonce à présent dans le monde qui ne m'attend pas plus que ça sans me douter des égarements à venir, des morsures mortelles. Sans connaître la lenteur des hommes et savoir quoi faire face à elle. Assis sur la banquette arrière, j'ai le net sentiment que ma peur est bien plus que seulement la mienne et qu'elle n'a de cesse de vouloir m'extirper de cette nature multiple aux chemins mystérieux, que j'évoque derrière mes larmes, en pensée. Cette nature qui laissait apparaître, ici des bleus de ciels immortels, là, dans le fond d'un sous-bois, des cavernes à trésor à l'orée d'une clairière, des fleurs qu'on croyait être le parfum de l'amour.

Ma vieille conductrice allume la radio et l'émission parle de Watergate, d'espionnage, de démission du président des États-Unis. Je ne comprends rien, juste, je pense que l'orphelinat c'est loin à présent. Village après village, en croisant des gens au bord des routes, dans les champs, des chiens errants, je ressens une espèce rare de tristesse sans âge qui vous envahit et vous terrasse. Après ça, on a beau dire, s'agiter dans tous les sens, on se sent prisonnier comme ces carpes centenaires tapies au fond d'une douve qui attendent que passe la nourriture. J'ai la trouille au ventre. Je me demande comment va être la famille d'accueil. Seront-ils gentils avec moi comme l'était Mlle Isabelle ? Quand je serai triste, que mes larmes couleront, est-ce que la maman saura les essuyer ? Quand je serai gai, pourrai-je le faire savoir en riant, ou en le criant ? Tant de « et si » viennent à moi, dans cette transition d'orphelinat à famille, de façon de vivre à façon de vivre. En tout cas, je me prépare aux changements.

D'abord, sonder les yeux de chacun, de chacune. Essayer d'y trouver qui est bon, qui est méchant. Éviter de trop parler, ne pas se dévoiler, ne pas évoquer le passé, l'orphelinat, la dernière nuit d'amour, par exemple, ou Jésus le Nazaréen. Poli, sage, obéissant, serviable. Il nous manque quelque chose ? Des parents comme tout le monde ? Eh bien, soyons leurs semblables, l'air de rien, comme s'il n'y avait pas de problème, pas de manque. Être normal. Pas un petit fou d'orphelin. Intégration avant tout, c'est là, de notre existence d'enfant, le coût.

On passe finalement un panneau : Saint-Bouize. J'ai à peine le temps de me demander qui est ce saint que l'on s'arrête sur la place de l'église. Dans le seul café du village, il fait frais. Il n'y a pas d'autres clients que nous. La patronne, au bar, écoute la radio, l'histoire des espions de l'Amérique, encore. La vieille conductrice se renseigne sur la famille Liliane.

— Ma brave dame, vous prenez la première à gauche après notre café, toujours tout droit sur environ quatre ou cinq cents mètres. Vous verrez, ensuite, y a un petit chemin en cailloux blancs sur votre droite, vous le prenez et vous tomberez sur la maison des Liliane ; c'est une maison neuve. Mais attention, le petit chemin, il est raide. Vous avez quoi comme voiture ?

— Une 2 CV.

— Bah ! Avec ça, vous pourriez grimper jusqu'en haut du mont Blanc !

— Merci, madame. Je vous dois combien ?

— Un franc et cinquante centimes. Il a l'air bien gentil, ce petit bonhomme. C'est votre garçon ?

— Non, c'est le petit Phérial et je l'emmène chez les Liliane, sa nouvelle famille d'accueil.

— Ah… Eh ben, tu vas être heureux, ils sont bien, ces gens-là. Tiens, mon bonhomme, c'est pour toi.

Elle me tend une barre chocolatée.

— Merci, madame.

J'engloutis le MilkyWay à la vitesse de la lumière et tandis que ces deux femmes apprécient le temps d'une bouchée ma joie d'enfant, je réfléchis à ce que la patronne vient de m'apprendre : apparemment je vais aller chez des gens bien et être heureux. Apparemment j'y crois, aidé sans doute par la saveur de ma friandise.

On reprend la route, on s'engage sur le chemin aux cailloux blancs. C'est vrai qu'il est raide. En haut, la famille Liliane au complet nous attend sur la terrasse. M. Froidefond est là aussi. À peine sommes-nous sortis de la 2 CV, la vieille conductrice me donne ma grosse valise noire :

— Bonjour, monsieur Froidefond, et au revoir, je vous laisse le petit Phérial, moi, mon travail n'est pas encore fini.

Elle remonte, elle repart. La voyant s'éloigner ainsi, je m'étonne qu'elle n'ait pas voulu m'embrasser. Est-ce que, comme moi, elle se demande si nous nous reverrons ? Et qu'entend-elle par « son travail pas encore terminé » ? Je n'arrive pas toujours à comprendre les grandes personnes. M. Liliane me tire de mes pensées :

— Bonjour, mon garçon. Le voyage n'a pas été trop long ? me demande-t-il en souriant.

Je remarque que Mme Liliane est la seule à

être assise. Elle tend ses deux mains et, aidée de son mari et du plus grand de ses trois fils, se redresse avec beaucoup de difficulté. Je suis frappé par la peine qu'elle a à se lever et par son sourire qui tente de l'emporter sur sa souffrance. J'en ai les larmes aux yeux. Elle le voit. Elle sent que je la reconnais comme nous autres orphelins, handicapés de quelque chose. Elle me tend une main, je lâche ma valise et l'attrape avec les deux miennes. Sa main est bien chaude, bien douce et tremblante. Elle me tient autant que je la tiens, m'aide à entrer dans sa famille autant que je l'aide à rester debout, belle et droite.

— Tu es un gentil petit garçon, me dit-elle doucement. Tu veux une menthe à l'eau bien fraîche ?

— Oui, merci.

— Allez chercher des boissons, les garçons.

On l'aide à se rasseoir. Quand les garçons reviennent, verre à la main, M. Froidefond s'adresse au plus jeune :

— Tu t'appelles comment, mon petit ?

— Christophe, monsieur.

— Eh bien, Christophe, tu devrais faire visiter ta maison à Phérial pendant que je parle un peu avec tes parents. Et vous, les grands, dit-il aux deux autres, vous pouvez aussi aller faire un tour.

Valise en main, je commence la visite avec Christophe, mais, à peine arrivés dans la cuisine, il me fait signe de me taire :

— Bouge plus. On les entend. T'entends ?

— Ouais, surtout M. Froidefond et ton père.

Et nous voilà, espions américains, dans la cuisine qui donne juste au-dessus de la terrasse.

— Alors, commence M. Froidefond, il faut bien comprendre que le petit Phérial a déjà été placé dans plusieurs familles d'accueil et un orphelinat spécialisé depuis sa naissance. Ce qui fait de lui un enfant, disons, particulier. Il a subi des violences physiques et probablement verbales dans certaines familles, d'où son séjour à l'orphelinat pour enfants en régression et ses cures en centre héliomarin. Il est plutôt intelligent et gentil de nature, mais sa nervosité est réelle et sa santé fragile. Il peut changer d'état pour un rien, par peur et même par trop de bonheur, vous comprenez ? Avec cet enfant, il faut à la fois ne pas prendre de pincettes tout en mettant quand même des gants. Peu aisé, je vous le concède. Cependant, le contact, particulièrement avec vous, madame Liliane, s'est rapidement établi. C'est bon signe. De plus, le fait que vous ayez un fils de son âge est une bonne chose pour son immersion au sein de votre cellule familiale. Qu'en pensez-vous ? Avez-vous des questions ?

Les Liliane se regardent un instant, et c'est M. Liliane qui parle :

— Monsieur le psychologue, nous, on est des gens simples. Ma femme est femme au foyer et moi, je suis maçon. La seule chose qu'on peut vous dire c'est que, ce gamin, on le prend comme il est, c'est-à-dire un orphelin. Ici, il ne sera pas traité différemment des nôtres. Il mangera et dormira à la même enseigne que nous tous. Et si, des fois, il ne va pas bien, on l'aidera comme on peut, tant qu'on peut. Et y a la forêt, la nature ça aide aussi.

— Vous avez raison, monsieur Liliane, votre réponse me semble appropriée. Ne pas stigmatiser nécessairement cet enfant est une bonne chose. Et je pense comme vous que…

Il est toujours étrange d'entendre un docteur en psychologie parler de soi, surtout quand il ressemble à Barbe Noire. Son « plutôt intelligent » me fait chaud au cœur. En plus, il a l'air de bien savoir qui je suis, moi qui ne saurais même pas dire quoi que ce soit de ma petite personne. Donc, voilà sûrement à quoi ça sert, les adultes : à bien parler pour les enfants. Il a aussi raison à propos de Mme Liliane : je l'aime déjà, comme Mlle Isabelle.

— Ben dis donc, t'en as fait, des voyages, commente Christophe.

— Oui, et souvent en ambulance.

— Pourquoi ?

— Je ne sais pas.

— Peut-être que c'est plus rapide parce que t'es prioritaire avec une ambulance, comme dans le Mille Bornes. Tu connais ? C'est un jeu de cartes.

— Non, je connais pas. Je connais le loto.

— C'est pas drôle, ce jeu. Viens, le Mille Bornes, c'est génial.

On laisse tomber l'espionnage et Christophe

m'emmène dans sa chambre qui sera notre chambre.

— Toi, Phérial, t'as ce lit-là. Moi, celui-là. Je m'appelle Christophe.

— Ouais, je sais, tu l'as dit à M. Froidefond tout à l'heure.

— T'as qu'à laisser ta valise ici. On va jouer.

C'est derrière la maison, à l'ombre, tranquille loin des discussions des adultes, que je m'initie à la vitesse de l'hirondelle et à la roue increvable du génial Mille Bornes, avec Christophe, devenu sur-le-champ mon vrai demi-frère.

Le souterrain

Quelques semaines se sont écoulées et j'ai bien compris : chez les Liliane, c'est Mme Liliane le chef. Un super-chef, parce que jamais elle ne donne d'ordres. Chacun sait ce qu'il doit faire.

— C'est à notre tour de laver la vaisselle et vous, les petits, vous essuyez, nous dit Pascal, le grand frère. Aujourd'hui, c'est le ménage partout. Vous, le coup de balai, nous, le coup de serpillière. Pour nos chambres, c'est pareil, et pour celle des parents, c'est le père qui s'en occupe. Après, il faut absolument aller nettoyer les clapiers des lapins et les nourrir.

Faut dire que chez les Liliane, les lapins, c'est du sérieux. En pâté, en civet, c'est là le but de l'élevage. Ici, tout se mange, se répare, se récupère, pas de gâchis chez les bonnes gens, pas de perte. Le pain est dur comme de la pierre ? Il devient, entre les mains de Mme Liliane, un délice de pain perdu. Les feuilles du cerisier, du noyer, tombent à l'automne ? Ramassées, lavées, elles finissent en alcool, dont M. Liliane est très fier. Ici, tout a une ou deux vies après la mort. C'est épatant pour moi, ces façons de faire. À l'orphelinat, je n'ai jamais pu savoir qui nous préparait à manger et je me suis souvent demandé d'où pouvait bien venir notre nourriture quotidienne. Maintenant, je sais, cela devait être des M. et Mme Liliane qui travaillaient, là-bas, dans les cuisines. Aussi, en les voyant préparer les repas, j'ai l'impression de connaître et d'apprendre les secrets de ces magiciens. Ils le font avec la plus grande modestie et jamais on n'entend une chose comme : « Chez nous, tout sert. » Non, pas un mot sur ce qui doit certainement tout de suite frapper l'invité : une maison modeste remplie de gamins, une femme malade qui s'accroche aux meubles pour se déplacer, un mari toujours en train de travailler, le mobilier bon marché réduit au strict nécessaire. Dans la salle à manger, toujours propre comme un musée, trônent les seuls trésors de la maison : de belles chaises en bois de chêne, grande fierté des simples gens. Aucun de nous n'a le droit d'y pointer son nez sous peine d'une bonne raclée. Et, bien sûr, il y a la voiture, donnée par un cousin éloigné, garagiste et qui a tout le respect de M. Liliane. C'est une belle R16 blanche, qui ne sort pratiquement jamais du garage et sent le plastique, avec ses sièges en Skaï beige marronnasse qui nous brûlent les fesses en été et nous les glacent en hiver. En hiver, justement, il y a aussi la brique toute chaude enroulée dans une serviette pour chauffer nos lits tellement froids qu'on croirait nos draps faits de neige.

— Il faut aller cueillir de la luzerne dans le pré aux vaches pour les lapins, amène-toi, dit Christophe, tu vas voir, y en a plein.

On file au pré où paissent une dizaine de vaches paisibles. C'est à peine si elles lèvent la tête quand on s'approche. On doit marcher doucement et j'ai un peu peur.

— T'inquiète, elles me connaissent, me rassure Christophe. Hein, mes belles, tout doux, tout doux. Viens les toucher.

J'avance, ma main frôle le poil. Aussitôt, la peau de la vache se met à frissonner, à dessiner des vagues. Je suis ébahi. Je retouche, re-vagues, incroyable !

— Maintenant, je vais te faire la courte échelle et tu montes.

— T'es fou ?!

— Mais non, on l'a déjà fait, tu sais. Allez grimpe, Phérial, poule mouillée.

— Pas poule mouillée du tout, allez, fais-moi la courte.

Il s'adosse à la vache, je pose un pied sur ses mains jointes, un autre sur son épaule et, en un rien de temps, me voilà sur le dos de la bête. Quelle hauteur, quelle sensation ! On se marre comme des baleines. La vache ne bouge toujours pas, elle relève juste son énorme tête de temps en temps et donne des coups de queue pour chasser les mouches.

— Christophe, comment je me tiens si la vache bouge ?

— Tu t'agrippes à son cou ou à ses cornes, ou tu sautes avant qu'elle te fasse du rodéo.

— Du rodéo ?

— Tu connais pas ?

— Non.

— Attends, tu vas voir.

— Voir quoi ?

Il donne une petite claque sur les fesses de la vache et aussitôt elle détale avec une force surprenante, devenue à la seconde ultra-rapide, comme si je chevauchais un énorme lapin avec des cornes.

— Tiens-toi au cou, tiens-toi au cou ! hurle Christophe, en courant derrière le troupeau qui nous suit.

— Au secours !

— T'en fais pas, je suis là ! Je t'ai dit, elles me connaissent ! Je vais leur parler !

« Je vous présente mon demi-frère, il s'appelle Phérial, il a mon âge et il a peur. C'est normal ! Il est pas encore habitué à notre famille. Vous êtes de la famille, hein, les cocottes ?! Ben lui aussi il est de la famille maintenant. Oh ! Tout doux !

À ses hurlements, les deux grands frères rappliquent :

— Tiens bon ! Accroche-toi fort !

Armés de bâtons, ils font de grands gestes et réussissent à ce que le troupeau tourne sur lui-même et ralentisse, pour finalement l'amener dans un coin du pré et l'enfermer. Une fois sur le plancher des vaches, tout tremblant, je ris en criant :

— Génial ! Je veux le refaire.

— T'inquiète, on refera le rodéo, mais faut ramasser de la luzerne avant que le père se ramène.

On a tout fait, ménage, lapins, en une matinée. On mange, le soleil comme invité.

Assis sur ma petite chaise jaune en Formica, je me sens bizarre. Je ne sais pas pourquoi, alors que tout va bien, je rumine un plan de destruction totale. J'ai envie de casser le monde et personne ne le voit. Et pour cause, M. Liliane est revenu du chantier un peu éméché et fait des blagues. Mme Liliane, qui ne peut pas s'empêcher de rire, essaie de le calmer par des « Mange donc ta charcuterie et bois un verre d'eau ».

— T'as raison, maman, ça m'a donné soif.

M. Liliane attrape la bouteille de vin. Tout le monde éclate de rire dans la petite cuisine, sauf moi. En secret, je continue mes plans dictés par un cœur en révolte noyé dans un bonheur qui n'est pas vraiment le mien. Je me sens si mauvais, si douloureux, que je me lève en trombe, emportant dans la foulée une petite cuillère et mon Opinel. On en a tous un, chez les Liliane, avec une bague tournante pour qu'il ne puisse pas se replier sur un doigt quand on s'en sert. Je fuis, direction la forêt. Là, j'entreprends de creuser dans la terre avec mes couverts, elle se détache facilement et j'obtiens rapidement un début de souterrain. Je m'y blottis. J'attends. Fatigué, je ne pense à rien ; le temps passe comme le vent dans les branches. Au loin, j'entends mon prénom : « Phérial ! Phérial ! Reviens... » J'attends. Les voix se taisent. Je reviens bien plus tard.

Ils sont encore à table. Je m'assois, penaud, triste. Personne ne me dit rien de particulier, la vie continue, on me sert à manger et, plus fort encore, on me demande si j'aime ça, si j'en reveux, sans faire de mon malaise d'enfant troublé tout un plat.

Les jambes souffrantes de maman Liliane

C'est maman Liliane qui a eu l'idée et qui nous annonce :

— Allez, allez les enfants, on se dépêche. Vous vous mettez sur votre trente et un, vite, vite, la surprise n'attend pas.

On ne se fait pas prier. Elle a raison, maman Liliane, les surprises, cela n'attend pas. On s'habille rapidement, chaussures du dimanche, pantalon du dimanche, sous-pull du dimanche et manteau de saison. Papa Liliane aussi se fait tout beau avec son polo à manches courtes vert dans lequel ses gros bras bronzés paraissent encore plus musclés, sa casquette neuve, un pantalon de costume et des chaussures que je n'ai jamais vues auparavant et qui, quand il marche, font du bruit comme seules des chaussures neuves savent en faire. Maman Liliane a revêtu une robe couleur crème, légère, avec de toutes petites fleurs si bien dessinées qu'on dirait des vraies. D'ailleurs, cette robe, on lui donne un surnom, on l'appelle « peinture de fleurs ».

C'est par une belle tombée de nuit de fin d'été que nous filons à bonne allure sur les routes de nos campagnes, bien serrés sur la banquette arrière de la R16 TX de papa Liliane. Hormis les remarques de Pascal et François du genre « Pousse-toi un peu », « Non, toi, pousse-toi. T'as vu les jambes que t'as ? On dirait des échasses », je peux dire que tous les six on est bien heureux, puisque ce soir on va dans cet endroit que l'on ne connaît pas.

Après une bonne heure de voyage, on se gare sur un immense parking devant la mairie de la grande ville où nous venons d'arriver. Comme d'habitude, on aide maman Liliane à marcher. Je tiens son sac à main, Christophe son manteau. Elle avance doucement en s'appuyant sur Pascal et papa Liliane. François fait attention à la circulation, lançant des : « Pardon, pardon » pour que les gens nous laissent passer. On arrive enfin.

On est cloués, Christophe et moi. Devant nous se dresse un bâtiment d'une telle beauté, c'est-à-dire qu'il est tellement, tellement beau, qu'on ne remarque pas tout de suite qu'il est écrit dessus, sur le mur, tout en haut, en lettres d'or géantes : Éden Cinéma. On n'y croit pas. On est au cinéma !

Le cinéma, on ne le voit qu'à la télévision, dans les films, quand les amoureux se donnent rendez-vous. Mon Dieu que c'est chouette. À la caisse, papa Liliane demande six places pour *Les Canons de Navarone*. Il sort de son portefeuille un billet de cent francs et on louche dessus tellement c'est un billet qu'on voit aussi que dans les films de la télévision. Quelle folie, ce cinéma ! On se dirige vers la salle immense. Au-dessus, il y a le balcon qui est si grand. Chacun peut aller en bas ou en haut. Nous, on est en bas, c'est plus facile pour maman Liliane. On se faufile dans la rangée du milieu. L'excitation est palpable. D'ailleurs, tout le monde chuchote, ce qui est une façon d'essayer de contenir sa joie, n'est-ce pas ? Une ouvreuse arrive avec un grand panier tenu par une lanière qui passe derrière son cou. Elle est jolie aussi, cette dame, et elle dit des choses merveilleuses :

— Bonbons, chocolats, crèmes glacées.

C'est incroyable, c'est incroyable de manger une glace au chocolat dans un Éden Cinéma. Après un bon moment, le grand rideau rouge s'ouvre, les pans disparaissent de chaque côté de l'écran en frôlant légèrement le sol. Les lumières de la salle s'éteignent doucement, presque en même temps que le silence se fait. Quand le film commence, on est comme sous l'effet d'une potion. Nos yeux dévorent l'écran. Le voyage est grandiose.

Sur le chemin du retour, Pascal et François ne se plaignent plus du manque de place, non, ils sont absorbés, ailleurs. Moi, je regarde la nuit à travers la vitre. Dans le noir du ciel, je crois voir par instants le visage des personnages. Oui, c'est ça. Je les vois tout là-haut parmi les étoiles.

Dans la chambre, on se raconte tout le film,

comme pour ne jamais l'oublier. Épuisés, on se couche et le cinéma recommence sa folie. J'éteins la lumière. Je me tais. Arrivent des sons et des images. C'est infini.

Le lendemain, Christophe m'apprend que c'est bientôt la rentrée des classes.

— Tu sais que les vacances sont presque terminées ?

— Ah bon ? Déjà ?

— Ben oui. J'ai entendu papa et maman. Ils vont nous acheter des cartables, des règles, des gommes et tout ce qu'il faut.

— Ah bon ? Ils ont tant d'argent ?

— Ben oui. On est riches, tu sais.

— Moi aussi ?

— Toi aussi. Regarde tous les Indiens que tu as, regarde tous les cow-boys que j'ai.

— C'est vrai, t'as raison, on a plein de choses. Et papa et maman Liliane, ils ont quoi ?

— Ben, papa, il a beaucoup, beaucoup de sacs de ciment. Et maman, elle nous a, nous, et toi avec.

— C'est vrai. Mais elle est malade, elle. Qu'est-ce qu'on pourrait faire pour qu'elle ne soit plus malade, pour qu'elle marche comme nous ?

— Rien, juste bien travailler à l'école.

— Comment tu le sais ?

— Papa dit toujours : « Travaillez bien à l'école et plus tard, quand vous serez grands, vous irez loin dans la vie. »

— Et ses jambes remarcheront ?

— J'en sais rien. Pourquoi t'as pas de maman, toi ?

— Je ne sais pas. On m'a rien dit alors pour l'instant peut-être que ta maman qui ne peut pas marcher c'est ma maman ?

Il s'en va en pleurant, sans me répondre. Je m'allonge sur mon lit, en chien de fusil, les mains entre les jambes. J'écoute le son du vent dans les branches qui penchent sous le poids des abricots mûrs. Mon cœur bat fort et ma main caresse mon sexe d'enfant. Catherine habite mon cœur, Mlle Isabelle habite mon cœur et maman Liliane aussi. Je découvre que mon cœur a de la place pour tout le monde et me demande s'il en va de même pour le cœur de chacun. Je me demande aussi pourquoi un enfant a une maman sans jambes, pourquoi un autre n'a pas de mère, et une étrange solitude m'envahit. Alors d'autres questions viennent encore. Et si maman Liliane n'existait pas ? Que ferions-nous, Christophe et moi ? Il irait à l'orphelinat ? Non, ce n'est pas possible. Maman Liliane doit toujours exister, même avec des jambes malades, on a trop besoin d'elle parce qu'on a trop besoin d'une maman. Je caresse toujours mon sexe, mes larmes finissent par couler.

Dans l'entrebâillement de la porte, je vois maman Liliane que je n'ai pas entendue arriver. Je ne bouge plus. Elle pose ses yeux sur moi et se retire sans un mot, mais avec difficulté, en refermant doucement. Pas de honte. Pas de crime.

La rivière avaleuse de sac

Au petit matin, papa Liliane sonne le clairon. C'est une tradition rigolote et bruyante chez les Liliane, pour le jour de la rentrée des classes, et nous autres, demi-soldats, l'œil encore lourd de sommeil, on grappille comme on peut de cette chaleur du lit qui nous enveloppe. Après un coup de gant sur le visage, un coup de peigne, la bonne odeur des tartines grillées à même la flamme bleue du gaz, beurre, confiture de tomates vertes, de mûres, au choix, chocolat au lait, c'est l'inspection de maman Liliane quant aux boutons de chemise bien fermés, aux lacets bien serrés. Puis Christophe et moi prenons le chemin derrière la maison, direction le premier jour d'école. On marche, on marche, on marche, à n'en plus finir, à travers champs. Je trouve ça long. Je ne dis rien mais je m'inquiète un peu. Christophe m'annonce gaiement :

— T'inquiète, on a cinq kilomètres à pied à faire.

— C'est pour ça qu'on se lève si tôt ?

— Ouais !

— Pourquoi t'as la banane ?

— Pourquoi ? Mais pour ça ! dit-il en me montrant du doigt un groupe d'enfants qui se tient près d'une petite cabane en bois et qui nous fait de grands signes. On presse le pas. Christophe leur lance :

— Je vous présente mon demi-frère.

— Salut, moi c'est Philippe.

— Nous, on est les frères Stéphane et Guillaume Deschamps, les terreurs du village.

— Écoute pas, c'est les frères idiots. Nous, c'est Élisabeth et ma sœur Sylvie. Et toi ?

— Moi, c'est Phérial Chpapjik.

— Wouah ! Et il est où ton prénom là-dedans ? demande un des frères Deschamps.

— Ben c'est Phérial, Ducon la joie ! répond Christophe.

— Oh, ça va, monsieur Je-Sais-Tout, je demande pour savoir, c'est tout.

— Ben maintenant tu sais, rat des champs !

— Quoi ? Tu me cherches ? Tu veux te battre ? s'énerve tout rouge Stéphane.

— Pas le premier jour d'école, ça va faire moche si t'arrives le pif en sang.

— Rat des champs toi-même, la liane pourrie !

La tension monte. Ils s'attrapent au col de chemise. Je suis prêt à défendre Christophe. Guillaume me fonce dessus, on s'attrape aussi, les filles interviennent :

— Oh, c'est bon les gamins ! On va arriver en retard à l'école, vous vous battrez un autre jour.

— Ouais, vous vous battrez ce soir, après l'école, jubile Philippe en se marrant d'avance à l'idée d'une bonne bagarre.

Et c'est ainsi qu'un peu débraillés, un peu sur les nerfs, on reprend notre trajet dans le village. Soudain, Philippe nous arrête :

— Stop, on change de trottoir et on attend.

— Pourquoi ? je demande.

— Regarde à la fenêtre de cette maison, tu vas voir la Fernande, me dit Christophe.

La fenêtre s'ouvre. Une dame sans âge se penche alors, un pot de chambre à la main et, sans faire attention à nous, petits voyeurs rigolards, elle jette tout le contenu à même la rue.

— Oh, la vache, ça schlingue !

Tout le monde se marre en évitant le seau de pipi de Fernande. Celle-ci, nous apercevant, nous lance de sa voix d'outre-tombe :

— Petits fainéants, vous avez rien d'autre à faire ? Allez ouste ! Fichez le camp avant que je vous attrape, petits démons de Satan.

Et en chantant, ils se tirent tous en courant. Je suis et chante aussi :

La vieille Fernande qui n'a plus de dents
Elle va nous tuer,
Avec sa pisse de vieille qu'a plus de cent ans.
Devant chez elle, faut pas traîner,
Faut pas rêver, parce que c'est pire qu'aux cabinets.
La vieille Fernande qui n'a plus de dents
Elle va nous tuer,
Avec sa pisse de vieille qu'a plus de cent ans...

On court jusqu'au croisement de la grande route, où on fait une petite pause devant la boulangerie, le temps de zyeuter les bonbons à l'étalage, les croissants et les flans. Chacun de nous oublie vite Fernande en reluquant ces merveilles.

— Un jour, je volerai tous les bonbecs et tous les croissants, salive Stéphane.

Personne ne relève, tous complices dans l'âme. Après l'église, on s'arrête sur le pont pour jeter des pierres dans la rivière. L'école est juste là. Ça hurle, ça rit, devant l'entrée, c'est la cohue des écoliers de France qui, partout, clament leur vitalité, cancres et bons élèves mélangés.

Notre maîtresse s'appelle Mlle Dubois. Elle est toute menue avec de grands cheveux bruns ; sa voix est douce et elle se tient bien droite. Elle désigne un élève pour distribuer les buvards, un autre pour les cahiers de brouillon, gommes et crayons de papier, nouveaux livres de lecture, d'histoire et de géographie.

À la récréation, je ne veux pas sortir. Je me sens bizarre. Toutes les rentrées, c'est pareil, nausée et trouille au ventre. Cette impression que je vais m'évanouir devant tout le monde, dévoiler mes faiblesses. Horrible. Je préfère mourir dans mon coin, tout seul, comme les chats qui, d'après papa Liliane, se cachent et s'éteignent doucement, sans bruit, sans personne. Mlle Dubois me comprend :

— Reste dans la classe, avec notre meilleur ami, le calme.

Puis elle sort surveiller la cour en délire.

Dans la classe vide, des odeurs m'envahissent. Ce sont les mêmes qu'à l'école de l'orphelinat, odeurs de bois, de poussière et de craie. J'entends les cris des enfants. Mais mon « meilleur ami » du moment, le calme, est plus fort, et les sons du dehors arrivent ici étouffés.

Seul, je ne sais pas trop quoi faire avec mon malaise. Je regarde mes mains. C'est fou comme ça hypnotise, une main. Plus je la regarde, moins je pense à mon mal-être. Toutes ces petites stries sur la peau… Incroyable, le nombre que ça fait. J'essaie de compter. Impossible. Je me dis qu'on ne compte pas l'infini parce que sinon il finit à coup sûr par nous avaler et on se perd. Ma tête chauffe. Voilà que les stries sont bien plus nettes maintenant, bien plus grosses en fait. Oui, ma main elle-même est bien plus grande et plus lourde aussi. Je n'arrive pas à la lever. Elle est comme clouée à la table. Je regarde autour de moi et me rends compte que je ne suis plus dans la classe. Je suis dans une chambre. Dans un lit, allongé. Devant moi, il y a un grand miroir. Je me vois dedans. Je suis tout vieux, tout ridé et tout cheveux blancs. Plus bizarre encore, je n'ai pas peur de moi comme ça. La force tranquille de l'habitude de moi-même m'enveloppe et je reconnais bien la présence agréable de mon ami le calme. Alors c'est donc ça, être vieux, c'est habiter dans une chambre où habitude et calme sont vos seuls complices ?

C'est beau, les cheveux blancs. Dans mon lit, je me souviens que papa Liliane en a déjà quelques-uns. Je repense à lui et il me paraît loin, le temps où j'ai vécu avec ce bon père d'enfants, qu'ils soient à lui ou pas. Une émotion m'envahit et, à travers mon vieux corps, je ressens ce mot que je ne comprends pas vraiment : nostalgie. Tous ces repas partagés chez eux, les Liliane. Cette atmosphère de famille, de bons vivants, ces moments que, là-bas dans mon école, je n'ai pas encore vécus et qu'ici, dans mon lit, je déguste en souvenirs. Bizarre, la vie. Bizarre, comme je suis.

J'ouvre un œil. Mlle Dubois est penchée sur moi :

— Phérial ? Phérial ? Ça va, mon garçon ?

Christophe est là aussi. Je m'assieds, tourne la tête. Toute la classe est autour de moi. C'est fini, le calme, et me voilà bien en train de me montrer faible. Je suis tellement gêné.

— Où je suis ?

— Tu t'es évanoui, me répond Mlle Dubois.

— Hé, maîtresse, il saigne du nez.

Je sors le mouchoir tout propre que maman Liliane m'a donné ce matin.

— Christophe, va lui chercher un verre d'eau.

— Oui, maîtresse !

Je bois. J'observe mes nouveaux camarades et me demande si eux aussi connaissent un vieux moi comme celui que j'ai rencontré dans mon évanouissement. Est-ce que ça fait ça à tout le monde ? Non. Peut-être que je suis simplement un tout petit peu fou, et c'est sans doute pour ça qu'on m'emmenait en ambulance autrefois.

Enfin, maintenant je vais mieux. Voilà ce que je sens et j'en profite. Cette apparition y est peut-être pour quelque chose ? Chacun reprend sa place et nous entamons une lecture.

À la sortie, la fine équipe de ce matin file à la rivière, balancer des pierres. On adore ça. On en lance des grosses, des fines, des plates. À un moment, je ne sais plus comment, pourquoi, je me penche et tout le contenu de mon sac tombe à l'eau. En rentrant chez les Liliane, je reçois quand même une bonne raclée pour le matériel perdu, noyé, et Christophe aussi, parce que papa Liliane estime que, dans ce genre de moments, on est toujours deux à faire des conneries.

Le soir, dans notre lit, on glousse en repensant à mes affaires d'école qui ont fichu le camp au gré du courant. Quant au malaise, il ne dit rien et moi pareil : motus et bouche cousue. Personne ne sait, personne ne sait le vieux moi que j'ai, en évanouissement, rencontré ce jour-là. Et c'est au son de la machine à laver le linge qu'on s'endort, sans effort.

La fête du village, la fête des Andouilles

Christophe et moi on est drôlement excités. On marche vite dans le champ, plus vite que pour aller à l'école le matin. Faut dire qu'aujourd'hui n'est pas un jour comme les autres, non, pas comme les autres. Aujourd'hui, c'est la fête, la fête du village, la fête des Andouilles. C'est aussi le jour où la nièce du président de la République se marie à Saint-Bouize, et il paraît que le président de la République viendra lui-même, en personne, assister à la cérémonie. Mais nous, nous, on s'en fiche. Le plus important, c'est que, aujourd'hui, on a vingt francs en poche chacun. Vingt francs ! Chacun ! Oui ! Une somme. Une fortune pour nous, et tout en marchant, on pense, on en est sûrs : on est les enfants les plus riches de Saint-Bouize, et du monde même, plus riches que Crésus et que tous les rois du pétrole. C'est maman Liliane qui nous a donné cet argent.

— Surtout amusez-vous bien, a-t-elle dit en nous remettant les deux billets de dix francs.

— Et ne les perdez pas en chemin, il n'y en aura pas d'autres. L'argent, ça ne tombe pas du ciel comme la pluie, ça ne pousse pas au milieu des champignons, ça se gagne à la sueur du front, a ajouté papa Liliane.

On a hoché de la tête pour dire qu'on avait bien compris, on a mis nos deux billets dans la poche arrière de notre pantalon de Tergal et, la chemise blanche fermée jusqu'au col, on n'a pas demandé notre reste, on est partis fissa rejoindre les copains à la fête des Andouilles.

On sort du champ de terre, sur le petit chemin qui mène à la route. Après la croix du Christ sur son socle de pierre, on prend à gauche, on passe devant chez Fernande, puis à droite on descend la grande rue et on arrive sur la place de l'église. Il y a foule et des motards de la police partout. On se faufile, cherchant des yeux les copains, on en voit un, deux, trois, cinq, les frères Deschamps et Philippe qui font un carton au stand de tir. On croise aussi François et Pascal qui courent après des filles. Mlle Dubois, assise sur un banc à l'ombre de l'église, couve de son œil bienveillant tout le petit monde de Saint-Bouize en effervescence. On galope vers le parc du château. C'est là qu'est la kermesse. J'essaye la pêche à la ligne. Ce jeu me ravit. Il y a tellement de cadeaux enfoncés dans le sable que mes yeux embrouillent ma tête. Je les vois, enveloppés dans du papier journal avec leur ficelle et la boucle qui me permettra de les pêcher tous. L'ardoise annonce : « Dix centimes la partie. » J'en fais vingt sans compter. Et je gagne vingt cadeaux. Je me concentre, tiens ma canne à pêche sans trembler, accroche toutes les boucles qui dépassent et emporte dans les airs les merveilles ensablées.

Les cloches sonnent à toute volée et les gens s'écrient : « Ça y est ! On va voir le président sortir de l'église ! » C'est l'événement du siècle à Saint-Bouize, tous se précipitent pour brailler « Vive la mariée ! Vive la mariée ! Vive le président ! » Elle est tout en blanc, la mariée, et la traîne de sa robe est d'une longueur infinie, les enfants de chœur sont au moins une vingtaine à soulever l'étoffe. Juste derrière elle et son mari, il y a madame la femme du président, je le sais car tout le monde murmure : « C'est la madame du président. » Elle est facilement reconnaissable : elle porte le plus grand et le plus beau chapeau de la fête des Andouilles, avec des fleurs de toutes les couleurs et même un peu de fruits. Oui, c'est bien elle, la première dame de France. En la voyant avec un chapeau pareil on se dit que tout le monde ne peut pas être et le printemps et l'été tout à la fois. Quant au président, il n'est pas là, pour des raisons de sécurité d'après les gens. On ne sait jamais. Il y a toujours un ennemi des chefs d'État qui traîne de-ci de-là, même à la fête des Andouilles. Je suis impressionné par la grande déception des gens. Ils sont tous venus pour serrer la main du chef et le chef n'est pas là. Ça jase sec, j'entends fuser, de-ci de-là, des petites remarques, des grandes rancœurs :

— Toujours pareil. Des promesses, des promesses. Ah, mais ça, dès qu'il s'agit de payer les impôts, alors là, on les voit tous rappliquer. Le peuple sera toujours le peuple, uni, indivisible et loin du roi ! Oh, moi, je vous l'avais dit, on ne mélange pas les serviettes sales avec les torchons propres, oui monsieur.

Finalement, quelqu'un a lancé :

— Le président ! Le président !

Un autre :

— Où ça, où est-ce qu'il est, ton président ?

— Mais là-haut, dans le ciel !

Et tout le monde de lever la tête pour apercevoir un président dans les airs, qui fait coucou de la main, en survolant son peuple, assis dans son hélicoptère.

En tout cas, nous, on s'est tellement bien amusés à ce mariage, on a mangé des centaines de kilos de friandises, on a fait exploser des milliers de pétards et même un mammouth, le plus gros des plus bruyants de tous les pétards, celui qui, dans une explosion, pourrait faire voler l'église en éclats. On est rentrés avec François et Pascal, tard le soir. On a été se coucher sans manger, un peu écœurés, trop de bonbons, trop de gens, trop de cloches à la fête des Andouilles.

L’hiver, la neige et mort du père Noël

Il fait froid et ça devient plus dur d’aller à l’école. Armés de gants, d’écharpes et de bonnets, on affronte nos kilomètres en tapant du pied. Une fois dans la classe, quel bonheur de sentir la chaleur du gros poêle. Chaque matin, on se précipite autour, écartant nos doigts tout rouges et tout roidis. Mlle Dubois nous laisse nous réchauffer juste avant d’attaquer le français ou les mathématiques.

Christophe est le meilleur en mathématiques. Élisabeth de Beaucourt, celle qui habite le château de Saint-Bouize, est la deuxième, mais la première en français. Moi, je suis le premier en lecture et en récitation. Quant aux frères Deschamps, ils sont les derniers partout et les premiers pour les idioties. Je peux dire qu’eux et nous, on a dû se battre au moins deux à trois cents fois depuis le début de l’année. Qu’est-ce qu’on s’est mis comme coups de poing et coups de pied ! On en a arraché, des boutons de chemise. Même que, si les usines de boutons et de chemises, elles marchent encore, c'est bien grâce à nous, à nos bagarres sans fin.

Aujourd'hui, c'est le dernier jour d'école avant les vacances de Noël. On a apporté notre Mille Bornes et on passe la journée à se faire partie sur partie. Mlle Dubois joue avec nous : elle est très forte à ce jeu, mais aussi pour repérer les tricheurs. En fin d'après-midi, elle ouvre un grand paquet de papillotes dans lequel on se sert chacun notre tour, à pleines poignées. En la voyant faire, me vient une drôle d'idée. À l'orphelinat, on avait les mêmes papillotes, mais dans nos chaussures. Je l'observe encore. Se pourrait-il que ce soit Mlle Dubois, ou quelqu'un qui lui ressemble, qui ait distribué des papillotes à l'orphelinat ? Se pourrait-il qu'ainsi les grandes personnes aident le père Noël dans sa tâche monumentale ? Parce que c'est vrai, en une seule nuit, il doit distribuer tant de choses à tant d'enfants. Avant, je croyais que le père Noël ne travaillait que pour les orphelins de l'orphelinat. Mais maintenant que je suis dans une famille, dans une école où l'on prépare la venue du père Noël, je comprends que sa besogne l'emmène bien au-delà de l'orphelinat, peut-être même jusqu'en Afrique.

Le soir au dîner, on se marre comme des baleines pour tout et pour rien. Les vacances sont bel et bien de retour. Pour couronner le tout, le lendemain matin, la neige est là. Quel beau spectacle que celui de la neige qui tombe. Nos bouilles encore chaudes du lit se collent aux carreaux froids et nos yeux à demi hallucinés s'hébètent de la blancheur des flocons, légers, comme si le ciel, éventré, secoué, perdait ses plumes. Vite, on s'habille et, hop, dehors.

François et Pascal s'attaquent à la construction de luges faites d'un grand sac plastique noir. Au bout du sac, ils clouent deux lattes de bois qui le pincent et fixent une corde qui nous sert à diriger notre luge de fortune. On part tous les quatre à travers champs, rejoints par les copains de Saint-Bouize. On est bien une trentaine de gamins à descendre et remonter sans cesse la pente des champs tout blancs. Quelles rigolades ! Des chutes, des roulés-boulés et des batailles géantes de boules de neige qui n'en finissent pas. Heureux sur la neige, nos fesses glissent. Sur la neige, nos têtes hissent des bateaux volants.

On rentre de notre expédition trempés, mains gelées et pieds glacés. Près du poêle de la cuisine, on attend que sa chaleur nous décongèle. Cette chaleur qui nous fait tellement mal quand le sang circule de nouveau librement, quand le chaud l'emporte subtilement sur le froid. On finit par se rendre compte que maman Liliane n'est pas là. C'est tellement rare qu'elle ne soit pas dans la cuisine, assise près de la fenêtre, toujours à sourire, à veiller de son regard bleu vif sur nous, les plus petits.

— Mais oui ! s'écrie Christophe comme s'il avait découvert l'Amérique, papa l'a emmenée chez le médecin, à Châteauneuf.

— Ah bon, et alors ? On fait quoi en attendant qu'elle revienne ?

— On va essayer de trouver les cadeaux !

— Les cadeaux ?

— Ben ouais, les cadeaux.

— Mais… le père Noël est pas encore passé…

— Les frères Deschamps m'ont dit que, des fois, il passe avant. Eux, l'année dernière, ils ont réussi à les trouver.

Je murmure :

— Oui, c'est possible. Cherchons !

Nous voilà, frénétiques, à fouiller partout dans la maison, au grenier pour commencer, dans le garage, sous nos lits, dans la chambre des grands frères, dans la buanderie, dans le placard des W.-C., dans le salon en faisant bien attention de ne rien casser ou salir. Une heure de traque et on n'a toujours pas vu l'ombre d'un cadeau. La même idée nous traverse : là, vraiment, on brave l'interdit de tous les interdits, la chambre des parents. Tant pis. Fébriles, sachant qu'on est en train de faire une de ces conneries qui va nous rapporter des kilos de baffes, on ouvre timidement la porte de ce sanctuaire où nos petites pommes n'ont absolument pas le droit de visite. Et, surprise : les parents sont là.

Stupéfaits, on n'ose plus bouger, coincés entre la peur de se faire repérer et le désir de savoir ce qu'ils font dans leur chambre en plein après-midi. Maman Liliane est allongée dans le lit, sa chevelure en bataille et ses épaules toutes blanches dénudées. Papa Liliane, en caleçon et marcel, soulève les trésors qu'on cherche depuis une heure. Il les pose au-dessus de la grosse armoire de leur chambre. On est aux premières loges. Ils rigolent, ils ont l'air très contents de cacher nos cadeaux. Au quatrième paquet, papa Liliane saute, comme on le fait nous, sur le lit, caresse les épaules de maman Liliane en chantant un air de l'ancien temps, mais elle le repousse en riant. Elle lui dit je t'aime, il l'embrasse sur la bouche et dans le cou. À présent, c'est elle qui chante la même chanson. On se retire sans bruit pour reprendre notre place dans la cuisine, près du poêle.

Je réfléchis. Si papa Liliane soulève des cadeaux qui seront bientôt les nôtres pour les cacher, si Mlle Dubois distribue des papillotes ici ou ailleurs, alors, c'est sûr, il n'y a plus de mystère à faire quant à un père Noël qui en fait n'existe pas. Le poêle ronfle. Je l'ouvre sur le dessus et Christophe y met une bûche. Je le referme. Notre corps a bien chaud maintenant et la neige nous attend.

Pupille de l'État, né à Paris 18e

Papa et maman Liliane ont tout préparé des jours à l'avance : faisan, perdrix, chevreuil, pâtés et terrines faits maison. Des heures à passer au hachoir les bouts de lapin finement préparés. Au jour de l'An, tout est prêt, les plats sont posés sur la grande table de la salle à manger. On a l'impression d'être dans un conte, invités dans un château par un roi et une reine dont le désir de nous voir bien manger, de nous habituer aux bonnes choses, comme le dit souvent papa Liliane, l'emporte sur le désir de nous gouverner.

Les pâtés défilent : vite posés, vite mangés. Le chevreuil et le faisan, avec sa petite sauce aux trompettes-de-la-mort, valent à papa Liliane une ovation. C'est lui qui a chassé ces bêtes-là au gros plomb, lui, le meilleur chasseur de Saint-Bouize et des hameaux alentour. Après les plats de résistance, tout le monde a de bonnes couleurs et les visages, comme les ceintures de pantalon, se relâchent.

Nous autres, la marmaille, avons le droit de

quitter la table. On ne se fait pas prier, on reviendra au fromage, quand les grands auront fait le trou normand, mais le cousin Christian, qui a déjà un sérieux coup dans le nez, nous arrête dans notre élan :

— Hé, les gars, pas de bêtises, hein ? Pas de petit Jésus dans le dos, hein ?

Tout le monde s'esclaffe, sauf nous et Bernadette, sa femme, qui râle et qui croit beaucoup en Jésus :

— Mais laisse-les donc, ces gamins !

— T'as raison, ma Bernadette, je vais aller cuver un peu, j'aurai les idées plus claires sur la question, bien que je soutiens que le Jésus, on sait pas s'il est vraiment né un soir de Noël ou un jour de l'An, ce qui en dit long rapport à l'Immaculée Conception, si tu vois ce que je veux dire, hein. La Marie, à mon avis, elle l'a pas fait vraiment toute seule...

— Bon, ça suffit maintenant ! T'es garagiste ou t'es curé ?

— Un peu des deux, ma Bernadette, un peu des deux, et ça dépend de la gueule du client, hahaha !

Dans la chambre, Christophe propose de montrer aux cousines nos deux pierres magiques. Pour ça, on se met tous les quatre sous une couverture et il frotte les deux pierres blanches l'une contre l'autre en faisant jaillir des étincelles qui illuminent nos visages. Le grand jeu, c'est de faire des grimaces qui font horreur, les yeux blancs, les paupières retournées, toutes rouges.

Mais surtout on parle du monde, de la maladie de maman Liliane, de ces sujets qui sont dans nos cœurs et qu'on évoque très rarement quand c'est la fête. La nouvelle année a tué l'autre et nos détresses ont disparu le temps d'un baiser étincelle donné dans la lumière des pierres qu'on frotte sous nos couvertures d'enfant.

Quelques jours plus tard, une vieille dame est venue chez les Liliane. Habillée tout en gris, du poil au menton comme la vieille conductrice, des yeux bleus trempés dans l'acier, elle a tout de suite annoncé la couleur. Se tournant vers moi :

— Je suis Mme Delavanche, la directrice adjointe du placement familial de Tracy-sur-Loire, dont tu dépends. Phérial, j'ai une bonne nouvelle, tu es français.

— Je suis français ?

Mes yeux vont de maman Liliane à ceux de papa Liliane. Mon incompréhension égale la leur. Mais Mme Delavanche n'y prête guère attention. Elle poursuit :

— En effet, nous avons enfin obtenu ta nationalité. Jusque-là, tu étais yougoslave, mais maintenant c'est fini, tu es pupille de l'État, né à Paris 18e, de nationalité française. Il ne peut plus rien t'arriver.

Je ne comprends rien à rien. Yougoslave, qu'est-ce que c'est ? Et il pouvait m'arriver quoi avant ? Elle m'inquiète, cette sorcière. Elle s'adresse de nouveau à maman Liliane :

— Votre cas a été examiné et la commission a statué. Madame Liliane, je suis au regret de vous annoncer que vous ne pourrez pas adopter le petit Phérial, tout comme la garde ne pourra pas être prolongée chez vous plus longtemps. La commission estime que la sclérose en plaques est une maladie qui donne droit au repos. La garde d'enfants est un vrai travail et l'effort demandé se multiplie par cinq avec des enfants de l'Assistance publique. Nous sommes désolés et bien conscients des désagréments. Courant de la semaine prochaine, M. Joseph Lacroix, fils de M. et Mme Lacroix, la prochaine famille de Phérial, viendra le chercher. Veillez à lui remettre son carnet de santé et cette carte d'identité.

Elle tend mon identité sur papier. Fébrilement, maman Liliane attrape la carte beige et Mme Delavanche, après avoir salué brièvement tout le monde, repart comme elle est venue, seule et en vitesse. On est tous sous l'effet de la bombe. On ne parle plus, on ne regarde rien ni personne, on attend les larmes.

Le soir même, dans la nuit, je me suis levé pour faire pipi dans le pot commun et, du couloir, j'ai entendu maman Liliane qui pleurait. Maman Liliane n'est pas ma maman. Je ne suis pas son enfant. Je ne m'en étais jamais vraiment rendu compte jusqu'à la venue de Mme Delavanche. Mais qu'importe, puisqu'une maman peut pleurer un enfant qui n'est pas le sien et un enfant sans maman peut aussi pleurer une maman qui n'est pas la sienne. Christophe a rappliqué et, dans mon lit, bien au chaud, les sanglots sont venus.

Départ et tempête

Joseph Lacroix est arrivé. R12 break flambant neuve, la trentaine, la barbe bien taillée, il pète le feu dans son costume trois-pièces et préfère qu'on l'appelle Jojo plutôt que Joseph. Le sourire et la blague faciles, il accepte volontiers de goûter au vin de pêche fait maison de papa Liliane. Il demande ensuite mon carnet de santé et ma carte d'identité et m'appelle son bonhomme. Dehors, la neige s'est remise à tomber, une vraie tempête.

— Allez, mon bonhomme, on va y aller avant l'avalanche. Tu dis au revoir le temps que je charge ta valise.

Il grogne en la soulevant :

— Ben dis donc, t'as quoi là-dedans, les lingots des Boches ?!

Maman Liliane m'aide à enfiler mon manteau, toute la famille est là, silencieuse, et j'ai la gorge nouée. Il fait nuit.

— Monte devant, bonhomme, t'es un grand maintenant ! me lance Jojo.

Dans la lumière des phares, je vois maman Liliane soutenue par les siens. Elle tend son bras, agite sa main. Elle pleure, maman Liliane. On recule encore et je les perds à travers les flocons de neige, ils se confondent dans le noir de la nuit. Bientôt, je ne les distingue plus, Jojo a réussi sa marche arrière. On passe devant chez Fernande, puis à gauche devant l'église, la boulangerie. On quitte le village, je regarde derrière moi, il disparaît lui aussi dans le noir et dans le blanc.

On fait à peine un kilomètre encore quand tout à coup la voiture glisse, dérape et on finit dans le fossé. Furieux, Jojo descend pour mesurer l'étendue des dégâts.

— Putain de bagnole de merde ! Putain de tempête ! Viens m'aider, toi, au lieu de me regarder.

Armés de pelles américaines, on dégage la neige des roues. Jojo, il souffle fort tellement sa colère l'étouffe. Je comprends vite que ce n'est pas un homme de la campagne. C'est vrai, combien de fois papa Liliane nous a dit que ça ne servait à rien de s'énerver contre la pluie ou le beau temps, que la neige et la montagne sont bien plus fortes que nos petits bras et que le mieux, c'est d'attendre patiemment.

Mais pour Jojo, rien à faire :

— Putain de bled de merde, faut qu'on se taille d'ici en vitesse, mon bonhomme. Allez ! Joue de la pelle, ouais, là, c'est bien comme ça, sous les roues.

Tout en déblayant la neige, je me rappelle qu'ici, de l'autre côté du fossé, il y a un champ et, après encore, la rivière. On y venait tout le temps, en été pour se baigner, en automne pour la pêche, et en hiver pour admirer l'eau gelée. Ici, on s'est dit tellement de trucs qui nous paraissaient essentiels ; comme par exemple qu'un jour la terre disparaîtrait à cause du soleil, ou encore qu'on trouvait, d'année en année, que les poissons, ben y en avait de moins en moins, et aussi, parfois, on croyait dur comme fer entendre, au son des corbeaux dans le brouillard, gémir le cœur noir de quelques sorcières. On est repartis, dans le vent et dans le froid. Tout le voyage, les Liliane ont occupé mes pensées.

La semaine précédente, on était allés en famille au supermarché. On avait bien rigolé, Christophe et moi, avec les Caddie à roulettes. Je pousse, il est dedans et on fonce dans les immenses allées du magasin. Papa Liliane, lui, ne s'amuse pas, au supermarché. Il n'arrête pas de tout maudire, les yaourts, la viande, les fruits sans saveur, les tomates sans jus, bref, tout ce qui se trouve ici n'est que poison :

— On regrettera notre boucher et notre boulanger qui venaient en camion, on regrettera nos apéros sans fin au soleil tombant des soirs d'été, on va tous finir dans des boîtes de conserve, on va tous crever à l'étalage, on va tous disparaître dans ces allées grandes comme des pistes d'avion, on est foutus, y a plus de saisons, y a plus de gibier, y a plus de métiers, y a plus que de la politique et des menteurs, moi je le dis, la démocratie, c'est l'aliénation des imbéciles que nous sommes par la liberté. La liberté ? Mon cul ! reprenait-il de plus belle.

Et maman Liliane de s'énerver :

— Mais arrête donc ! On n'est pas au café, on n'est pas à la tribune, on est au supermarché.

La peur du nouveau a ressurgi et m'a envahi. Fini les Liliane, fini la campagne. J'ai failli me trouver mal, tourner de l'œil. Je me suis accroché à la réalité comme j'ai pu. J'ai compté les flocons de neige, j'ai pensé que le pire était sûrement passé avec notre dérapage dans le décor, j'ai regardé le compteur des kilomètres.

On a mis des heures pour en faire, des kilomètres, justement, mais comme on avançait quand même, Jojo ne s'est plus trop énervé. Il a recommencé les blagues et, après avoir traversé une grande ville, Tracy-sur-Loire, on est arrivés chez « les vieux », ma nouvelle famille.

Le tigre blanc

Évanoui dans la neige, je rêve de mon vieux moi. Il me dit que nous sommes sortis, non par la force des choses, mais par la force des ventres, et que jamais nous n'échapperons à la mort. Penché au-dessus de moi, ses cheveux blancs frôlent mon visage et j'essaie de lui dire que je ne comprends rien au chant lointain qui s'élève, fait des larmes des mères, des pères sur les croix, pas plus qu'à la tête couronnée de cet homme simple qui se meurt en étreignant de ses mains gantées de sang le malheur de la foule, sous les avis contraires. Vibrent les branches endormies.

Je suis seul maintenant, dans mon rêve froid et, caché derrière un buisson, comme le tigre blanc se cache des hommes, je revis mon arrivée chez les Lacroix : à quelques mètres, une grande maison sous la neige, pleine de lumières dehors comme dedans. La voiture de Jojo se gare juste devant. Au son du véhicule, M. et Mme Lacroix viennent ouvrir la grande porte d'entrée. Il y a un chien, un fox-terrier, qui aboie.

— B'soir p'pa, b'soir m'man. Couché, le chien, au panier !

— Bonsoir, mon Jojo, répond Mme Lacroix.

Puis elle s'avance vers moi, me débarrasse de mon manteau, me fait une petite bise et je ressens, de mon buisson, toute sa douceur :

— Bonsoir, Phérial, je suis Mme Lacroix et tu peux m'appeler tata. Et le chien, c'est une chienne et elle s'appelle Molga.

— Bonsoir, tata Lacroix.

— Non, mon petit homme, tu dis juste tata.

M. et Mme Lacroix sont vieux, plus vieux que les Liliane, mais mieux habillés. Mme Lacroix a les cheveux bien coiffés et de couleur rousse. M. Lacroix est moins beau avec ses gros sourcils, ses lunettes sur le nez et son crâne bien dégarni avec juste deux rangées de cheveux coupés court de chaque côté, une vraie piste d'atterrissage pour mouches, comme on disait tout le temps avec Christophe lorsqu'on croisait un presque chauve. Ils sont petits tous les deux et Jojo n'est pas tellement plus grand. Mais ils ont l'air gentil, quoique M. Lacroix, dans sa façon discrète d'évaluer la situation, est bel et bien le chef de famille, possédant intelligence et autorité. Ses petits yeux, derrière ses carreaux, sont vifs et observent tout, font dans le détail et semblent percer à jour mon corps de nouvel arrivant. Il ne dit pas un mot et son visage arbore un sourire infime qui pourrait tout de même signifier que je suis le bienvenu. Cela me fait un peu peur.

— Et voici mon mari, et tu pourras l'appeler tonton.

M. Lacroix acquiesce puis disparaît dans une grande pièce qui doit être le salon.

— Bon ! C'est pas le tout, mais moi, je suis pas encore rentré au bercail, j'apporte ta valise et je mets les voiles !

— Fais attention sur la route, mon grand.

— T'inquiète pas, ma petite maman, ma nouvelle voiture et moi, c'est du tonnerre. Salut le père ! dit-il, et il embrasse tata Lacroix sur le front.

À moi, il fait un clin d'œil complice de je ne sais trop quoi. Il revient avec ma valise noire et dans mon rêve, elle m'apparaît plus lourde qu'à l'orphelinat. La porte se referme, Jojo repart affronter le froid et tata me fait visiter la maison. À l'étage, il y a trois grandes chambres et celle du fond, la plus grande, est à moi. Il y a aussi une salle de bains, un cabinet, un petit grenier sous le toit et le bureau de tonton Lacroix.

— Mon petit homme, ici on n'entre pas. C'est le bureau de tonton, c'est là qu'il travaille le soir et les week-ends.

— D'accord, tata. Il est où, tonton ?

— Il regarde la télévision, les informations, dans le salon. On ne doit pas le déranger. C'est très important de s'informer du monde avec les informations, tu sais, tu comprends ?

— Oui, tata. Le monde est important et ses informations aussi.

Tata Lacroix est perplexe :

— Heu, oui, c'est un peu, comment déjà… heu, oui, c'est cela. En attendant le repas, tu peux poser ta valise ici, c'est ta chambre et on rangera ensemble ton linge. Mon petit-fils, Sébastien, qui a ton âge, a laissé pour toi son circuit de moto, tu peux jouer avec si tu veux.

Je m'assois par terre, près du circuit, et commence à faire rouler les jouets qui foncent et font des loopings incroyables. Je pense à Christophe. Il aimerait à coup sûr ce circuit. Il me manque et la bonne chaleur de la pièce contraste avec l'hiver de mon rêve. Dans la chambre, les fleurs du papier mural sont grosses et orange, il y a deux lits et une table de chevet avec une lampe pour chacun. Je vais à la fenêtre et regarde la neige qui tombe. C'est beau. J'ouvre le tiroir de la table de chevet et y découvre un livre où je lis :

Plus de murs. Plus de plafonds. Plus de murs.
Tout juste un ciel qui nous envahit.
Entrer à jamais dans les nuages, c'est s'habiter soi.

Je ne comprends rien. Je referme ce livre qui parle comme mon vieux moi et reprends mon jeu de moto. C'est là que tout a basculé.

Accroupi dans le froid, je ressens encore combien cette grande maison avec ses grandes pièces, cette Molga joyeuse, ce tonton mesuré et cette tata qui, entrant dans ma nouvelle chambre en m'invitant avec bonheur à passer à table, ont ébranlé ma solitude tapie derrière mes jeux d'enfant. Sans un mot, j'ai fixé tata un court instant puis bondi et foncé me cacher dans la neige. Ils m'ont retrouvé allongé dehors.

Tonton m'a sorti de mon rêve.

L'affaire du carnet vert

Le lendemain, en début d'après-midi, sont venus M. Froidefond et une dame du service de l'Assistance publique : mon éducatrice, Mme Mireille.

Dans la cuisine, autour d'un café, ils débattent de mon cas. Ils parlent de panique, de nervosité, des familles dans lesquelles j'ai été placé puis déplacé, des bons résultats obtenus, malgré tout, aux tests de l'orphelinat. Ils cherchent, rassurent, expliquent, font les adultes, quoi. Dans mon coin, je n'écoute pas trop tout ça, je découvre Mme Mireille : ses grands yeux vert noisette qui illuminent son visage, ses cheveux fins et ondulés. Elle est belle, son énergie est débordante et M. Lacroix, le seul à ne rien dire, paraît sans consistance à côté d'elle. Il ne dit rien, sauf quand M. Froidefond suggère un retrait possible de ma petite personne du sein de leur famille. Tonton, avec calme, répond alors qu'on n'en est pas encore là, que cet enfant – moi – n'est certainement pas comme les autres et qu'on les avait prévenus de ça, eux, les Lacroix. Le chef a parlé. Du coup, ma panique, ma nervosité et tout le tremblement des familles semblent prendre un tout autre sens. Ils se tournent vers moi et Mme Mireille s'enquiert :

— Qu'est-ce qui s'est passé hier, Phérial ? Quelque chose t'a fait peur ?

— Je ne sais pas, madame Mireille.

— Christophe te manque ? demande M. Froidefond.

— Oui, un peu.

— Tu n'es pas bien ici, mon petit homme ?

— Si, si tata.

— Qu'est-ce que tu aimerais ?

— Je ne sais pas, je suis arrivé hier, tata.

Ils reprennent le débat entre eux. À la fin, M. Froidefond conclut :

— Il n'y a peut-être pas lieu de s'inquiéter outre mesure. Ce genre de réaction est finalement assez courant. La nouveauté des lieux, des habitudes ne sont pas forcément des choses rassurantes, même pour des enfants qui n'ont pas été victimes d'abandon. Madame Lacroix, avez-vous un médecin de famille ?

— Oui, bien sûr, heu, comment déjà… C'est le Dr Rilart.

— Je vous suggère de prendre un rendez-vous pour Phérial afin qu'il lui prescrive des médicaments pour les nerfs. Bien sûr, en cas de récidive, n'hésitez pas à me contacter.

— Oui, enfin, récidive est peut-être un peu fort, disons en cas de nouvel événement.

Vous pouvez également me contacter, ajoute Mme Mireille.

Politesses et excuses pour le dérangement de la part de Mme Lacroix qui semble rassérénée avec la solution du médecin de famille, qu'on ira voir d'ici peu.

Mme Mireille et M. Froidefond me serrent la main en me rassurant, parce qu'au fond, tout ça n'est pas bien grave, juste un peu surprenant vu que, comme je l'ai dit à Mme Lacroix, je ne suis arrivé qu'hier.

Sans attendre, nous allons au cabinet du Dr Rilart, même que je trouve ça drôle que son bureau s'appelle un cabinet. Dans la salle d'attente, tata Lacroix recoiffe mes cheveux plats avec une brosse.

— Après je t'emmène chez le coiffeur, tu as bien besoin d'une petite coupe.

Je ne dis rien, mais je trouve que mes cheveux ne sont pas très longs. On attend au moins des heures puis c'est notre tour. Comme tous les vieux, le Dr Rilart a de grosses lunettes et est tout gris de peau et plein de grains de beauté sur le cou, le front et les bras. Il est en costume, sans blouse blanche, pas comme ceux de l'orphelinat. Il a son stéthoscope autour du cou et me demande de me déshabiller.

— Alors, que se passe-t-il avec toi, mon garçon ?

— Je ne sais pas, monsieur.

— Phérial, on dit docteur.

— Oui, tata. Je ne sais pas, monsieur le docteur.

— Eh bien, docteur, voilà : Phérial est un petit garçon de l'Assistance publique que nous accueillons. Il est arrivé il y a trois jours et le premier soir il a fait, comment déjà… une sorte de fugue juste après avoir bondi comme un fauve par-dessus moi. Son psychologue, M. Froidefond, m'a conseillé de faire appel à vous.

— Bien. Je vais l'ausculter.

Il pose son stéthoscope sur mon cœur, dans mon dos, me demande de dire trente-trois, de tousser. Il tâte mon cou, ma nuque, sous mes bras. Je frissonne. Ses mains sont froides.

— Alors, mon petit Phérial, tu aimes bien bondir, comme les kangourous ? Et est-ce que tu dors bien la nuit ?

— Je ne sais pas.

— Et tu manges bien ?

— Beaucoup, mais des fois je tombe dans les pommes.

— Dans les pommes ? C'est fait pour être mangé, les pommes. Allez, monte sur la balance. Vingt-six kilos. Mets-toi là, un mètre trente-sept. Il faut que tu manges encore, tu n'es pas très gros. Vous avez son carnet de santé ?

— Tenez, docteur.

Il hoche la tête dès la première page, le referme et dit :

— Je vois. Je lui prescris du Valium en sirop, une cuillerée le soir avant le coucher.

Il griffonne sur son ordonnance. Je regarde

son écriture, illisible mais respectée. Si moi j'écrivais pareil à l'école, je me prendrais sûrement une dérouillée.

— Voilà. Avec ça, tout devrait rentrer dans l'ordre.

— Merci, docteur. Pour le règlement, je dois vous donner un feuillet de son carnet de paiement ?

— Ah oui, le carnet. Je peux vous dire que c'est la barbe, cette affaire-là. Vous me donnez le feuillet vert.

Cela n'a pas l'air de réjouir le Dr Rilart, cette histoire de carnet, il rouspète un peu, comme quoi l'Assistance publique met des mois à le rembourser, que c'est drôlement compliqué, que sa secrétaire s'en arrache presque les cheveux, que c'est une honte que nous autres, enfants de l'État, on ne paye pas en argent sonnant et trébuchant comme tout bon citoyen. Il y voit là de la discrimination, et en entendant ce mot sortir de sa bouche je m'aperçois que je ne sais pas ce que ça veut dire. Finalement, le Dr Rilart s'excuse un peu pour son emportement et adresse ses salutations à tonton Lacroix.

Je sors de chez le coiffeur avec une coupe bizarre, la raie sur le côté et les oreilles bien dégagées, qui, par ce froid, deviennent vite très rouges. Avant de rentrer à la maison, on passe chez le boucher où tata achète des steaks de cheval. Il lui donne du mou et des os pour Molga. Chez le boulanger, je suis ébloui tellement il y a de gâteaux que je ne connais pas dans sa vitrine, mais il faut faire vite : la famille arrive aux alentours de midi pour le traditionnel repas du samedi.

Jojo est parti chercher Antoine à la gare. Antoine, c'est une tête, « un matheux, le p'tit dernier », comme dit Jojo. Il en est fier et il en parle souvent :

— Le petit frère, c'est une tronche. Il est dans une grande école de Paris, une école qui fabrique des présidents de la République comme toi tu fabriques des conneries, une école qui s'appelle Sciences Po, mon pote.

Les voilà. Jojo fonce dans la cour, la musique fait vibrer la caisse et, bien sûr, il freine en serrant le frein à main, en tournant légèrement le volant, ce qui fait un effet voiture de sport quand elle dérape sur les graviers.

— Ah non, mon Jojo ! On n'aura plus de graviers si tu continues comme ça, tu sais. Comment déjà… un jour, tu vas finir par avoir un accident, mon Jojo !

— Oh, ma p'tite maman, que je t'aime. Viens dans les bras de ton fils préféré, la terreur des graviers ! T'inquiète pas, la mère, des cailloux t'en auras plein à Noël, suffit de demander au père.

Tonton Lacroix, il est directeur d'une grosse usine de construction de la ville de Tracy-sur-Loire et il fait aussi partie du conseil d'administration. Alors, des graviers, il peut en avoir des tonnes s'il veut.

— Ta mère a raison, dit calmement tonton Lacroix, comme à son habitude, en sortant de la maison. Mon fils, fais attention quand tu te gares. Et sache, pour ta gouverne, mon cher fils, qu'en démocratie on n'use pas de privilèges et que même les cailloux ont un prix.

— Salut, p'pa ! Allez, allez, tout le monde sait comment les choses tombent pas du ciel mais des camions.

Et il se marre, Jojo, tandis qu'Antoine, que je vois pour la première fois, sort tout pâlot de la voiture, sans doute à cause de la conduite sportive de son grand frère. Il est jeune et j'ai du mal à l'imaginer vieux, en président. Il porte des lunettes, ses cheveux sont brun-noir, comme les miens, bien coiffés, comme les miens, peut-être qu'on a le même coiffeur. Arrivent ensuite Sébastien et Martine, les enfants d'Éliane, l'aînée des Lacroix, accompagnés de leur beau-père, Édouard-Marc, un riche homme d'affaires. Oui, parce que Éliane est une femme divorcée, mais on n'en parle pas à table. Pour finir, viennent la femme de Jojo, qui ne sourit que très peu, et Cécile, leur fille, qui a deux ans de moins que moi et veut tout le temps jouer au docteur.

Sébastien, le petit-fils, m'appelle son pote mais je ne sais pas trop ce que veut dire ce mot que Jojo emploie toujours pour me saluer. « Salut, mon pote ! Ça va, mon pote ? T'es mon pote, toi, hein ? » qu'il dit en me pinçant le muscle de l'épaule, ce qui me fait aussitôt plier à terre. Bref, Jojo, c'est sa façon de me dire qu'il m'aime beaucoup, même si je ne suis pas vraiment de sa famille. Il n'en a rien à faire, je suis son pote quand même ! Quant à Éliane, elle est simplement exquise. Plus tard, les fois où j'irai chez elle, dans leur grande maison avec parc, elle me donnera toujours, pour le dessert, ces petits yaourts délicieux aux fruits rares, comme la banane, l'ananas, le kiwi et la papaye, qui coûtent cher. Éliane, je la regarde en cachette, en secret, du coin de l'œil, tellement elle me fait beaucoup de choses. Mon petit cœur bat la chamade, devant elle je rougis aussi facilement que tomates et fraises au soleil d'été. Sa voix est un délice, ses robes toujours légères. Elle a beaucoup de beauté quand elle rit et elle rit souvent. Alors je vois ses dents blanches, ses lèvres rouges comme des cerises que je voudrais manger en prenant bien mon temps.

Mémé Juliette, la reine des tapis

Ce matin, on s'est levés très tôt, c'est pour ça que mes yeux ont du mal à rester ouverts. On s'est levés très tôt pour aller rendre visite à mémé Juliette, la maman de tata. À l'arrière de la GS, j'ai le mal de mer. Mon cœur se balance dans ma tête comme la tête des petits chiens en plastique que tata Lacroix a posés avec délicatesse sur la plage arrière. En plus, tonton Lacroix ne veut pas que l'on parle, il dit toujours : « Prudence est mère de sûreté, telle est ma devise. En voiture, comme en camion, votre silence est la garantie de ma concentration sans faille. » Alors on ne moufte pas, tata et moi. On croise des yeux les yeux jaunes des voitures et on parle dans nos têtes. Enfin, tata, je ne sais pas si elle se parle, mais moi, je me demande comment c'est, chez mémé Juliette, comment elle est. Après des heures de tangage, on arrive.

— Paris 20e, tout le monde descend ! chantonne tonton Lacroix en finissant son créneau.

— Eh bien, mon petit homme, t'es tout pâle. C'est la voiture ?

— Non, ça va bien, tata, ça va bien.

— Ça va bien ? Blanc comme le, comment déjà… comme le linceul. Tonton, tu devrais le laisser parler un peu dans la voiture, tout de même. À son âge, on a des choses à dire, des questions. La voiture, c'est barbant, tous ces mots dans sa tête, ça doit lui donner le mal de mer. Hein, mon petit homme ? Allez, mets ton manteau.

Tonton l'interrompt :

— En voiture, je l'ai déjà dit…

— Oui, oui, mer de sûreté et calme d'Olympie sont ta devise ! Mais le pauvre gosse, le jour où il vomira sur la banquette arrière, comment déjà… c'est tata qui devra réparer le petit accident, n'est-ce pas ?

Tonton ne répond même pas, et, tout en pinçant les lèvres et plissant les yeux, il me lance :

— Un gaillard comme toi ? Allons, allons, moussaillon, jamais sur la houle mon estomac ne se met en boule, sinon, pour sûr, capitaine, je perds ma boule. Et si je perds ma boule, alors je suis maboule !

J'éclate de rire et tata sourit en chuchotant :

— Tonton, c'est le quartier de maman, ici, on pourrait nous voir, tu sais comme sont les gens.

Elle jette des regards à droite et à gauche, en souriant toujours.

— Eh bien quoi ? Moi, je n'ai rien dit, rien vu, rien entendu. Fidèle comme les trois singes. Et si mémé Juliette se plaint, moi, je sais que je ne sais rien.

Il sifflote l'air de la java bleue, celui que tata

aime tant, il fait des blagues. C'est très étrange de le voir comme ça. D'habitude, tonton Lacroix est sérieux, réfléchi, posé. Je ne comprends pas. Ça cache quelque chose. Peut-être qu'il a peur de quelqu'un ? Je ne sais pas.

Nous passons une grande cour où se dressent plusieurs immeubles immenses. On entre dans le plus grand et on prend l'ascenseur. Tonton appuie sur le bouton 14. Hop ! le mal de mer me reprend. Je sors, plus blanc encore, ce que mémé Juliette ne manque pas de me faire remarquer, sans quitter son métier à tisser moderne, tout électrique :

— Il a une sale mine, ce gosse, pire que nos petites endives de Paris. Lui faire faire tant de voiture pour venir voir une vieille grand-mère qui sent la mort, ce n'est pas vraiment un spectacle pour enfant. Question santé, rien ne vaut mieux, pour la jeunesse, comment déjà... que des bonnes marches dans les bois de nos provinces ensoleillées.

— Allons, allons, belle-maman, on n'est pas venus pour votre enterrement, dit tonton Lacroix, tandis que nous enlevons nos manteaux que nous accrochons dans le vestibule.

Elle s'arrête de tisser et me fait signe d'approcher. Je me risque. Elle prend mes épaules avec ses doigts tordus par le temps, et m'attire tout près d'elle. Elle me fait un peu peur, j'en remets une couche question pâleur.

— Andrée ! crie-t-elle tout à coup à tata. Va me chercher mon album préféré et vous, mon gendre, allez donc vous servir un bon café dans la cuisine. Écoute-moi, l'orphelin.

Elle murmure, pour que les autres n'entendent pas :

— Il ose m'appeler belle-maman. C'est un hypocrite, je ne l'aime pas. Méfie-toi des hommes, ne deviens jamais comme eux. Moi qui ai vu les deux guerres… J'en ai perdu quatre. Quatre ! Que j'ai sortis de mon ventre. Oui, mon petit. Et, tu vois, un pied dans la tombe, je ne pense qu'à eux, de toute mon âme. J'ai été si lâche d'aller contre mon cœur au nom de la patrie des cons. Ma carcasse ne vaut pas la plus juste de mes peines. Mon amour a trahi. Un jour, tu auras des enfants. Méfie-toi du tonton. Tu veux un bonbon ?

Elle me serre dans ses bras et pleure sur mon épaule. Je sens la chaleur de ses larmes piquantes qui coulent le long de mon cou. Elle se ressaisit, tire un énorme mouchoir de la poche de sa blouse sans fleur, se mouche bruyamment, trouve, du premier coup, sous les centaines de fils colorés qui tapissent sa salle à manger, une boîte en fer de bonbons anglais, l'ouvre et m'en tend deux poignées avec un sourire d'enfant.

Un quart d'heure plus tard, je suis dans la grande cour à partager mes bonbons avec les « endives » du coin. On fait du tourniquet et je vomis pour de bon. On joue à tape-cul sur les énormes balançoires et on se remange des bonbons. Pour finir, on essaie l'ascenseur jusqu'au dernier étage, le trente-sept, je crois, avant de se dire au revoir en pensant bien qu'un jour on se reverra.

Au retour, dans la voiture, je m'évanouis comme un forçat. Mon vieux moi est en face de mémé Juliette.

— Regarde, la vieille phosphorescente aux bras roidis. Ils la sortiront, dans la pleine nuit. Ils la chargeront, les hommes en blanc.

Je l'observe, mémé Juliette. La bouche grande ouverte, les yeux vides, ses lèvres rentrées n'en veulent plus, des baisers.

Le soir où je suis revenu du sport

Dans la nuit noire, perce un rayon de lune.

Un soir, du noble judo revenant, d'un mal de dos me plaignant, j'ai vu celui qui ne vous veut aucun mal poser ses mains sur mon corps, ma douleur. Il vous a déjà mis sur sa table des Enfers, celui qui a son innocence perdue ; il vous regarde et vous opère, car c'est la vôtre qu'il a en vue.

Scalpels doigts, ciseaux langues, sexe turgescent, et fore, fore peaux et culs, et suce le gland, bougre d'enfant. Viens à moi. Ça ne brûle presque pas. Ici, les araignées font leur toile à l'anus des enfants cendriers. Et prends cette tige, ce bout rougeoyant. Au zoo, on devient tous malingres. Sans os. Beaucoup sourd. Beaucoup muet. Plus de goût pour les vents et les chants.

Dans la terrible machination sont piégés bien d'autres enfants. Dans la terrible machination, les pensées conçoivent et s'égarent et, tel un soleil qui tombe dans la mer, le cœur s'évanouit.

Ô Père ! Père !

Je suis un homme à présent et seul, face au lion dans la plaine, à genoux, je pleure.

Ô Mère ! Mère !

Tandis que mon corps fou s'agite,
Dans tes eaux qui m'abritent,
Apaise mes puissantes douleurs.

Maintenant, très vite, je raconte.

Tonton Lacroix retire mon sexe de sa bouche puis le reprend, joue avec, comme le chat avec la souris. Il caresse mes fesses et me dit de passer ma langue sur son membre. Tout à coup, il jouit. Liquide blanc qui gicle, épais, amer. Mon mal de dos est passé, mais les douleurs ne font que commencer. Il s'apprête à sortir de ma chambre. Il sourit. Il n'est pas méchant. Il vit dc plaisir et d'enfants. Après chaque fois, il me redit la même chose :

— Phérial, il ne faut rien dire. Secret absolu entre toi et moi. Et puis, si tu parlais, eh bien, on ne te croirait pas. Le commissaire, celui qui vient souvent manger à la maison, c'est moi qu'il croira.

Je comprends bien. La parole du voleur, la parole du gendarme. Pour me faire sentir l'importance de sa voix, tonton Lacroix ouvre devant moi une mallette. Il en sort un drôle de costume. Une espèce de bonnet pointu et d'écharpe avec une médaille accrochée au bout. Sur la médaille, il y a un compas, un œil, un triangle. Il y a aussi des papiers avec des écrits dans un alphabet fait de signes bizarres. Pour moi, du charabia. Pour lui, une secte aussi secrète que les mensonges. Un monde auquel je ne comprends rien mais qui jette l'effroi sur l'enfant que je suis alors.

Souvent encore, pendant les années que je passe chez les Lacroix, tonton vient me voir, le soir tard, le midi après le repas, et toutes les fois où tata Lacroix s'absente, monte à Paris rendre visite à mémé Juliette. Il vient souvent car il aime tellement mon sexe, il en attend quelque chose. La précieuse semence. Du jour où ça arrive, où elle jaillit, tonton Lacroix cesse de me caresser et ne me fait plus jamais entrer dans son bureau. Après ça, on se sent tellement coupable. Je m'évanouis.

Pourrai-je revenir un jour, tranquille et serein, rendre à ce tonton Lacroix la monnaie de ses outrages passés ? J'ai de la peine. L'amour a donc une fin et l'abandon serait notre destin ? J'ai de la peine. Verra-t-il, de mon jardin, bondir, le pied pointé au ciel, une grâce ? Elle s'élancera et accomplira mille figures et sauts d'anges et pirouettes enfantines, laissant entrevoir la chair féminine, du bout de ses doigts, elle donnera au vieil homme de l'éclat. Tonnerre des enfers ! Le vieux fou marmonnera dans sa barbe : la chute, qui vous ouvre et vous vide des pieds à la nuque, la chute… Ce n'est rien de bien joli que bites et cœurs soient un jour ramollis. Rien de bien joli que bites et cœurs soient un jour ramollis.

Mon vieux moi ne dit rien. Ma peine est en lui. Je tais mon délire. Je reviens à moi.

Elvis au collège

Voilà, j'ai douze ans. Voilà, je suis debout, mon sac à la main. Comme les mille deux cents autres camarades d'école, j'attends qu'on m'appelle. Le ciel est gris et la façade du collège, qui se dresse juste devant nous, aussi. Étrangement, je n'ai pas peur. C'est l'imagination, les histoires qu'on s'invente qui font le plus peur, pas les faits, pas le réel, voilà ce que je pense en attendant que le temps passe. D'ailleurs, avoir peur de quoi ? Après tout, les « en rangs par deux », les « allons-y », les « prenez vos affaires, sortez vos affaires, mettez vos affaires, posez vos affaires, rangez vos affaires, vos nom et prénom en haut de la page », bref, la collectivité, je ne connais que ça.

— Phérial Chap… Chpap…

— Chpapjik, madame.

— Chpapjik, oui, c'est ça. Classe de sixième neuf. Va te mettre avec tes autres camarades sous le préau, poteau trente-sept.

Ce n'est pas un préau, c'est un hangar à trains,

tellement c'est immense. Je le traverse, parmi les autres. On se croise, on se cogne, on s'excuse, surtout les plus petits, les bleus, comme ils nous appellent, les affranchis du collège.

— Poteau trente-sept, poteau trente-sept, il est où ce…

— Je crois qu'il est juste devant toi, me lance un garçon de mon âge.

— Merci.

— Sixième neuf ?

— Sixième neuf.

— T'as l'air bizarre.

— Toi aussi…

C'est vrai, il a l'air bizarre, avec sa casquette toute noire comme lui, son accent du coin, son foulard rose pétant autour du cou, sa chemise violette, sa chevalière en forme de tête de mort, la même que celle qu'on gagne à la fête foraine, sans compter l'énorme badge sur sa veste qui représente un chanteur avec la coupe banane des rockeurs au-dessus de laquelle il y a marqué : « Elvis ». Il me questionne :

— Tu connais qui dans cette ville ?

— Je ne connais personne, sauf Mme Mireille et M. Froidefond.

— Quoi ?! Tu connais Froidefond ! C'est pas vrai ?!

— Ben si, pourquoi ? Toi aussi, tu le connais ?

— Tu parles ! On l'appelle Barbe Noire avec mon frère. Alors t'es de l'Assistance aussi ?

— Ben ouais.

— Bon, on se met ensemble en classe, d'accord ?

Et si quelqu'un t'emmerde, t'inquiète, y a mon frère qui attend à la sortie tous les jours. Tu vas le voir de ma part. Ouais, t'inquiète, avec lui, y a pas de mouron à se faire.

— Je le reconnaîtrai comment, ton frère ?

Il éclate de rire, ses dents blanches m'hallucinent.

— Il est tout noir, comme moi.

— Pourquoi t'es noir ?

— J'sais pas. J'dois venir de loin, d'Afrique. Vraiment, je sais pas. Ça te pose un problème ?

— Non. Moi aussi je viens d'un autre pays. T'as qu'à voir, je m'appelle Phérial Chpapjik.

— Ah ben ça, si c'est pas un nom à coucher dehors !

Et il éclate encore de rire, et j'hallucine encore de ses dents blanches, plus blanches que les neiges éternelles.

Voilà. La journée est passée en un éclair. Je ne suis pas seul dans cette ville, j'ai un camarade de l'Assistance et je n'ai vraiment pas eu peur, je ne me suis pas évanoui. C'était hier soir, la peur et l'évanouissement, dans mon lit. Mon vieux moi m'est apparu et m'a raconté à voix basse une histoire de sapin et de pluie :

— Les dernières gouttelettes ruissellent et, dans un élan magnifique, touchent le vide. En diamant dans le vent, elles s'éparpillent, touchent la terre dans laquelle elles se noient. Mon œil a tout vu, ombres qui découpent la nuit et dont les branches imitent les épaules humaines lasses et leurs bras.

Vacances à l'orphelinat

Les arbres défilent. J'essaie de les suivre du regard mais ils s'éloignent trop vite. Happés par la force du train, les plus frêles frôlent la rapide machine, et, au loin, se plient, se redressent, comme pour me saluer au péril de leur vie. La vieille conductrice est assise en face de moi, contemplant le wagon de ce « corail » flambant neuf qu'elle prend, comme moi, pour la première fois.

— Le progrès, c'est quand même une bonne chose, mon petit Phérial. On est bien assis et c'est bien confortable, pour moi qui n'ai plus l'âge de faire tous ces kilomètres.

Elle me prend la main avec tendresse et ajoute :

— Un jour, tu voyageras seul, tu verras du pays. Qu'en penses-tu ?

Sa main est toute tachetée désormais.

— Oui, madame, plein de pays, la Chine, l'Amérique, et les trains auront des ailes et ils flotteront dans les airs et ils iront si vite que l'on n'aura même pas le temps de vieillir. Je ne suis plus petit, madame, j'ai treize ans.

Elle retire sa main doucement.

— Oh, c'est vrai. Tu as bien grandi, mon garçon. Tu as choisi de passer tes vacances à l'orphelinat pour revoir tes petits… tes camarades ?

— Oui.

— Tu vas avoir plein de nouvelles choses à leur raconter. Et tu vas passer un bon Noël, j'en suis sûre.

— Eux aussi, ils vont me raconter des nouveaux trucs.

— Certainement, certainement. Maintenant, je vais lire un peu.

La vieille conductrice tire de son sac un livre et une grosse paire de lunettes. Son visage est fatigué, elle ne tarde pas à s'endormir. C'est étonnant pour moi de la voir vieillir. Cela me touche infiniment et, les larmes aux yeux, j'essaie de me concentrer sur les arbres qui continuent de danser. Je pense à Mlle Isabelle. Sera-t-elle là ? Et Catherine, m'aimera-t-elle encore ?

En gare de Dijon, la ville de la moutarde, on prend un taxi pour l'orphelinat. Je suis stupéfié par les séquoias qui bordent la grande allée : gardiens immuables des enfants abandonnés, ils sont toujours aussi imposants. Dans la cour, il n'y a personne pour nous accueillir. On se dirige vers le bureau du directeur qui nous invite à entrer au son du toc-toc de la vieille conductrice. Monsieur Brabu n'a pas changé, toujours barbu. Il pose une main sur mon épaule :

— Je suis content de te revoir, mon garçon. Allez, je t'emmène chez les tigres, on va tous passer un beau Noël.

Je salue d'un mouvement de tête ma vieille conductrice, qui me fait un petit signe de la main. J'ai l'impression que nous ne nous reverrons plus. Mais je n'ai pas le temps de m'attarder, M. Brabu m'accompagne et on grimpe les escaliers grillagés. On dépasse l'étage des dauphins pour arriver tout en haut, où d'un côté se trouvent les girafes et de l'autre les tigres. Il me présente comme un ancien de l'orphelinat et repart aussitôt. Silence dans le dortoir. Ils me dévisagent tous. La monitrice s'approche. Je ne la connais pas.

— Je suis Mlle Béatrice. Entre, ton lit est ici, ton armoire pour tes affaires, là. Bien, les enfants, je vous laisse faire connaissance, rendez-vous dans dix minutes, devant les portes de la cantine.

— Oui, mademoiselle Béatrice, répondent-ils en chœur.

Elle sort, silence, personne ne bouge. Je cherche des yeux Maurice, Jean, petit Claude. Je ne reconnais aucun d'eux. Je me sens mal. Ma valise noire m'échappe. Ma tête tourne, le plafond tombe et le sol se dérobe sous mes pieds. Des points blancs apparaissent devant mes yeux, le silence se fait assourdissant.

Trois garçons se pointent dans le dortoir :

— Y se passe quoi ? C'est qui, lui ?

— On sait pas, c'est un ancien de l'orphelinat.

Le dirlo, il a pas dit son nom, et lui, il s'est évanoui.

Le plus costaud se penche en balbutiant :

— Je connais sa tronche. On dirait... P'tit Claude, ramène ta fraise ! Il te dit rien ?

P'tit Claude se penche :

— Moi, j'ai peur des gens allongés qui se relèvent pas.

Le troisième garçon lui met une tape derrière la tête et le pousse :

— Dégage, poule mouillée, je veux voir sa trombine.

Il s'arrête net et hurle :

— Bande d'idiots, c'est Phérial ! Vous avez quoi, dans les yeux ? Hééééé ? Phérial !!! Réveille-toi ! Je savais que tu reviendrais nous voir. Réveille-toi !

Maurice, petit Claude et Jean me secouent. Tout le monde veut me remettre sur pied. Finalement, Maurice chope le vase dans l'entrée. Il me balance la flotte et les fleurs en pleine poire. J'ouvre un œil, souris à mes trois amis qui se jettent sur moi. On se marre et Maurice enlève ses chaussettes. On fait deux équipes et les boules de chaussettes puantes volent de partout dans le dortoir.

À la cantine, on s'est marrés encore plus, Maurice est devenu un champion au lance-boulettes. On a causé toute la nuit ou presque. J'ai appris que Mme Trévisse était à la retraite, que Mlle Isabelle était partie un an auparavant et qu'elle ne s'appelait plus mademoiselle mais madame. Quant à Catherine, elle aussi est partie, personne ne sait où, ni pourquoi. Un jour, une ambulance est venue et on ne l'a jamais revue.

Le jour de Noël arrive. Maurice et Jean ne décorent rien du tout, au contraire, avec leurs lance-boulettes, ils essaient de dégommer les boules du grand sapin, ce qui fait râler petit Claude qui s'amuse toujours autant à s'y regarder. Le soir, nous sommes tous convoqués à la cantine pour un loto géant. Moi, je ne joue pas. Je me fais petit, invisible. J'observe Maurice qui joue, comme tout le monde, à ce jeu qu'il détestait tant. En passant devant la crèche pour aller nous coucher, Maurice attrape le « bébé joufflu » et le balance contre un mur. Petit Claude s'empresse de ramasser les morceaux :

— T'as pas le droit, c'est le bébé, c'est Jésus.

— Mais non, répond Maurice, c'est du plâtre, juste du plâtre.

Je fais un signe à Jean pour aider petit Claude. Maurice me pousse :

— Qu'est-ce que t'avais à me regarder au loto ?

Je le connais, Maurice, c'est un frère, mais je lui en veux quand même. Les larmes de petit Claude, le Christ en éclats font monter une colère en moi et je me jette sur lui. On se bat comme des chiens. C'est le visage en sang qu'on se met au lit, sans se parler. Le silence soigne nos douleurs, nos yeux se ferment et la nuit noire nous envahit.

Au réveil, on dévore les mandarines et les papillotes déposées dans nos chaussures, au pied du sapin. Maurice s'approche :

— T'es fâché ?

— Non.

— Tu repars quand ?

— Demain.

— Comment ?

— En train.

— C'est comment, un train ? C'est beau ? Ça fait du bruit ? Ça roule vite ? Tu m'emmènes avec toi ?

— Ouais, tu nous emmènes ? renchérissent petit Claude et Jean.

D'un coup, je traverse la grande salle froide des activités et je fonce dehors, dans la neige. Maurice n'est jamais sorti de là. Les autres non plus. Ma poitrine se serre. Les flocons de neige tombent sur les grands séquoias de l'orphelinat. Tout est pris, ici. Mes trois camarades me rejoignent. On se serre, on se roule dans la neige, on crie comme des fous, des fous à lier, et je ne peux pas leur dire que je ne peux pas les emmener. Je m'endors dans le froid.

Mon vieux moi pose sa main sur mon visage. Sa chaleur parcourt mon corps. Il me prend dans ses bras de géant et murmure : « Mes amis d'enfance, de la neige, sont les flocons et, chaque hiver, mes amis d'enfance reviendront. »

À la lumière des éclairs

Badaboum ! Le tonnerre. Ce cours de français ennuie la moitié des élèves qui bayent aux corneilles tandis que, dans mon coin, au fond de la classe, je rêve. Badaboum ! Le tonnerre.

— Et rendez-vous bien compte que sa vie ne fut pas si facile et qu'il dut, ce grand homme, jusqu'au dernier instant, se battre pour faire exister son théâtre, finit tout exaltée Mme Desgrillières alors que je m'assoupis complètement.

Badaboum ! Le tonnerre. Crack ! Tschch ! Dans le ciel, les éclairs. Je ne crains pas la colère du ciel et je crois que la fille qui est assise à mes côtés me plaît. Badaboum ! Le tonnerre.

— Écoute-moi. Je t'aime, toi, tête en l'air, chuchote la fille.

Badaboum, de plus belle, fait le tonnerre.

— Tu es mon prince, et, la nuit, avec toi, je m'éveille.

Re-Badaboum-boum ! Le tonnerre.

— Chut, mon prince... Il fait noir et nous

sommes dans un pré. Au milieu, se trouve une bête.

— Et qui fait peur ?

— Et qui fait peur. Toi, tu dois traverser. On te l'a ordonné. Être un homme ou mourir au pré.

— Fille, j'ai bien peur, maintenant.

— Ce que tes pères demandent, dois-tu le faire aveuglément ?

— Je n'ai pas de père.

— On a tous un père.

Dans la classe, tous sont morts. À la lumière des éclairs, je les vois. Ils ont voulu traverser le pré de leurs pères. Je les vois, à la lumière des éclairs. Ils ont échoué là où il n'y avait rien à faire. Morts, encornés, sacrifiés.

— Dites-donc, Phérial Chpapjik, cela ne vous intéresse pas, la vie de Molière ? Vous préférez dormir, sans doute.

Je sursaute.

— Je ne dors pas, j'avais les yeux ouverts. Ça m'intéresse, la vie de Balzac, madame.

Éclat de rire général. Mme Desgrillières rit aussi en m'annonçant mes quatre heures de retenue.

Quelques jours plus tard, à la pause de midi, je traîne mes grands bras dans la cour du collège. Ce matin, j'ai récolté un cinq en maths et un huit en histoire. Ça ne va pas plaire aux Lacroix. La dernière fois, tata m'a gentiment sermonné :

— Avec des notes pareilles, on peut dire, sans

se tromper, que tu es plus un manuel, comment déjà… qu'un intellectuel, et, ma foi, si tu ne sais rien faire avec ta tête, alors laisse faire tes dix doigts.

Plus je pense à sa phrase, plus l'envie me prend de fiche le camp du bahut. Au même instant, ma voisine de classe m'attrape la main :

— Je dois aller voir ma grand-mère. C'est pas loin, là, en face. Tu veux venir avec moi ?

Ça fait des mois que je suis assis à côté d'elle. Je n'avais jamais remarqué la longueur de ses cheveux d'un brun éclatant. Elle est un peu plus grande que moi et ses yeux sont bleus. Pourquoi veut-elle que j'aille chez sa grand-mère ? Pourquoi me sourit-elle ? Pourquoi je trouve ses lèvres tellement belles ? Pourquoi je me sens idiot à regarder sa bouche ? Et une visite chez une grand-mère ne vaut-elle pas une colle de plus, voire un renvoi ?

— Tu viens ou pas ?

Sans répondre, je m'élance de toutes mes forces et passe au nez et à la barbe des surveillants, par-dessus la grande grille du collège, aussi aisément qu'un athlète. Les pions, soufflés, se reprennent aussitôt et crient :

— Chpapjik, tu n'es pas externe ! Reviens tout de suite !

Assis dans la cage d'escalier, je n'entends plus leurs voix. J'attends la belle aux cheveux bruns, bouclés et longs. Mon cœur bat l'exploit de l'amour alors que je transpire en regardant les veines pleines de force qui parcourent mes mains et mes bras. Ça y est, elle est là. Avant de laisser la porte défoncée de l'ascenseur se refermer, elle lance :

— C'est au septième, le premier arrivé.

J'avale les sept étages. Je suis devant l'ascenseur, elle ouvre, me tend son sac.

— Tiens-moi ça.

Pensant voir surgir la grand-mère, je prépare dans ma tête de petit rusé quelque bonne politesse d'usage. J'attends un long moment avant qu'elle m'appelle du fond du couloir.

— Phérial, viens.

Phérial ? Elle se souvient de mon prénom, moi qui ne me souviens pas du sien. J'avance et découvre un grand miroir qui décore ce qui est visiblement la chambre de sa grand-mère. Le sac m'échappe. Nue, elle s'approche, et je plonge mon visage dans ses cheveux. Je me cache comme je peux. Elle caresse ma tête, ses doigts filent comme les étoiles dans le ciel. Tournant sur nous-mêmes, on s'embrasse, on s'emmêle, on trébuche, on finit au sol, sur la peau d'ours de mamie, et le soleil est en moi. Nous nous relevons au son de la porte d'entrée.

— Vite, c'est ma grand-mère.

Je m'en fiche complètement. Je me regarde dans le miroir, moi qui suis un dieu au pays des hommes, puisque, aujourd'hui, l'amour m'a choisi.

Quant à la question d'être un homme

Je grandis. C'est inéluctable. Mes pieds poussent mes chaussures et ma voix passe du grave à l'aigu sans prévenir. Je suis si fier de mes transformations que je me promène sans arrêt pieds nus dans la maison afin que l'on remarque que sur mon grand doigt de pied quelques poils d'un brun éclatant ont poussé.

— Phérial, mon petit homme, mets tes chaussons, tu vas attraper froid, me dit tata Lacroix.

Quant à mes signes extérieurs de croissance, pas un mot.

J'ai beau tout faire pour qu'elle les remarque, comme me couper les ongles juste à côté d'elle, ou encore prétendre avoir une douleur au pied, rien à faire, l'« homme » ne vient pas remplacer dans sa bouche le « mon petit homme ». Bref, elle s'en fiche comme de l'an quarante.

Je suis vexé et perplexe. Perplexe parce que tonton Lacroix me dit souvent, juste avant de m'aimer :

— Tu sais, tata, elle voit bien que tu grandis.

L'autre jour, alors qu'elle sortait de la salle de bains, elle m'a dit : « Notre Phérial devient un vrai petit homme. » Sans doute tu faisais ta toilette. Tu sais, un jour, tu pourras avoir aussi tata, elle aimerait bien toucher ça.

Il prend mon sexe dans sa main.

Alors moi qui en ce moment me sens si bizarre, je n'en dors plus, je ne pense qu'à ça. Sur les conseils de tonton Lacroix, le mardi soir, quand on est devant le film que je regarde assis près de tata, je lui prends le bras et pose ma tête sur son épaule. Avec ma main, timidement je frôle sa poitrine et rougis dans la pénombre. Tata ne dit rien, elle regarde la télévision qui l'absorbe totalement.

Faut dire que le mardi, c'est *Les Dossiers de l'écran*. Moi aussi, en fait, j'adore *Les Dossiers de l'écran*. Il y a des invités, souvent des scientifiques de tous bords, et le présentateur choisit toujours un film drôlement bien pour illustrer le sujet sur lequel les docteurs en théologie, en lettres, en médecine, débattront ensemble après le film. Aujourd'hui, le thème est la lâcheté.

— Sommes-nous toujours conscients de notre lâcheté ? questionne le présentateur. Nous en saurons plus, chers téléspectateurs, après le film de ce soir, *Monsieur Klein*.

Le noir envahit le plateau de télévision, le film commence. Mes mains s'arrêtent aussitôt de frôler tata. Ces corps qui bougent, qui parlent ou se taisent, qui vivent et meurent à l'écran, moi, ça m'emporte et d'un coup c'est comme si je n'étais plus là. Plus rien d'autre ne m'intéresse. Je zyeute à tout-va, le film me dévore.

C'est une drôle d'histoire que ce *Monsieur Klein*. Il n'a pas aidé cet homme qui avait le même nom que lui. C'est le temps de la guerre de 40 et des déportations. Il est beau, M. Klein, il est riche, mais il ne comprend pas. Il ne comprend pas l'Histoire qui s'abat sur lui comme la foudre sur nos toits. À la fin, il se retrouve dans le wagon, direction l'Allemagne, et juste derrière lui, il y a l'autre M. Klein, qui se tient debout, silencieux, grave. Lui, il a tout compris. Il sait ce qui les attend.

— Quel film dur, lance, épuisée, tata. Allez, mon petit homme, c'est l'heure du dodo.

Je me lève à contrecœur, car une fois de plus je ne regarde pas le débat.

Dans mon lit, je pense au film, à la question du présentateur. Je me demande si je suis lâche. Lâche de ne pas avouer à tata que je suis un homme à présent et que cela me fait beaucoup de douleur qu'elle ne le voie pas. Je suis tout mal dans mon lit. Je me sens tout petit. Qu'est-ce qui ne va pas ? L'amour est-il une question d'âge ? Tata est trop vieille pour voir mon désir et d'ailleurs, est-ce vraiment mon désir ? Une vraie maman pourrait-elle expliquer tout ça, le désir, l'amour, l'âge, la lâcheté ? Je suis confus. Avec tonton, c'est facile, je ne l'aime pas vraiment, mais avec tata, je ne sais pas quoi dire. Tata, peut-être est-elle lâche aussi, elle qui veut toujours bien, le soir, que je prenne son bras.

Les fourmis, le jeu d'échecs

Assis au fond du jardin, je regarde la terre séchée par le soleil. Je vois les craquelures, les brèches. C'est drôle, en se concentrant sur une parcelle, j'imagine sans peine être sur Mars, au milieu d'immenses ravins, au pied de fantastiques montagnes, ou encore dévalant des cratères ouverts par la chute de météorites interstellaires. Je suis en pleine science-fiction, il ne me manque plus que des vaisseaux spatiaux et le film est parfait.

Je me concentre à présent sur un petit monticule où campe une fourmilière. J'observe le va-et-vient de la colonie. L'idée me traverse d'arroser tout ce petit monde. Je cours chercher le jet d'eau pour creuser autour du monticule une douve que je remplis. J'attends. Bientôt, les fourmis s'organisent face à cette catastrophe pas très naturelle, sortant mille brindilles des profondeurs de la terre pour ériger une passerelle. Stupéfait, je regarde la défense se mettre en place. Enfin, elles arrivent à passer de l'autre côté. La réussite fulgurante de leur stratagème pique mon orgueil et me transforme d'un coup en enfant sadique qui veut, à tout prix, rester le maître du monde du jardin. Je m'approche en frappant le sol du pied :

— Sentez-vous trembler la terre ? Sentez-vous ce vent qui s'approche ?

Je souffle de toutes mes forces, si bien qu'une partie de l'eau boueuse éclabousse mon visage où des fourmis, emportées par ma rafale, restent collées. Je les sens qui se débattent et me voilà hurlant, gesticulant en tous sens.

De l'autre bout du jardin, tata m'appelle :

— Phérial, mon petit homme, qu'est-ce que tu fabriques encore ? C'est l'heure, tonton t'attend. Allez, viens vite, et coupe l'eau du robinet. N'oublie pas que, comment déjà… on ne gaspille pas, mon petit Phérial, on ne gaspille pas.

J'avais oublié, c'est l'heure de ma partie d'échecs avec tonton Lacroix.

— J'arrive, tata.

Je ferme le robinet, finis de m'essuyer le visage et cours en direction de la salle à manger, où, assis devant l'échiquier en marbre, tonton m'attend. Depuis peu, il m'a initié à ce qu'il appelle le « roi des jeux ». Tata, elle, préfère la belote.

— Aujourd'hui, mon garçon, nous allons étudier l'ouverture au roi.

Joignant le geste à la parole, il avance avec précision le pion blanc en face du roi, de deux cases. Je joue le même pion de mon côté, qui est celui des noirs. Nous voilà lancés dans un âpre combat, duquel sortiront un gagnant, un perdant.

J'aime bien ce jeu. Mon but : battre à plate couture tonton Lacroix. D'abord parce que pour le moment, face à lui, je perds tout le temps, aussi parce que je sais qu'au fond je suis bien plus rapide, plus fort que lui. Il me faut juste encore un peu de pratique. Pour l'instant, je m'en rends compte, je fonce dans la gueule du vieux loup qui attend au détour de chacun de mes déplacements. Pour l'instant, je fais valser mes fous et mes chevaux avec la fougue d'un jeune chiot, c'est-à-dire sans cette logique implacable qui mène à la victoire. Ma hardiesse me trahit, mes coups sont aussi prévisibles que le lever du soleil. Tonton Lacroix, lui, tel un vieux crocodile tapi dans la vase, surgit là où il faut, quand il faut. Ainsi disparaissent mes pièces maîtresses et l'échec et la mort sont la rançon de mes coups dépourvus de tactique, de mes coups maladroits.

Qu'importe, chaque mercredi, j'apprends par la défaite qu'il est plus facile de se mesurer au crocodile qu'aux fourmis. Qu'importe, chaque mercredi se forge ma pensée guerrière. Je prends conscience du temps et de l'espace qui, dans nos façons d'aborder le combat, nous séparent. Chaque mercredi, je construis un chef en moi. Un chef capable d'ordonner mon jeu autant que mes pièces. Je découvre aussi que, dans cette guerre, il me faut cacher mes réelles intentions. Me montrer tremblant lorsque je n'ai pas peur, ou, au contraire, aimable lorsque la peur noue mon estomac. Par-dessus tout, je découvre mon désir de vaincre. Chaque mercredi, j'organise de mieux en mieux l'attaque comme la défense, guidé par ce goût de la victoire. J'esquive les pièges nombreux de mon terrible adversaire, je prends la mesure du long chemin qu'il me reste à parcourir jusqu'au jour de la suprême défaite, celle qui fera vaciller, sans effort, la tête du roi. Le soir, dans mon lit, je dresse des forteresses imaginaires que, tour à tour, j'attaque ou je défends.

Le rendez-vous d'amour, le cou brisé

J'ai de quoi être heureux, j'ai vraiment rendez-vous. Pas n'importe quel rendez-vous, Le rendez-vous ! Ma voisine de classe, c'est la fille avec qui tous mes copains voudraient sortir, cette fille qui les fait vraiment baver, imaginer des choses.

Allongé là, au soleil, sur la terrasse de la piscine, je regarde mes copains qui tournent autour d'elle, l'abordent, l'assomment de leur bagout. Elle sourit un peu, parfois rit, mais, d'un regard, elle arrête celui qui ose trop, celui qui veut trop, trop s'approcher, la toucher ou la prendre dans ses bras pour montrer sa conquête comme le chasseur montre la tête du lion mort.

Elle est plus grande que moi et ses ongles sont les diamants de ses doigts. Sa peau est douce comme un nuage. Je la regarde de loin, je suis ravi, aux anges. Tout à l'heure, à la sortie des douches, elle me l'a dit, les yeux dans mes yeux :

— Viens sur la place des cars à cinq heures.

À cinq heures ? Ça, ça veut dire que c'est

officiel, ils vont tous nous voir ensemble. Oh ! Je suis le plus heureux des jeunes garçons de Tracy-sur-Loire et villages alentour. J'ai pas bredouillé, j'ai pas baissé le regard, j'ai seulement rougi et ma tête a fait aussitôt oui. Elle est repartie s'étendre. Et eux, qui tournent et retournent, sans savoir mon bonheur. Jamais elle ne me regarde, pas un de nous ne veut dévoiler le secret qui nous lie. On s'est compris, on se comprendra pour la vie.

Soudain, qui je vois débouler ? Les vieux ! Tata et tonton en maillot de bain et bonnets plastique couleur vert pomme. La honte, si on me voit avec eux, si elle… Vite, me cacher. Pas d'endroit ? Si, la foule du grand bain, la meilleure planque. Je vais faire du sous-l'eau. Je me lève, regard rapide, elle se lève aussi, plantant là ses admirateurs avides de baisers. Je monte sur un plot. Je vois une grosse bouée et plonge au milieu de ce grand trou noir. Ma tête heurte le caoutchouc, ma nuque fait un son. Au fond de l'eau, je vois trouble. Je remonte à la surface comme je peux et gagne le bord. Bernard, le maître nageur, me lance :

— Eh ben, mon Phérial, ça va pas ? T'es tout pâlot. Va au soleil. Prends des vitamines.

Ma main ne touche pas le bord, je n'ai plus de forces. Bernard siffle, plonge, me sort du bassin. C'est le branle-bas de combat. Les gens s'agglutinent autour de nous. La honte et la douleur me frappent. Arrivent tata et tonton.

— Phérial, qu'est-ce qui se passe ? me demande tonton.

Je lui tends la main. Tonton ne bouge pas.

— J'ai plongé dans la bouée, ma tête a touché. J'ai froid, je n'entends pas très bien, vos voix sont bizarres.

Je sens arriver le noir, j'ai peur, au secours, aidez-moi, je ne veux pas mourir, non, je ne veux pas. Et puis plus rien. Je deviens sourd, aveugle, muet tout à la fois.

Je me réveille coincé dans une civière. Les pompiers sont là. Je vois de nouveau, j'entends de nouveau, mais de loin tout ça, les gens, les tata, les tonton, les copains. Des yeux, je cherche ma douce aimée. Pas facile avec ce truc qui me serre la nuque et la tête comme dans un étau. Ah ! Ça y est, je la vois. Elle est derrière tonton et tata. Elle est plus grande, toujours plus grande. Elle pleure un peu, je vois des larmes. Les pompiers, eux, s'affairent sans connaître le vrai drame : mon rendez-vous n'aura pas lieu. La bouée l'a brisé.

On monte dans le camion, le pin-pon hurle mais je n'ai plus peur. Je les connais, les sirènes. Les pompiers font des blagues avec moi :

— Tu sais ce qu'elle dit la sirène ?

— Pin-pon, que je réponds.

— Non, non, mon p'tit gars, elle dit : « Tiens bon ! Tiens bon ! » au contraire de l'ambulance qui dit : « T'es foutu, t'es foutu. »

Le camion s'arrête dans la cour des urgences. Bing, bang, les deux portes arrière s'ouvrent. On me transporte rapidement et, en moins de deux, me voilà sur la table froide de la salle de radiologie. Un vieux docteur est là, accompagné d'une infirmière.

— Ne t'inquiète pas, jeune homme, on va prendre un cliché de ta nuque et le Dr Nervief te dira ce que tu as, m'explique-t-elle en souriant.

Ils quittent la salle. J'attends tout seul. Je suis toujours en slip de bain. Sur le mur, il y a un poster qui représente le corps humain, un coup en squelette, un coup avec tous ses muscles, effrayant. La peinture est toute grise, le plafond est très haut et le silence règne sur mes pensées. Je voudrais sortir vite. Retrouver mes copains, me baquer avec eux. Je voudrais voir celle avec qui j'ai rendez-vous sur la place des cars. À cet instant, le Dr Nervief revient avec l'infirmière. Elle pousse un chariot en fer sur lequel se trouve une espèce d'armure faite de cuir et de métal.

— Alors ce que tu vois là, jeune homme, c'est une minerve. Le docteur va te la poser. Elle va maintenir ta nuque bien solidement le temps que tes os se remettent en place. Tu ne t'inquiètes pas, ce n'est rien du tout, tu es un grand garçon.

En un éclair, je me retrouve harnaché comme un robot, mi-cuir, mi-métal, un humanoïde, quoi. Puis, le Dr Nervief, le savant fou, fait entrer tonton et tata. Elle a l'air toute chamboulée, tata, alors que tonton écoute le docteur avec sérieux.

— C'est un déplacement des vertèbres cervicales. On lui a mis une minerve et on va le garder un mois. Il doit rester allongé. Vous pouvez l'accompagner jusqu'à sa chambre, on va l'emmener.

Dans mon lit d'hôpital, tata me prend la main. Je remarque qu'elle a encore son bonnet de bain vert pomme sur la tête. Je souris.

— Tata, tu n'as pas enlevé ton bonnet de bain.

— Oh, zut ! Tu vois, comment déjà… je n'ai plus ma tête, mon petit Phérial. Tu nous as bien fait peur, tu sais. Il ne faut pas nous jouer des tours pareils. Nous ne sommes plus très jeunes.

— Je n'ai pas fait exprès.

— Oui, oui, je sais, je sais, je te taquine, mon petit homme. En tout cas, je vois que tu as un voisin de chambre, au moins tu ne seras pas tout seul. Mon petit Phérial, on repassera demain te voir, je t'apporterai des bonbons et de la lecture. Mange bien et dors bien et sois sage.

— Oui, sois sage, mon gaillard, n'embête pas trop les belles infirmières, ajoute, avant de partir, tonton Lacroix.

Mon voisin, un homme d'au moins une trentaine d'années, le pied suspendu dans un plâtre, ricane :

— Ben dis donc, ils sont plus très jeunes, tes vieux ! Moi, je m'appelle Lionel et toi ?

— Phérial.

— Phé, quoi ?

— Phérial.

— Ah bon. C'est pas courant, ce prénom. Non, pas courant. J'en ai pas vu beaucoup dans la région des comme ça. Phérial… C'est arabe ?

— Non, je ne crois pas.

— C'est vrai, t'as pas l'air d'un bicot.

— C'est quoi, un bicot, monsieur ?

— Un bicot ? Ben, c'est un melon, un basané, un Arabe, quoi ! T'en as jamais vu ?

— Non.

— Oh ! T'inquiète, t'en verras des tonnes, y en plein dans la région et moi je les aime pas.

— Ah bon.

— Eh oui, mon petit gars, t'en verras. L'autre fois, j'en revenais pas, y en avait un qu'a même pris le boulot d'un docteur, je te jure, incroyable, il était docteur, le bicot ! Ah ouais, et y s'est pas gêné, il a regardé ma jambe, à l'aise Blaise, en me disant dans son français pas net : « Y faut qu't'y bouge plus missieur, y faut la tranquillité et di calme pour ta jambe. » Sans rire, le monde fout le camp quand tu vois ça, c'est pas drôle. Aaaah, moi, du coup, je crois plus en Dieu, je crois plus en rien. Aïe !!! Merde ! Voilà ma patte qui me lance. Je m'énerve trop !

— Le Dr Nervief, il est bicot ?

— Ben t'es vraiment con toi, hein ? Il est ruskof ou youpin, c'est pareil. Aïe !!! Putain de putain de merde ! Ce que ça me fait mal, cette saloperie ! Je vais sonner l'infirmière qu'elle me file un médoc. Oh pis non, elle viendra pas de toute façon, ou dans une heure, quand je serai crevé. Dommage, elle est bien gaulée…

Là-dessus je ne l'entends plus, mon voisin, juste gémir un peu de temps en temps.

Et puis je me garde bien de discuter avec lui.

Je comprends parfaitement son point de vue. Les Arabes, bien sûr que je les connais, ils ont envahi Poitiers et inventé les mathématiques et les harems. Alors, être médecin, c'est de la rigolade pour eux ! Mais ça, Lionel ne doit pas le savoir, il a dû manquer des trucs à l'école. Alors il s'énerve, il se fait mal, il devient comme son plâtre, fragile et tout blanc. Je mets du temps à m'endormir. Il ronfle, Lionel, et il pète aussi. Difficile de trouver le sommeil. J'aimerais m'évanouir.

Ça y est, je suis évanoui.

Mon vieux moi est là, assis au bord d'une mare. Il la fixe. Je le rejoins. On ne se dit rien, il me montre du doigt ce qui se passe à la surface :

Araignées d'eau,
Légers fardeaux,
Des cercles infinis.

Je m'endors auprès de lui.

Le cadeau de Jojo

Un mois déjà que je ne porte plus ma minerve, que j'ai repris les cours, et, aujourd'hui, je suis particulièrement content parce que, comme promis, Jojo est venu en fin d'après-midi. Je ne suis pas peu fier qu'il vienne me chercher au bahut. En plus, il s'est garé juste devant la sortie, en face de la grille, et, dans son costume trois-pièces, RayBan sur le nez, chemise à large col, toute blanche, ouverte, il en jette. Sa chevalière en or qui brille comme un diamant jaune, c'est pas du toc, et la musique à fond avec un son qui fait vibrer le cœur, ouais, Jojo, c'est la classe intégrale. En plus, aujourd'hui, il m'emmène tout le week-end, à Orléans, une grande ville, celle de Jeanne d'Arc, « la pucelle la plus célèbre du monde », qu'il dit toujours en se marrant.

Dans la voiture, je vois bien comme les filles me suivent des yeux, c'est à mon tour de les ignorer. Sa venue, à Jojo, en fait, c'est un vrai spectacle, qui vaut au moins une dizaine de vingt en maths. Pour finir, il démarre sur les chapeaux de roue, en faisant son célèbre dérapage contrôlé juste après le virage qui donne sur la place des cars ; il est aussitôt applaudi par toute la jeunesse. Je jubile parce que je sais que, lundi, les lascars du collège, les caïds, ils vont me serrer la main, faire copain-copain. Ouais ! Quel beau vendredi soir !

Arrivés chez les Lacroix, tata fait mille recommandations. Elle nous suit jusque dans la rue :

— Jojo, mon grand fou, tu prends bien soin de lui et tu lui fais pas boire des alcools, comment déjà... pas de cigarettes non plus et pas de langage fleuri.

— T'inquiète, maman, je te le ramène entier. Je vais juste en faire un homme, je vais lui faire montrer comment ça marche, des patins à glace.

— On dit faire voir, mon Jojo, faire voir, et des patins ça ne marche pas, ça glisse, mon Jojo.

— Oh, tu sais, moi, la conjugaison ç'a jamais été mon grand amour. Allez, en voiture la compagnie. Orléans, Orléans, tout le monde descend !

Jojo roule plus vite que la musique. En un rien de temps, on se retrouve au centre-ville, près du stade. À mon air étonné, il s'empresse de répondre :

— Tu pensais qu'on allait à la maison ? Eh ben non ! On va dans ma garçonnière. Allez, suis-moi, t'en sauras plus là-haut.

L'immeuble est neuf, moderne. Dans le hall d'entrée, des peintures bizarres faites en mosaïque de toutes les couleurs représentent des formes comme dans les jeux que je faisais avec le psychologue de l'orphelinat. On prend un ascenseur, jusqu'au septième étage. Avant d'entrer, Jojo me prend par les épaules :

— Tu vas rencontrer ma maîtresse. Tu sais ce que c'est une maîtresse ?

— Non, mais j'apprends.

— Oui, apprends, apprends. Bon, elle s'appelle Laurence, elle est sympa, mais attention : pas un mot à ma femme. Tu la connais, c'est une vite énervée. Elle verrait tout rouge, si elle savait. Alors, mon pote, motus et bouche cousue, hein ? J'ai toute ta confiance ?

— Oui, Jojo, je suis muet comme une carpe, moi.

— Ben, sois muet tout court et ça ira bien.

Il sonne. Une femme, bien plus jeune que Jojo, presque aussi jeune que moi, avec des cheveux blonds, enfin, teints en blond, des yeux bleus, nous ouvre la porte. L'appartement est immense.

— Ouah, t'as acheté des pizzas ?

— Oui, mon m'amour !

— T'es une championne. Viens là que je t'embrasse.

Jojo l'attrape, lui roule un gros patin bien baveux qui fait du bruit, comme ça, juste devant moi. Assis sur le grand canapé en cuir marron, je ne fais pas le fier.

— Laurence, je te présente Phérial, le petit de l'Assistance qui crèche chez mes vieux. Je t'en ai parlé. Il est beau gosse, non ? Ben, fais-lui la bise ! Allez, pour fêter ça on va s'en manger une. Mais avant, à la douche ! Vas te récurer, faut pas déconner quand même. Tu verras, y a un peignoir pour toi dans la salle de bains, je l'ai acheté exprès. T'es un homme, maintenant.

Le peignoir est super beau, avec un signe chinois cousu en fil doré au dos. Je suis heureux. On mange la pizza et Jojo me file un peu de sa bière devant *Jeux sans frontières*, avec ses traditionnels vélos sur planches savonneuses et courses de sacs à patates. Je n'aime pas trop, mais Jojo, lui, il est à fond dedans, il hurle :

— Mais ? Mais vas-y ! Vas-y ! Fous-le dans la flotte ! Bon Dieu de bon Dieu ! Tu vas le ramasser ce sac ? Ah ben, avec une équipe pareille, bonjour la France !

— T'énerve pas comme ça, mon m'amour, tu vas t'attraper une crise cardiaque.

— Tu vas voir ce que je vais t'attraper !

Jojo passe sa main entre les jambes de sa maîtresse qui gigote et il me lance un petit clin d'œil quand il me surprend en train de les regarder.

— Tu vas où, tézigue ?

— Ben... Jojo, j'ai la tête qui tourne, je crois que c'est la bière.

Il se marre.

— Bon, va au lit. Demain, patinoire.

— Je dors où ?

— Dans la chambre du fond. Nous, on dort sur le canapé. Hé ! C'est toi l'invité ! Le meilleur paddock pour tézigue, hein, mon caïd !

Je me mets au lit sans demander mon reste.

La bière, ça fait des dégâts. Je m'endors comme une souche.

On s'est tous levés après midi. C'est la première fois que ça m'arrive. On a pris un petit-déjeuner sur le balcon puis on s'est mis en route pour Orléans-tout-le-monde-descend. Laurence est sur son trente et un : des petites chaussures à talon, des bas, une jupe blanche. Elle s'est fait les yeux, aussi, et les paupières, et le rouge à lèvres. Je ne dis rien mais elle est drôlement jolie comme ça. On dirait une poupée avec sa peau blanche comme de la porcelaine. Quelques heures plus tard, Orléans est à nous.

— Phérial, tu vois la statue avec le cheval et la donzelle dessus ?

— Oui, Jojo.

— Eh ben, c'est elle, la pucelle d'Orléans, c'est Jeanne d'Arc. Tiens, on arrive devant la patinoire. Ben, c'est bizarre ça, on dirait que c'est fermé.

— Un samedi ?

— J'en sais rien, ma m'amour. C'est quoi, ce bordel ? Attendez-moi dans la voiture. Je vais y voir de plus près.

On reste un bon moment tous les deux à rien se dire, puis je risque :

— T'as quel âge ?

— C'est pas une question qu'on pose aux dames, jeune garçon. J'ai vingt ans.

On attend. Jojo revient en pétard.

— Fermé pour cause de travaux, t'y crois,

toi ? Mais bon, on a de la chance, j'ai une caravane au bord de la Loire. On dormira là ce soir, j'ai pas envie de refaire de la route, je m'en tape assez toute la semaine.

Je découvre la caravane. Jojo sort des bouteilles de bière, du whisky, son alcool préféré. Il m'en fait goûter une fois, mais vraiment c'est trop fort, trop amer pour moi.

Le soir, il est tout joyeux.

— Tiens ma bibiche, tu nous prépares un cassoulet ? Y en a un sous l'évier.

— Oui, m'amour !

Elle se lève, attrape une boîte de conserve, l'ouvre et déverse le cassoulet dans une casserole.

— Laurence, je t'ai déjà dit cent fois de ne pas jeter le cassoulet comme ça dans la casserole. On dirait une bouse de vache qui tombe.

— Mais tu sais, mon m'amour, moi et la cuisine ça fait deux.

— C'est vrai, t'es pas faite pour passer tes journées au fourneau, toi. T'es faite pour bien mieux que ça.

Se retournant vers moi, il ajoute :

— Je parie que t'as envie de savoir pour quoi elle est faite, hein, mon caïd ?

Je ne réponds absolument rien. Jojo s'en fout complètement. Il passe sa main sur les jambes de Laurence, remonte sa jupe et baisse sa culotte. En porte-jarretelles, la dentelle sur les chaussures à talon, elle gloussette en essayant tant bien que mal de tourner le cassoulet. Jojo est maintenant à genoux et il lèche les fesses de sa maîtresse. Puis il se relève et la soulève, fait glisser sa braguette, sort son sexe et la pénètre si fort qu'ils tombent sur le lit. Il la déshabille entièrement, Laurence se débat mais cède.

— Eh ben, reste pas planté là, comme un poireau. Éteins le cassoulet, ramène-toi et viens t'instruire, m'interpelle Jojo.

Timidement je m'approche. Jojo m'invite à m'asseoir sur le lit. Il écarte les jambes de Laurence, l'odeur de son sexe est très forte.

— Tu m'écoutes quand je te parle ?

Je fais oui de la tête.

— Alors, tu vois, c'est pas bien compliqué, les femmes. Ça, ce que tu vois là, c'est le minou, la chatte, bon, c'est juste un trou, du poil et du ça pue. Compris ? Là, c'est les lèvres, là, c'est le bouton de l'amour, oui monsieur, à ne pas confondre avec un bouton de flipper. Il faut du doigté, du savoir-faire, oui monsieur, sinon, la dame, elle est pas contente, elle est en reste. Tu risques aussi de lui faire mal, si tu sais pas y faire, compris ? Mollo et respect avec le bouton de l'amour. Bon, vas-y, mets ton doigt, et si c'est tout mouillé, c'est le signe que t'es sur la bonne voie. Allez, mon poteau, enfonce-le dans le trou, ça va glisser tout seul.

J'approche la main, le sexe de Laurence est tout sec, mon doigt n'entre pas. Jojo s'énerve :

— Tu pourrais y mettre du tien, mon m'amour. Bon, c'est pas grave, mets ta langue et lèche, ça va aider. Mais avec douceur autour du bouton de l'amour.

Je me penche. Une toux violente s'empare de moi. Laurence est froide comme une morte. Jojo me file de grandes tapes dans le dos, en râlant :

— Mais qu'est-ce que t'as, c'est pas le moment de tomber malade. Bon, pousse-toi de là. Je vais te faire montrer.

Il l'entreprend de ses doigts avec sa grosse chevalière, de sa langue sans façon. Il lui grimpe dessus, soulève ses jambes, elle suffoque. Son rouge à lèvres déborde, se mêlant à la pâleur de son visage. Je me recule tout doucement à l'autre bout de la caravane, sors dans la nuit qui envahit la Loire, le parking et les ébats de ceux qui n'ont pas été à la patinoire. Dehors, au bord de l'eau, je vomis les chevalières, les cassoulets en boîte et les culottes à terre. Plus tard, sous la couverture, mes larmes perlent et mon jeune corps sursaute sans le vouloir. Jojo m'entend :

— Qu'est-ce que tu fabriques ? T'en fais du raffut ! Tu veux un Sopalin ?

Mes yeux se ferment. Mes larmes cessent.

Un ange sur terre jusqu'à la prochaine fois

Ce matin, j'ai rendez-vous. Mme Mireille est venue me chercher chez tata et tonton Lacroix. Je n'aime pas aller à l'agence de l'Assistance publique. En plus, je sais que je vais me faire remonter les bretelles. On se fait souvent remonter les bretelles, là-bas. Mme Mireille voit que je suis fermé comme une huître. Elle me demande comment ça va, si cela ne m'ennuie pas qu'elle soit venue me chercher en voiture, tout ça histoire de détendre l'atmosphère.

— C'est vrai, je pouvais y aller en vélo, j'aime bien le vélo, madame Mireille.

— Tu peux m'appeler Mireille.

— Oui, madame Mireille. Pourquoi vous avez la même voiture que la dame qui m'a emmené chez les Liliane ?

— Tu te souviens de la voiture de cette dame ?

— Oui, madame Mireille. C'est la même couleur, la même odeur et elle balance comme la sienne, et aussi je me souviens toujours de tout, madame Mireille.

— D'accord.

— Quand tata Lacroix me dit « Je te l'avais dit, comment déjà… je t'avais prévenu, tu ne peux pas dire le contraire maintenant », eh bien, c'est vrai, je ne peux pas dire le contraire, parce que je me rappelle tous les mots et tous les gestes. C'est un grand problème.

Mme Mireille paraît réfléchir à ce que je viens de lui dire et même si elle ne me répond rien, je sens très bien qu'elle est perturbée. C'est une force que de perturber une grande personne. Et c'est gênant aussi parce que j'aime bien qu'une grande personne me réponde.

— Alors, pourquoi vous avez la même voiture qu'elle ?

— Phérial, c'est la même voiture pour la simple et bonne raison qu'elle appartient à l'agence. Elle nous est prêtée pour aller rendre visite aux familles d'accueil.

— Wouah ! Elle est de l'Assistance publique, comme moi ? Je peux la conduire, alors ?

Mme Mireille sourit.

— Voilà, on arrive. Va m'attendre dans le hall.

Après avoir traversé le mini-jardin qui se trouve devant la grande maison de l'Assistance publique, je m'assois dans la grande entrée. J'attends. C'est toujours comme ça ici, on arrive, on s'assoit, on attend. Quand Mme Mireille me rejoint, on entre dans un bureau où un homme, que je ne connais pas, nous attend. Il voit que je suis mal à l'aise et m'annonce en souriant :

— Je suis M. Hotin, le directeur. N'aie pas

peur, Phérial, on ne va pas te manger. Assieds-toi, tu connais M. Froidefond.

Je fais oui de la tête. Je le dévisage, le directeur. Il a une bonne bouille, les yeux qui louchent, des grosses lunettes et pas beaucoup de cheveux sur le caillou. Sa voix est gentille, et même, il se marre un peu quand il parle.

— Alors mon grand, tu t'y connais, question bêtises, tu es même un champion. Remarque, moi, j'aime bien les champions, ils réalisent des exploits qui font rêver. Voyons voir les tiens. Donc : renvoyé de la cantine pendant une semaine pour avoir, je cite, « lancé ton assiette d'épinards » sur le visage d'un camarade. C'est pas mal comme masque de beauté.

Je regarde au sol et j'ai envie de rire.

— … Renvoyé du collège pour avoir « lancé des pierres sur le directeur ». C'est mieux les vitres, Phérial, c'est mieux, ça casse plus facilement. Bref, tu te fais un peu trop remarquer, tu ne trouves pas ? Qu'est-ce que tu en dis ?

— Oui, c'est vrai.

— Tu sais que si tu continues comme ça, tu vas finir par te faire renvoyer du collège et de chez M. et Mme Lacroix ? Eux aussi, ils se plaignent de toi. Que penses-tu de tout ça ?

Grand silence. Je ne sais pas quoi dire, je cherche dans ma tête un truc à répondre. Mme Mireille me demande :

— Phérial, peux-tu m'expliquer pourquoi Mme Lacroix m'a rapporté que tu aurais dit au personnel de cantine du collège que tu ne mangeais pas à ta faim chez elle ? Est-ce que, vraiment, tu manques de nourriture chez M. et Mme Lacroix ? Tu peux nous le dire. Si c'est le cas, nous pourrions en discuter tous ensemble.

Je ne veux surtout pas parler de ça, ni avec tata et tonton Lacroix, ni avec eux. Personne ne comprendrait de toute façon. Personne ne sait que « ne pas manger à sa faim » ne signifie pas nécessairement qu'on n'a rien dans son assiette. Elle peut être pleine ou vide, le plus important, c'est de savoir avec qui on partage le repas. Je me pétrifie. Je deviens une chaise sur une chaise. M. Hotin ne rigole plus. Il voit bien que je suis comme une statue et je vois bien qu'ils sentent que quelque chose leur échappe. M. Froidefond s'approche et s'assoit pile en face de moi.

— Phérial, demande-t-il de sa grosse voix, monsieur Lacroix est-il correct avec toi ?

— Oui, il m'emmène souvent au judo et, quand je rentre, il s'occupe de moi.

— Il s'occupe de toi ?

— Il me fait des œufs sur le plat, ou des saucisses.

— Et tu dis que tu ne manges pas à ta faim ? Aide-moi, je ne comprends pas.

Je ne peux rien dire. C'est trop à dire. Je résiste, je cherche une autre réponse.

— Moi non plus, je ne sais pas pourquoi j'ai dit ça. J'ai menti, monsieur Froidefond. Je voulais faire mon intéressant, comme dit souvent tata. Elle est gentille aussi, avec moi, mais, des fois, elle parle trop et ça fait mal à la tête, sinon ça va.

Le directeur se met à rire :

— Là, tu n'as pas tort, elle parle beaucoup, Mme Lacroix.

Mme Mireille sourit aussi et seul le barbu géant ne s'amuse pas.

Enfin, je promets que je me tiendrai à carreau, que je ne me plaindrai que si c'est vrai, bref « un ange sur terre jusqu'à la prochaine fois », conclut M. le directeur de l'Assistance publique.

Sur le chemin du retour, harassé, je m'endors. Mme Mireille me réveille avec douceur.

— Phérial ? Phérial, nous sommes arrivés.

J'ouvre un œil. Cette douceur me fait du bien. Je lui souris.

— Bon, tu es prêt ? On va faire le point avec M. et Mme Lacroix. Tu es d'accord, Phérial ?

— Oui, madame Mireille. Je vais m'excuser pour mes bêtises et, un jour, je conduirai votre voiture.

J'entre avec elle et je me sens comme lavé de mes mensonges qui n'en sont pas, ce qui me procure un sentiment soudain de légèreté.

Départ sans tambour ni trompette

— Entrez, entrez donc. Ben ça ! C'est-y pas un long voyage que vous avez fait là ? Pas la porte d'à côté, hein ? C'est-y pas vrai ? demande la dame.

— Assoyez-vous, nous dit le monsieur, mari de la dame. J'va vous servir un petit queuque chose à boire. Il a-t-y soif, ce grand garçon-là ? Une ch'tite grenadine ?

Je ne comprends pas tout ce qu'ils disent mais je fais oui de la tête et j'observe. La dame porte un grand tablier à fleurs par-dessus une blouse à fleurs aussi. Elle a une dent en or et le monsieur a une casquette à rayures un peu sale, vissée sur la tête, une gaupette. Je le sais parce que, à l'instant, la dame vient de lui dire :

— Enlève donc ta sale gaupette de d'ssus ta tête quand on est dans la maison, enfin bon Dieu de bon Dieu ! Ah, les bonshommes !

Le monsieur sourit et me tend ma grenadine. Ses mains sont immenses. Son visage grotesque. Où suis-je ?

— Merci, monsieur.

— Oooh ! Pas d'monsieur ici, mon ch'ti gars ! Pas de manières, je m'appelle Lucas et tu peux dire Lulu !

— Merci, monsieur Lulu.

— Et toi, t'as-t-y un prénom ? questionne la dame.

— Oui, madame : Phé…

Je n'arrive pas à me souvenir.

— Phé… quoi ?

— Je ne sais plus, madame.

— Oooh ! C'est pas grave… Et pas de madame non plus, elle s'appelle Henriette et tu peux l'appeler Riette, comme les rillettes, hein ? C'est bon, ça, les rillettes !

Et maintenant, M. Lulu et Mme Riette rigolent de bon cœur. La vieille conductrice, comme moi, ne rigole pas trop dans ce cauchemar.

— Mon petit Phérial, voici ta nouvelle famille.

Elle disparaît. Les Riette aussi. Je suis seul dans la maison. Elle est toute petite, la maison, et très sombre. Dehors s'étale une grande cour boueuse, peuplée de poules, de coqs, de dindons et de canards crasseux. Je remarque des petits points jaunes dans la boue. Ce sont les grains de maïs pour la volaille que Mme Riette, de son tablier et d'un geste sûr, envoie à la volée. Dans la maison, il y a une odeur de frais et tous les objets sont bien rangés. Rien ne traîne au hasard. C'est extrêmement propre ici, ça contraste avec la cour. La table de la cuisine est recouverte d'une toile cirée en plastique à fleurs. J'en déduis que Mme Riette doit aimer beaucoup les fleurs. Pour faire plaisir, et aussi pour me sentir un peu chez moi, je sors cueillir quelques pensées. Lorsqu'elle me voit comme ça, debout, près de la table, bouquet à la main, ça lui fait un choc à Mme Riette et je reçois illico une formidable paire de baffes. Mon nez saigne. Par la fenêtre, j'aperçois l'ambulance, toute rouge, de laquelle la vieille conductrice, enfermée, essaie de sortir, mais en vain.

— Il est-y con ce gamin ! On cueille pas mes fleurs ! vocifère Mme Riette.

La dernière fois qu'on m'a giflé, c'était avant l'orphelinat et je me rapelle bien avoir dû aller à l'hôpital. Cloison nasale déplacée, avait dit le bon docteur. Cela me fait incroyablement peur d'avoir de vrais souvenirs dans un cauchemar. Je m'accroche à la table. Je tourne la tête, j'aperçois un frigo. Est-ce vraiment un frigo ? Ma main se desserre, les fleurs tombent à terre. Où est ma réalité ? Je me mets à pleurer, tente de m'enfuir en traversant la cour, mais mes petites chaussures noires vernies s'enfoncent dans la boue. Mme Riette m'attrape et me traîne dans ma chambre tandis que je découvre un ciel sans étoiles. La chambre, c'est la pièce juste à côté de la cuisine. Dans un recoin de la salle à manger se trouve un lit d'enfant et c'est là que je me rends compte que j'ai à peine huit ans.

— Allez, ôte tes frusques, l'arsouille, j'en ai déjà vu des p'tits robinets, allez, allez.

Gêné, comme à l'orphelinat, je me déshabille mais ne trouve pas de pyjama. Je veux quitter la salle.

— Tu vas où, l'arsouille ?

— Me laver les dents, madame Riette. On le faisait à l'orphelinat.

— T'es pas à l'orphelinat, ici. T'as pas besoin de te laver les dents. Au lit, allez, allez.

Je me couche tout nu. Christophe me manque. Je veux dormir. Impossible, Mme Riette et M. Lulu, accompagnés de leur petit-fils, tiennent un énorme gâteau et leurs visages, éclairés par la lumière des bougies, se déforment. C'est mon anniversaire. Le petit-fils des Riette doit avoir quatorze ans. Il se moque de moi, l'orphelin, comme il m'appelle, et me file un coup de poing dans le nez. La douleur est immense. Je réplique, un vrai désastre, lui fends l'arcade sourcilière. Mme Riette, sous l'apparence maintenant d'une grosse poule, accourt aux couinements du petit-fils. Elle tente de le protéger en s'aidant de ses ailes atrophiées. Sa tête oscille dans tous les sens et elle crache des vers tout en lâchant des :

— Arsouille, idiot, sans parents !

Horrible, mais rien à faire, je ne le lâche plus et je le tape, je le tape pour la fierté de tous les orphelins. C'est alors que gronde la voix de la vieille conductrice, prisonnière de l'ambulance :

— Qu'est-ce qu'ils vont faire de toi ? Tu vas retourner à l'orphelinat !

Je me réveille en sursaut, étouffant, dégoulinant de sueur. Je prie, du plus profond de moi, pour ne jamais tomber dans une famille comme celle-là. Je reprends peu à peu mes esprits et ma gorge se serre car la réalité vient de me rattraper. Ça y est : je suis renvoyé, c'est décidé. La plainte de tata Lacroix en haut lieu a été entendue.

— Comment déjà… je ne peux plus le garder. Il n'écoute rien. Le travail, à l'école, ne va pas. Renvoyé de la cantine trois jours, puis du collège. Ça ne va pas. Il insulte les professeurs, il ne veut rien entendre, on ne peut pas le ramener à la raison, il est trop grand, il me dépasse maintenant.

Elle s'avance, ajoutant plus bas, en s'assurant que personne d'autre ne puisse entendre :

— Et surtout, monsieur le directeur, je viens d'apprendre qu'il est, dans l'horoscope chinois, comment déjà… un cheval de feu. Vous vous rendez compte ? Cheval de feu… On ne pourra rien en faire. Au Moyen Âge, monsieur le directeur, là-bas, en Chine populaire, on les noyait, les chevaux comme ça. Vraiment, monsieur le directeur, nous préférons, avec bien des regrets tout de même, il sait parfois être si gentil, le renvoyer. Nous ne pouvons plus… et puis nous avançons dans l'âge. Fin août, il faut le reprendre. Mais nos portes resteront toujours ouvertes, nous ne lui fermons pas la maison, et à personne du reste, mais voilà, c'est tant pis, c'est ainsi.

Dans mon lit, je me repasse la scène. Ce bon

directeur écoutant la litanie, avec son crâne dégarni, son regard qui louche, ses lèvres qui ont toujours l'air de sourire même dans les moments les plus graves. Mais derrière ce sourire il ne rigole pas du tout, M. le directeur de l'Assistance publique. Il saisit qu'il n'y a plus d'argument possible pour la défense de sa pupille de la nation. Il va falloir, une nouvelle fois, lui trouver le gîte et le couvert, ce qui n'est pas une mince affaire à cet âge-là. Que du souci et du problème, démarches et kilomètres à travers la campagne alentour pour trouver la bonne âme, la bonne famille, qui voudra bien reprendre le môme en main.

Dans mon lit d'inquiétude, ce soir, la couverture ne suffit pas. Je repense à la dernière visite de mon vieux moi. Sans bruit, il s'était approché et ses mots m'étaient parvenus :

— Tant que vous marchez, je marche. Tant que vous refusez, j'ignore, car moi, le quotidien, j'apporte sur le plateau du ciel des soleils variés et rares. Sur les feuilles, les vents aux caresses enragées. Dans les déserts, l'or. Je suis le grand sorcier des ménages. J'offre un seul de mes cheveux et vous en faites mille balais. Je suis avec vous, toujours. Lorsque l'on me voit, j'entrouvre ma cape et l'on peut se dire : derrière l'horizon, j'ai vu l'horizon, parfaitement indécis.

Je me sens tout froid. Pour moi, le quotidien qui se répète sans cesse est peuplé de départs, d'arrivées, de ruptures et des règles de chacun qui surgissent sans relâche, accompagnées de regards d'adultes qui nous intiment invariablement d'être l'enfant sage qu'ils n'ont jamais été, ou nous interdisent inlassablement d'être l'enfant troublé qu'ils ont en eux et qui n'a jamais pu vraiment disparaître.

Je n'en peux plus. Ma tête chauffe. Je m'évanouis. Mon vieux moi est à terre, il tend la main.

— Pardonne-moi, de n'avoir pas pu être l'enfant de tous, l'enfant rêvé.

— Relève-toi, mon avenir. Sors du corps tes frayeurs, et balaie devant toi. Regarde, mon vieux moi, je prends le soleil à pleine main et rien ne brûle.

Le lendemain, nous déjeunons sans un mot, tonton, tata et moi. D'ici une heure, je ne serai plus là. J'observe chacun de leurs gestes. Il en est un qui me marque plus que les autres : à la fin du repas, tonton, tata, tout comme mémé Juliette, se passent l'index sur la langue et ramassent chaque miette de pain qui se trouve sur la nappe. La faim, le manque, les guerres leur ont donné cette habitude : toute leur vie, ils picorent, de-ci, de-là.

Le cœur serré, je me lève et commence à débarrasser.

— Non, non, mon grand garçon. Laisse, comment déjà... tata le fera.

Je monte finir de ranger mes affaires. Un mois que j'ai quatorze ans et je me demande comment on fêtera mon prochain anniversaire dans ma future famille nourricière. Cachés dans les fleurs grossières du papier peint de la chambre, j'imagine les visages des orphelins qui ont vécu ici avant d'aller s'évanouir sur d'autres murs. Les bras ballants, je souhaite une dernière fois ne pas partir. Je promets d'être gentil, aimant, serviable. Je parle dans ma tête, m'invente des réponses. Les larmes, encore et toujours, jaillissent et se perdent au fond de ma bouche entrouverte. Je referme ma valise noire. En la soulevant, je remarque qu'elle n'est plus aussi lourde qu'auparavant. Sans doute je deviens plus fort au fil des voyages.

Je descends le grand escalier que j'ai grimpé, il y a quatre ans, pour la première fois. Tata m'attend en bas. Tonton n'est pas là, enfermé dans son bureau, il vaque à ses affaires d'homme du monde.

Dans la voiture, Tata allume la radio. Les nouvelles ne sont pas bonnes. Le journaliste parle de Tito, mort il y a plusieurs mois. À l'annonce de son décès, tonton m'avait dit que c'était un grand homme qui avait su réunir son peuple et faire de son pays un pays libre et fort, indépendant du grand frère rouge, que je pouvais être fier d'être un Yougoslave. Pour lui, le Maréchal des Balkans semblait être un modèle incontestable de réussite. Je n'avais rien compris, bien sûr, et le grand frère rouge, et le beau maréchal dans son costume tout blanc me paraissaient aussi lointains que le sol de Jupiter ou de Saturne. Mais voilà, je m'en souviens parce que c'est l'unique fois où tonton m'a dit une chose bien sur moi.

— Oh ! La barbe avec leurs informations pleines de malheurs.

Tata cherche une autre station et tombe sur les infos, encore. Finalement, elle éteint le poste. La R5 ronfle dans le vent.

M. et Mme Procrons,
la famille de la cité des Deux Mille

On arrive près de la place des cars, mais au lieu de passer devant le collège, tata monte la grande côte qui mène aux HLM, traverse le quartier des grandes tours au pied desquelles traînent des blousons noirs, des punks, toute la faune de la cité des Deux Mille.

C'est inconnu, pour moi, ces coins-là. Jamais je n'avais osé m'aventurer ici et encore moins essayé de lier amitié avec les jeunes de mon âge, pressentant que je n'étais pas spécialement attendu. Voilà qu'aujourd'hui, le lendemain d'hier, je découvre le décor avec des yeux emplis de naïveté. Après la piscine, tata tourne à droite dans les allées des lotissements et s'arrête au bout d'une impasse, devant le numéro 147. Avant de descendre, elle me dévisage :

— Je sais que tu es un bon garçon. Je suis, comment déjà… navrée de cette situation. Mais de tous les enfants que nous avons gardés, tonton et moi, tu es, mon grand Phérial, comment déjà… le plus spécial, le plus dur et aussi le plus gentil à la fois. La porte reste ouverte, viens nous voir quand tu veux. Donne de tes nouvelles, cela fera plaisir à ta tata.

Elle s'approche de moi pour m'embrasser, les larmes aux yeux, et elle essuie avec un mouchoir la trace de son rouge à lèvres sur ma joue. Je récupère ma grande valise noire dans le coffre pendant que Tata sonne.

La porte en fer du garage s'ouvre, comme dans les films américains, du bas vers le haut. Un couple vient à notre rencontre.

— Bonjour, mon p'tit gars ! On m'appelle Marcus, c'est pas mon vrai nom, mais ça fait empereur romain, je préfère. Et elle, c'est la chef de la maison. Dis donc, t'es un vrai gaillard, tu veux t'y une clope ?

Il me tend une gauloise filtre.

— Laisse-le donc et va pas l'empoisonner avec tes saloperies, bordel de merde, y a assez de misère comme ça dans le monde. Va donc voir là-bas si j'y suis et si tu vois mon cheval, demande lui s'il a le téléphone.

La dame rigole de sa blague et s'adresse à tata.

— Bonjour, madame Lacroix, j'suis Marie-Janine Procrons et, ce jeune loup, ça doit être Phérial ?

Tata est choquée, trois gros mots dans une seule phrase, ça l'anéantit d'un coup. Je la vois toute pâlotte, toute bégayante :

— Heu, oui… Comment déjà… c'est Phérial… Bon… Bonjour, madame Pro… comment déjà…

— Vous embarrassez pas, appelez-moi Marie-Janine.

— Oui… Marie-Janine… Eh bien, voilà… alors, comment dire… Ce n'est pas un garçon toujours facile, mais il est gentil. Nous, nous pensons à prendre notre retraite, du côté de Biarritz, l'air de la mer nous ferait du bien. On ne pourrait pas l'emmener, ce n'est pas une vie pour un jeune homme, la retraite. Alors, pour les choses importantes, vous verrez avec Mme Mireille, son éducatrice à l'agence de l'Assistance publique.

Tata fait un pas vers Marie-Janine et ajoute, en baissant légèrement la voix, pour que tout le voisinage ne l'entende pas :

— Ah, oui… il prend des médicaments pour les nerfs. Une cuillère à café de Valium, le soir, ça l'aide pour le sommeil. J'ai mis tout cela dans un pochon, avec l'ordonnance et le carnet vert. Pour ses lunettes, il vous faudra les changer sous peu. Elles lui sont un peu étroites. C'est qu'il pousse, notre Phérial, et aussi, il ne fume pas du tout. Voilà, le compte y est, je crois.

Elle s'approche de moi :

— Alors, mon petit homme, je te laisse à ta nouvelle famille. Sois sage, écoute bien et viens nous voir quand tu le désires.

— Au revoir, tata.

— Au revoir, mon petit homme.

Elle monte dans sa voiture, oubliant de saluer Marie-Janine et s'éloigne comme si la peste qui tue avait envahi le quartier.

En un éclair, quatre ans de vie commune ont

disparu, impasse des Champs-Fleuris. Seul, face à Marie-Janine, la chemise boutonnée jusqu'au col, la raie sur le côté et mes lorgnons sur le nez, je me sens vide, pantin désarticulé qui pourrait tout aussi bien avancer vers nulle part que prendre racine sur le bitume. Même Marie-Janine en est choquée.

— Ben dis donc, elle est pressée, mémé Lacroix. Je crois pas que tu vas être le bienvenu sur les plages des vieux de Biarritz. Au fait, on va pas donner dans les maman ou les tata, hein, Marie-Janine, ça ira. Bon, ben, on va pas y passer notre dimanche, moi faut que j'y aille travailler, c'est ça que d'être une femme moderne. Le boulot avant tout. Le boulot, le boulot, pour les pépettes ! Allez, viens à l'intérieur, que je te présente au reste de la famille, après on va aux Caves dc la Mignonne.

Et elle se met à chantonner :

Du côté de Sancerre,
Le pays des p'tits verres,
Qu'on s'envoie derrière la cravate pour plus rien penser,
Pour être libre comme l'air.
Du côté de Sancerre…

Dans le vestibule, Marcus me débarrasse.

— Pose-moi ta valoche là, on verra plus tard où c'est qu'on va la mettre.

L'entrée est toute petite, on se gêne à deux. On traverse la salle à manger. Au mur, au-dessus de la cheminée, se trouve un grand canevas. Il représente une femme nue, allongée dans un coquillage. Juste à côté, il y a une tête de cerf empaillée, et pile en dessous, une énorme télé, en marche.

— J'étais en train de regarder le Grand Prix. T'aimes ça, toi, la Formule 1 ? T'as vu mon cerf ? Je l'ai eu du côté de Ménétréol, y a du gibier, dans ce coin-là. Je t'emmènerai, un jour, et aussi vers la Loire, on fera un brin de pêche. Mais je te préviens, pas de fainéantise, debout à quatre heures, la ligne dans la pogne à cinq. Si tu veux ramener de quoi grailler le midi, y s'agit pas de s'y mettre à onze heures. Moi, je dis toujours : le monde appartient à ceux qui s'y lèvent tôt. Les autres, les feignasses, y crèveront la gueule ouverte, parfaitement mon gaillard, la gueule ouverte ! Tu veux une cibiche maintenant qu'elle est partie, la rombière ?

Il me donne une cigarette.

— Laisse-le donc tranquille et file-moi une clope au lieu de bavasser, coupe net une jeune fille, plus âgée que moi, en entrant dans la pièce.

— Je te présente la Nathalie, princesse de ces lieux. Elle et sa mère, c'est pas de la tarte. Vaut mieux filer doux, avec ces deux-là, les scorpions c'est rien à côté de ça. Dis donc, toi, t'as que la gueule pour fumer ?

— Tu voudrais que j'aie la gueule pour quoi d'autre ? Je te rappelle quand même que t'es mon beau-père, alors si t'espères autre chose, tu peux toujours te la mettre derrière l'oreille et la fumer plus tard. L'écoute pas et mets-toi à l'aise, défais ton bouton de col de chemise, on a l'impression que tu vas t'étrangler. Si y t'emmerde, avec son sport et sa chasse, te laisse pas faire.

Une jupe noire très courte, un tablier blanc, maquillée, pimpante, Marie-Janine, changée en serveuse, surgit dans la salle à manger.

— Eh ben, chérie, on part en croisière ? T'es en beauté ! s'exclame Marcus.

— T'es con ou quoi ? Heureusement que je l'ai ce boulot du week-end ! Et pour ça y faut bien se mettre dans son avantage quand on bosse pour des poivrots comme toi. C'est le meilleur moyen de les faire cracher au bassinet. Alors pour la croisière, tu repasseras et, en attendant, va faire chauffer le carrosse.

S'approchant de lui, elle lui roule un gros palot. Nathalie, voyant mon embarras, m'entraîne dans le garage.

— Je vais te montrer ce qu't'as à faire, le dimanche soir. Demain, y a les poubelles qui passent, alors tu sors le sac et tu passes un coup à l'eau de Javel. Compris ?

— Oui, je crois.

— T'es pas bavard. Tu me diras, c'est bien comme ça, parce qu'avec l'autre et sa tronche de hareng frit, on a de quoi entendre. Moi, je me dis que s'il parle tout le temps, c'est sûrement qu'y doit pas souvent tremper le poisson, si tu vois ce que je veux dire. Tu comprends ? Ben oui, vu que les mecs ils veulent tout le temps baiser, s'ils font pas la chose, il faut bien que ça ressorte autre part. J'aurais pu être psychologue en psychiatrie. J'en connais un rayon, sur la nature des bonshommes, tous des vicieux qui pensent qu'au cul. Moi, je suis pas comme les autres filles. J'attends mon chevalier servant, et celui qui voudrait m'avoir juste comme ça, pour rien, eh ben dis-toi qu'il est pas encore né ! T'as du feu ?

— Non, je ne fume pas.

— Ben, aboule-moi la clope que le vieux t'a filée.

Je la lui donne en l'examinant. Son grand nez contraste avec ses lèvres pincées. Ses ongles peints en vert rappellent son fard à paupières. Sous ses gros yeux, un trait noir soutient son regard et dans son jean moulant, elle roule des fesses. Elle n'est pas belle et je m'en méfie déjà. J'entends ses mots derrière son langage. Marcus se trompe, elle est loin du scorpion, plus proche de la vipère. Je l'imagine effleurant l'eau d'une rivière, prête à donner sa piqûre mortelle.

— Pourquoi tu me regardes comme ça ? T'as déjà baisé, toi ?

Pétrifié, je lui demande :

— Où est l'eau de Javel ?

— Tu veux la nettoyer tout de suite ? T'as le temps, avant ce soir… Et pis, de toute façon, pour ton premier jour chez nous, c'est moi qui vais le faire. T'es pas comme les autres, toi, hein ? T'as un truc bizarre. J'ai bien remarqué que tu louchais pas sur mon derrière. T'es pédé, peut-être ? Ça me dérange pas. J'en connais, ils sont gentils et honnêtes avec les nanas. C'est quoi, ton blaze ?

— Phérial.

— Phérial ? T'es arabe ?

— Non, yougoslave.

— Connais pas. C'est où, ça ?

— Je ne sais pas, je ne sais pas grand-chose de mon histoire, ils ne savent rien à l'Assistance publique.

— Quand même, t'as pas de chance, pas de parents... Bon, ben, c'est la vie. Tiens-toi tranquille, ici, écoute la mère et t'auras pas de problème.

Elle s'approche très près de moi, allume sa cigarette, tire une bouffée qu'elle m'envoie au visage. Je tousse et elle quitte le garage en riant.

Marcus et Marie-Janine sont sur la terrasse, en train de boire une bière.

— Alors, vous avez fait connaissance ? lance Marcus en me faisant un clin d'œil.

— Bon, ben, tu fermes ton clapet, maintenant, tu vides ta bibine et on y va. Phérial, tu viens avec nous, ça te fera voir du pays et, toi, ma fille, tu finis d'écosser les haricots ! tranche Marie-Janine.

Dans la Renault 25 flambant neuve, on roule pendant un petit moment sans que personne s'adresse la parole. Je scrute le rétroviseur central où je vois le visage de Marcus. Il mâchonne sa moustache avec sa lèvre inférieure. À côté de son nez se trouve un gros grain de beauté. Il a de tout petits yeux marron, les cheveux en arrière, et j'ai un bel aperçu de sa calvitie prononcée. Marie-Janine, au contraire, a une vraie tignasse, teinte en roux, comme tata Lacroix, et bien frisée. Avec son rouge à lèvres, ses yeux bleus énormes et ses ongles de deux centimètres, elle me fait penser à une sorcière. Quand Marcus grille un stop, Marie-Janine l'engueule aussitôt. Il s'adresse à moi :

— J'ai pas toute ma tête, c'est à cause de la mort de Bâtard, un bon chien allemand. Il a fini en traînant sur les pattes arrière. Ah, tiens, faut que j'arrête d'en parler, ça me retourne et je vais chialer comme une gonzesse.

— Bon, c'est pas la peine de te mettre dans tous tes états, t'es con et t'aime tes chiens plus que ta bonne femme, mais je m'en fous, t'es quand même mon mari chéri.

— Ben, ça, c'est gentil, ma bichette.

Marcus lui glisse la main entre les jambes.

— Tu vois, nous, on n'est pas des gens compliqués : t'es con, on peut rien y faire ? C'est pas grave et on s'emmerde pas. Allez, mon Marcus, fais-moi voir ce qu'elle a dans le ventre, ta titine.

Marcus appuie sur le champignon. Plus que jamais, je me demande où je suis tombé. Et cette fois-ci, dans mon ventre, je sens une douleur aiguë et brûlante. C'est la douleur de la méfiance. Je sens la haine et la méchanceté qui couvent, tapies dans l'ombre, prêtes à bondir sur l'innocence de ma pomme.

Plus tard, aux Caves de la Mignonne, Marcus s'est enfilé des p'tits blancs à l'œil alors que Marie-Janine trimait en se laissant allègrement tripoter par les clients rougeauds, moyennant un petit billet. J'ai eu droit, moi, à des diabolos menthe et fraise tout l'après-midi. J'ai fumé une clope, pour faire plaisir à Marcus, et j'ai failli vomir illico, sur la table en chêne rustique. En rentrant, ils m'ont montré ma chambre et m'ont assuré que je faisais partie de la famille, qu'ici, y avait pas plus de gamin de l'Assistance publique que d'enfants légitimes. Tout le monde à la même enseigne, et quelle enseigne.

Assis sur mon lit, je regarde ma valise noire que je n'ai pas encore ouverte. D'une oreille distraite, j'entends, à travers la cloison, les Procrons qui se couchent, en rouspétant :

— Mais laisse-moi donc tranquille. Je suis crevée, moi.

— Ma bibiche, tu me plais tellement, dans ton habit de princesse…

Par la fenêtre apparaissent les étoiles de ce soir d'été. Il y en a une qui brille plus que les autres. Je me mets à penser que c'est peut-être l'âme de ma mère ou de mon père. Pour la première fois, je formule une sorte de prière. Je voudrais renaître, là-bas, dans l'Univers. Moi aussi, je veux être une étoile.

Voyou, Nathalie et les médicaments

Le lendemain, je me lève vers sept heures. Je descends l'escalier, passe le minuscule vestibule, traverse la salle à manger sous le regard de la nymphe en canevas et arrive dans la cuisine. À ma vue, Marcus s'exclame :

— T'es un lève-tôt, toi. C'est ce que je t'ai dit hier ? Sur l'avenir et tout le bazar ? Ben, soit t'es un lèche-cul, mon salaud, soit t'as pas compris que t'étais en vacances, et alors là, t'es l'idiot du village. Eh, mon vieux, les vacances, faut en profiter. Moi, j'ai que cinq semaines par an. Ben, je peux te dire que je me dégourdis pas les arpions avant dix heures pétantes. Tu prends quoi, le matin ? Un caoua ?

— Y prendra un café, comme tout le monde, au lait, si y veut. Y a pas trente-six services, ici. Tiens. Y a du pain, le beurre et la confiture, c'est là, dans le frigo.

— Merci, je vais me débrouiller.

Marie-Janine me regarde un instant et s'assoit juste en face de moi.

— Dis, t'as bien dormi, cette nuit ?

— Non, pas trop, Marie-Janine.

— Et tu sais pourquoi ?

— Non plus.

— C'est p't'être à cause de ça ?

Elle me montre le flacon de Valium.

— T'en as pas eu hier soir et laisse-moi te dire que t'en auras plus, parce que, moi, j'appelle ça de la maltraitance, de faire boire une saloperie pareille à un gamin de ton âge. Si t'arrives pas à dormir, tu sors, et tu fais dix fois le tour des lotissements, tu verras, c'est le meilleur des somnifères. En attendant, la question est réglée. Chez moi, pas de drogue et pas de fous. Si t'as les nerfs, t'as qu'à désherber la terrasse, couper les troènes et promener les chiens. Te voilà renseigné sur ton programme d'aujourd'hui. Tu demanderas les outils à la Nathalie, elle te dira où qu'y sont. Voilà, mon p'tit gars. Ce que j'en dis, c'est pas pour ton mal. Là-dessus, salut la compagnie, le boulot, y m'attend.

Marie-Janine, pas peu fière, quitte la table et disparaît.

— Pff ! Quelle tornade, cette bonne femme. Mais bon, elle a raison, la Janine. Ce qu'elle a dit, c'est pour ton bien. C'est vrai, c'est comme de la drogue, ce machin-là. Tiens, regarde-moi ces mots compliqués qu'y a écrit sur la bouteille. J'arrive même pas à les lire, y sont trop petits et c'est que du latin pour qu'on y comprenne rien. En fait, c'est rien que du poison. Allez, fous-moi ça à la poubelle. Et moi, je vais au boulot aussi, je dois déménager une mémère qu'a des armoires en vrai chêne. Alors ça, mon poteau, à soulever, c'est pas de la tarte. Faut pas avoir des biceps de pédezouille. Au fait, tu les as pas vus, les chiens, hier ?

— Non, Marcus.

— Bon. Y sont dehors, derrière la maison, contre le mur. Tu leur mets leur laisse et tu les lâches pas. T'es pas obligé de les promener les deux en même temps. T'en prends un, pis après l'autre. Le noir, c'est un bas-rouge, y s'appelle Voyou, fais attention, y tire sur la rallonge, tu vas faire du ski nautique avec lui. L'autre, il est vieux, il est plus mou, c'est un rottweiler, c'était le chien des centurions romains. Ah, tu vois qu'il en sait des choses, le Marcus, hein ?! T'en bouche un coin, hein, l'artiste ? Bon, allez, fais gaffe aussi quand tu croises un autre clebs, le Voyou y voudra y mettre la pâté au corniaud, y voudra le bouffer tout cru ! Et je te dis pas si c'est une femelle, alors là, tu vas en chier. Mais bon, tu lui colles un coup de savate derrière les deux oreilles, ça va lui refroidir les envies. T'es un chef.

Sur ce, il prend le Valium, le balance dans la poubelle, avant de monter en voiture avec Marie-Janine.

Seul, je goûte au silence qui s'installe. Je me fais des tartines grillées à même le feu de la gazinière, et l'odeur me rappelle les matins chez les Liliane. Est-ce qu'elle vit toujours, maman Liliane ? Est-ce que sa maladie est guérie ? Je remonte. Assis sur mon lit, j'attends que Nathalie émerge. Vers dix heures, elle vient direct dans ma chambre, sans frapper.

— Ben reste pas ici, viens prendre un caoua avec moi.

Surpris, je me retrouve avec elle dans la cuisine. Elle a des mules vertes en peluche avec un Mickey sur chacune et traîne les pieds quand elle marche. Elle est en nuisette, Nathalie, un peu transparente, et je repère qu'elle regarde si je mate au travers. Elle essaie de me choper en flagrant délit.

— Je parie que la mère, elle t'a tancé avec tes médicaments que tu prenais chez tes bourgeois ?

— Oui, elle m'a dit que ce n'était pas bon pour moi.

— Et qu'elle voulait pas de drogués et pas de fous dans la maison ?

— Comment t'as deviné ?

— C'est la mère, elle est comme ça et c'est la mienne, je la connais comme si je l'avais faite. Alors, c'était comment, chez tes bourgeois ? Y devaient pas faire la chose souvent, quand tu vois la tête de coincée qu'elle a, la vieille. Je l'ai regardée hier, de ma fenêtre. Pas belle à voir, la rombière.

— Ben, en fait, ils étaient assez vieux, donc, forcément, on ne faisait pas grand-chose avec eux, mais bon, ils étaient gentils avec moi. Et tu sais, Nathalie, ce ne sont pas mes bourgeois…

Nathalie se met à rire.

— Hé, c'est qu'il est susceptible, le garçon ! Je

sais bien qu'ils sont pas à toi, ces vieux chnoques. Comment tu trouves ma nuisette ? Ma mère me l'a offerte pour mes seize ans.

Elle se lève et fait un tour sur elle-même, en levant les bras au ciel, façon danseuse étoile.

— Elle est belle, hein ? Pas trop transparente, ça va ?

— Heu… non, je ne sais pas, j'ai pas fait attention, tu sais, le matin, il me faut du temps pour bien voir autour de moi…

Au même instant, on entend des chiens qui aboient.

— Ah, la chiasse, peut jamais être tranquilles, en train de discuter. C'est encore le Voyou, faut aller le promener.

— Marcus m'a dit de le faire.

J'attrape fissa une des deux laisses accrochées à côté des torchons. Voyou aboie et tire sur sa chaîne comme un taré. Je n'ose pas approcher. Il a l'air sanguinaire, cet animal, et il bave un peu. J'attends qu'il se calme et je pars le promener dans la cité des Deux Mille. Il tire tellement que je cours après lui. C'est fou comme il est fou. Je m'arrête, retiens la laisse de toutes mes forces et parviens enfin à stopper la bête qui me gratifie d'un débarbouillage en pleine poire, ce qui fait bien rire une bande de mecs, assis sur les escaliers d'une des grandes tours. Quatre lascars qui se payent ma tronche. L'un des plus grands s'approche.

— Il est con, ce Voyou, hein ?! Alors c'est toi, le gamin de l'Assistance. Salut, moi c'est Bruno, je suis le frère de Nathalie. Tu m'as pas vu hier parce que j'ai pas dessoûlé et je suis resté chez mes potes, les Frélon. Elle a rien dit, la mère, que je suis pas rentré ?

— Non. Salut, moi, c'est Phérial.

— Je te présente : lui, c'est Olive, lui, Frédéric, lui, Croque-Mort. On l'appelle comme ça parce qu'il a les dents pourries comme un mort.

— Ta gueule, narvalo ! Tu vas voir si j'ai les dents pourries.

— Ben, vas-y, fais risette pour voir.

Croque-Mort nous fait à tous un grand sourire qui découvre des dents noires, pourries. On éclate de rire, moi y compris. Deux heures plus tard, Olive, qui a mon âge, et moi, on est les meilleurs potes du monde. On est allés boire le café chez lui. Toute sa famille habite dans un HLM et ils sont presque quinze en tout. J'ai appris que c'étaient des manouches qui n'avaient plus envie de voyager. La mère Frélon a fait des démarches et réussi à dégoter cet appartement trois pièces. Quatre, cinq par chambre, l'ambiance est à la rigolade. Seul le père ne rit pas trop. Les cheveux noirs, plaqués en arrière, habillé d'un costume sombre, élimé aux manches et au col, d'une chemise blanche éclatante, il fume des gitanes maïs en regardant toujours par la fenêtre. Il ne parle pas beaucoup et ne répond que par un signe de tête lorsqu'on lui dit bonjour. Mais quand il demande une autre tasse de café ou du sucre, les frères Frélon se battent presque pour la lui apporter. La mère, au contraire, parle tout le temps. Elle dit sans arrêt que je suis trop maigre et que je dois être malade. Elle me surnomme « maigrichon » et, quand elle m'appelle ainsi, je sens, dans sa voix rocailleuse, la même affection qu'elle porte à sa myriade d'enfants. Poignée de main et rigolade, on s'est dit à demain et je suis retourné chez les Procrons le cœur joyeux.

En rentrant, Marie-Janine a engueulé bien fort Bruno dès qu'elle a compris qu'il m'avait emmené chez les Frélon, cette bande de bons à rien, ces voleurs de manouches. Moi, je suis resté une bonne demi-heure à faire des caresses à Voyou en attendant que l'orage passe.

Le samedi soir, le temps du bal

Avec Bruno, Olive, Croque-Mort et Frédo, on est au bar des HLM. Bruno s'enquille son troisième perroquet, du Ricard avec de la menthe, Frédo roule des joints, Croque-Mort est à la Kronenbourg, Olive et moi au flipper. Je n'avais jamais joué au flipper avant. Mais, très vite, je suis devenu un as. Ce jeu est fait pour moi. Il ne faut pas être une grosse brute, tirer sur tout ce qui bouge et balancer des coups de pied dans la machine, sinon, t'as le tilt. Je fais exploser le score, je chope toutes les extra boules et le « spécial » est ma spécialité. Olive est bluffé et ne regrette pas d'attendre une demi-heure son tour, alors que Roger, le patron du bar, gros roux à la bouille rougeaude, nous regarde d'un sale œil, vu que ça fait deux heures qu'on joue avec juste cinq francs et qu'on consomme que dalle. J'aurais bien goûté au rourou, Ricard à la fraise, mais Marie-Janine a été très précise sur le sujet :

— Tu peux l'emmener avec toi au café, mais

tu le fais pas boire. Je veux pas d'ennuis avec l'Assistance publique. Du diabolo, du lait fraise et rien d'autre, c'est compris, fils de ton père ?

— OK, la mère, tu peux compter sur moi. Que du lait et pas de trucs avec des bulles.

Du coup, Bruno tient parole, il se prend au jeu et protège son demi-frère de l'Assistance des abus dangereux de l'alcool. Bien sûr, lui, il enchaîne les verres. Quand il fonce vers la sortie, suivi des deux autres, Olive me file un coup de coude :

— Regarde, le Bruno, il est cuit.

Dehors, en face, juste devant la boulangerie, il vomit dans un bac à fleurs. Frédo l'encourage et Croque-Mort le tient pour qu'il ne se rétame pas. La boulangère, très remontée, sort avec un balai et se met à taper Bruno, de toute la force de ses deux bons gros bras. Elle tape et on l'entend jusque dans le bar :

— Je vous ai déjà dit d'aller dégobiller ailleurs que dans mon bac à fleurs ! Vous avez aucun respect de la nature. Mes petites marguerites naines du Japon, vous les avez bousillées, ivrognes, fainéants !

Le clou du spectacle, c'est Croque-Mort, qui n'a rien trouvé de mieux que de cueillir deux, trois marguerites naines, et, bouquet à la main, de faire la cour à la boulangère en lui pétant ses plus beaux sourires, tout en baragouinant en japonais. Même elle finit par s'esclaffer :

— Vous êtes cons comme la lune ! Feriez mieux de vous faire engager au cirque Pinder, y manquent de clowns comme vous !

Dans le bar, tout le monde s'en paie une tranche et Roger, les larmes aux yeux, offre même une tournée générale.

— Je vous remercie, monseigneur, dit Bruno en titubant, mais avant, j'vais aux gogues faire un brin de toilette. Hé, Roger, pour les deux p'tits, lait fraise, diabolo, s'agirait pas que le spectacle recommence, sinon je t'dis pas de ce qui va rester des fleurs.

En rentrant au lotissement, Bruno, complètement dessoûlé, déclare, triomphant, à Marie-Janine que j'ai rien bu. Fière de voir son autorité respectée, elle ne dit pas non quand Bruno lui demande si je peux l'accompagner au bal, le soir.

— Tu vas voir, mon pote, comme on va se fendre la poire. Ce que t'as vu cet après-midi, c'est de la gnognotte, à côté de l'ambiance du bal !

Impatient, je mange en moins de deux, débarrasse, fais la vaisselle, passe un coup de balai, le tout gai comme un pinson. Vers vingt et une heures, les deux sœurs de Bruno et Nathalie arrivent avec leurs mecs au bras. Jacqueline et Annie sont bien plus âgées que Bruno, et leurs mecs sont des mastards de la nature. Leurs tee-shirts laissent voir leurs bras trois fois comme les miens, recouverts de tatouages. On me présente. Le mec d'Annie, à sa façon, me met à l'aise :

— Moi, c'est Bertrand. Un p'tit clopiot avant la fête ?

Il me tend son paquet de cigarettes.

— Moi, c'est Phérial.

Je jette un coup d'œil en direction de Marie-Janine.

— Bon, une cigarette, passe encore. Ben vas-y, prends-la au lieu de me regarder avec des yeux de poisson-chat. Mais je vous préviens, tous autant que vous êtes, me le faites pas boire, et pas de bagarre, je veux pas d'emmerdes avec l'Assistance publique, me le ramenez pas avec des coquards ou des côtes brisées, sinon ça va chier des bulles et des ronds de chapeau !

— T'inquiète pas, la belle-mère, il fait partie de la famille, y peut rien lui arriver, répond le mec de Jacqueline.

Il me sort :

— Moi, c'est Jean-Christian, mais on m'appelle Tator, parce que je suis le plus fort. Salut, le débris, lance-t-il à Marcus.

— Salut, les bandits. Alors, vous l'emmenez voir les filles du pays, ce soir ?

— Ouais, va y avoir de la fermière dans les pommes avec la belle petite gueule qu'il a ! Hein, Phérial ?

— Je ne sais pas, moi, je ne connais pas les fermières...

Nathalie fait son apparition dans la salle à manger sous leurs sifflements d'admiration. Elle rougit. Elle est toute super maquillée, toujours dans les tons verts, des paillettes brillent sur son visage et ses cheveux, qu'elle a soigneusement brushingués.

— C'est parti, en avant la clique ! Je prends Phérial avec moi, dit Bruno.

Sur le chemin, on ramasse Frédo, Olive et Croque-Mort. On se fait pas mal de kilomètres pour arriver dans un patelin du nom de Donzy. Bruno m'explique que le bal change de lieu tous les samedis, ce qui fait voir le pays. Olive, lui, m'initie au ramassage des cannettes de bière qui sont consignées cinquante centimes pièce. Très vite, je me fais un petit pécule avec lequel je peux m'acheter un hot-dog chez René la frite. René a son camion juste devant l'entrée du bal et c'est là qu'on vient se rassasier ou continuer à se soûler quand le barman, à l'intérieur, ne veut plus vous servir. C'est sans doute pour ça que tout le monde l'aime bien, René la frite.

— Bonsoir, René la frite ! Un hot-dog pour moi et mon poteau, commande Olive.

— Salut le Frélon, t'as de l'oseille au moins ? Et toi, je t'ai jamais vu avant, lance-t-il en me dévisageant.

— C'est son premier soir au bal.

— Ben alors je lui offre les frites mais pas le hot-dog !

— Merci, monsieur.

— J'm'appelle René, René la frite, mon gars.

— Merci René, René la frite.

Olive éclate de rire.

— Dis, c'est un marrant, ton poteau ?

— Ouais ! Il est comme ça, tombé sur la tête à sa naissance.

Olive croque une bonne bouchée, comme s'il n'avait pas mangé depuis trois jours. Je m'apprête à faire de même quand un énorme type s'approche et me pique mon sandwich. Devant la brute qui me regarde droit dans les yeux, je ne moufte pas. Olive non plus. Le costaud commence mon repas de minuit en prenant son temps, puis s'éloigne, considérant l'affaire close. Je remarque que René la frite ne dit rien, il se retourne dans son camion et s'affaire. Ça se complique quand Bertrand s'en mêle :

— T'es pas bien, gamin ? C'est la bière ?

Je ne dis rien.

— Ben, réponds quand je te parle. Qu'est-ce t'as ?

Olive lui raconte l'histoire du vol et lui montre le costaud qui se bidonne avec des potes à lui. Aussitôt, Bertrand lance, en direction du voleur de hot-dog :

— Hé, le gros lard ! Tu peux ramener ta tronche de babouin, que je te cause ?

L'autre se retourne.

— C'est à moi que tu parles comme ça ?

Le sandwich encore en main, il se plante devant Bertrand.

— T'as un problème, cul-terreux ?

— Ouais. Tu bouffes le casse-dalle de mon petit frère.

— Et alors, ça te défrise ?

Les potes du costaud se ramènent. Dans mon ventre monte une sensation que je connais bien : la peur. En un éclair, Bertrand enlève son tee-shirt et lui balance un grand coup de tête. Le costaud, sonné, essaie de l'agripper, mais c'est difficile d'attraper la peau d'un homme en sueur.

Bertrand l'empoigne par les cheveux et lui envoie des coups de pied en pleine poire. Au sol, le costaud rampe, tente de se sauver et je peux voir un bout de l'os de son visage, découvert par une partie de sa chair qui pend, sanguinolente. Mais Bertrand le saisit encore, le jette contre les parois en bois du bal. Ses potes tentent de se tirer. Ils montent dans leur voiture, mais comme ils paniquent, ils n'arrivent pas à démarrer.

— Vous allez sortir de votre putain de bagnole, les tapettes !

Alerté, Jean-Christian rapplique, suivi d'Annie et de Jacqueline, qui hurle :

— Arrête, Tator ! T'es en conditionnelle, fais pas le con. Va pas te battre, mon Cricri !

Elle s'agrippe à lui de toutes ses forces. Gêné par son moustique de femme, il lui met une tarte. Assommée, Jacqueline se laisse tomber dans mes bras, le sang coule de son nez, et je remarque qu'elle est enceinte.

— Y se passe quoi, frérot ? rugit Tator de toutes ses dents.

— Y veulent pas se battre, ils se sont enfermés dans leur boîte de conserve comme des gonzesses !

D'un coup de poing, Tator explose la vitre de la voiture et, sous nos yeux ahuris, arrache la portière. Un à un, il sort les copains du costaud et le massacre est sans nom.

Cette nuit-là, je réalise dans quelle misère nous sommes lorsque nos mots ne sont que pieds et poings. Je lève mes yeux au ciel et scrute les étoiles. Si l'une s'échappe, je pars avec elle. Mais aucune ne bouge et on dirait même qu'un instant elles nous privent de leur scintillement. Impuissant, je vais devoir passer mon temps à cacher à ma nouvelle famille ce que je ressens et ce que je comprends. Il faut m'endurcir pour protéger mon âme sensible de jeune homme de quatorze ans. Finis, les pleurs d'enfant. Je me demande si ma mère n'a pas été, elle aussi, vaincue par la méchanceté des hommes. Je comprends que les deux frères se sont transformés en bêtes. La rage les habite et il faudra plusieurs heures avant qu'ils parviennent à se calmer.

Je m'éloigne un peu de tout ça. Je suis comme hébété. Je marche dans un champ, m'allonge dans l'herbe.

Dans les étoiles,
Pend un cheval.
On replie le toit du bal.

Le lendemain, Marie-Janine hurle au scandale :

— T'as encore vomi sur ma moquette !

— C'est moi qui l'ai posée, ta moquette, répond Bruno en se servant un café.

— Trente ans que je bosse pour vous nourrir, alors, s'il te plaît, je peux me permettre de dire qu'elle est un peu à moi. Toi, en revanche, quand est-ce que tu vas trouver un boulot digne de ce nom, hein ? Tu vas finir comme ton père ? Manœuvre chez Moteurs et Cie ?

— Je pars la semaine prochaine à l'armée. Je

me suis engagé pour cinq ans. C'est assez digne, pour toi ?

Marie-Janine en a le souffle coupé. Marcus lui apporte une chaise.

— Quelle section, fiston ? s'enquiert-il.

— Paras, trente-sixième détachement. Djibouti, Dakar.

— Nathalie, fais péter une roteuse, ton frère part au service !

— À la guerre ?

— Mais non, juste à l'armée, juste à l'armée. Mon fils va devenir un homme… murmure, toute retournée, Marie-Janine.

J'ai aussi le droit de boire un verre de champagne. Marie-Janine ne fait que répéter, dans un mélange de fierté et d'angoisse :

— Un homme, mon fils, un homme…

La semaine a passé très vite. On a accompagné Bruno à la gare, le dimanche suivant. Frédo, Croque-Mort et Olive étaient là aussi, et même le père Frélon. La machine s'est éloignée dans un boucan d'enfer. Marie-Janine a versé des larmes. J'ai aidé Marcus à la faire monter en voiture, tant ses forces semblaient l'avoir abandonnée, et on est rentrés comme s'il était vraiment parti à la guerre.

La promotion de Marie-Janine

Depuis un mois, une nouvelle fille de l'Assistance publique est arrivée chez les Procrons. Marie-Janine, direct, s'est montrée hostile envers elle, et Nathalie l'appelle la « grosse vache ». Son prénom, en fait, c'est Maria, et Maria a bien senti qu'elle n'était pas la bienvenue. Petite, la peau blanche maladive, un peu bossue, une cigarette toujours au coin de la bouche, elle ne se distingue pas plus par sa tenue vestimentaire – une chemise à carreaux qui lui tombe sur les genoux et un pantalon de velours qui recouvre ses baskets délavées – que par son langage. La voix nasillarde, le débit lent, il est assez difficile de la comprendre et même de l'entendre. Souvent, Marcus s'énerve à ce propos et il finit toujours par lui dire :

— Mais bon sang de bonsoir, articule quand tu l'ouvres. C'est quand même la plus belle langue du monde, le français, bordel à chiottes ! Je sais bien que tu sors pas de Saint-Cyr, mais quand tu parles, on dirait que tu pètes !

Maria ne se laisse pas faire et, du tac au tac, l'envoie bouler :

— J'en ai rien à foutre de ta langue française. Toute façon, quoi que je dise, quoi que je fasse, vous trouverez toujours à redire. Et pis, toi non plus t'es pas sorti de Saint-Cyr. T'es juste un déménageur de meubles, alors tes leçons de grammaire, tu peux vraiment te les foutre dans le…

— De quoi que tu causes ? J'ai fait des études supérieures, moi, ma petite. Avant, j'étais dans la finance, dans la banque. Tu peux me regarder avec tes yeux de grenouille. En tout cas, tu pourras l'ouvrir quand t'auras de quoi te payer le bifteck, en attendant, tu la boucles !

Maria, devant cette invariable réplique de Marcus, part en claquant la porte de la salle à manger. L'ambiance entre elle et les Procrons se dégrade de jour en jour.

Un soir, c'est l'apothéose. Marie-Janine a demandé à tout le monde de s'asseoir autour de la grande table de la salle à manger parce qu'elle a quelque chose d'important à nous annoncer. Une fois que tous, y compris Maria, sont assis en attendant la nouvelle, elle sort une lettre de son sac à main :

— Madame, suite à votre demande de changement de poste en qualité de chef de rayon, nous avons le plaisir de vous annoncer que votre requête a retenu toute notre attention. En effet, eu égard à votre ancienneté et vos compétences, nous sommes en mesure de vous annoncer que votre nouvelle prise de poste comme chef de rayon des Supermarchés Engros se fera dès réception de ce courrier, etc., etc.

— Ouais ! T'as réussi, ma bibiche ! T'es une championne !

— Bravo, la mère !

— Eh ben, t'en penses quoi, Phérial ? me demande Marcus.

— Je boirais bien une petite coupe de champagne.

— Tu perds pas le nord, toi. Roteuses, Nathalie ! Roteuses et que ça saute !

Nathalie fonce à la cave et revient, deux bouteilles à la main.

— Ah, non ! Une bouteille, ça suffit. Même si mon salaire va s'en ressentir, on n'est pas encore des Rothschild, tranche Marie-Janine.

— Ben, maman… c'est quand même une vache de promotion…

— C'est vrai, un sacré de putain d'avancement qu't'as eu là, ma biquette.

Marcus attrape les deux bouteilles, sort les verres à champagne en simili-cristal et arrose copieusement toutes les flûtes. Seule Maria ne dit rien et, d'ailleurs, je remarque qu'elle ne trempe même pas ses lèvres. Marcus aussi le remarque :

— Ben, qu'est-ce t'as, toi, tu dis rien ? Tu fais la gueule ? T'es pas contente ? Il est pas bon le champagne ?

Maria le regarde et, d'un coup, lui balance le verre en pleine poire.

— C'est de la merde, ton champagne des Supermarchés Engros.

— Non mais tu te crois où, dans une porcherie ? hurle Marie-Janine.

— Ta promotion ? Laisse-moi rire. Le monde va pas être meilleur avec ça. Un flic de plus dans les allées de la consommation. Vous me débectez. Moi, je fais ma valise et je me barre. Je retourne au foyer de l'Assistance. Et toi, Phérial, tu devrais en faire autant.

Marie-Janine, rouge de colère, se lève et gifle Maria. Comme d'habitude, Marcus se mordille la moustache et Nathalie fond en larmes. Moi, je ne sais plus où me mettre mais je m'en tiens à mon personnage et ne laisse rien paraître.

— Ben reste pas planté là, toi, espèce de grande saucisse ! Allez, je veux plus vous voir dans mon salon, dégagez, tous. On m'a jamais autant humiliée, le jour même de ma réussite. Dégagez !

Le lendemain matin, Maria est descendue plus tard, après le départ des Procrons au travail. Dès que Nathalie l'entend, elle me dit :

— Je vais aux courses, faut que j'achète des tampons.

J'ai un haut-le-cœur. Nathalie ne le remarque pas : déjà, elle fuit la cuisine. Valise en main, Maria s'assoit en face de moi.

— Tu veux un café ?

— Non, merci…

— Tu veux un fruit ?

— Non, pas faim, pas soif. Marre de tout.

— Je peux t'aider ?

— Non… Tu peux rien faire. Même pas partir d'ici. T'as pas l'âge d'aller en foyer. T'irais dans une autre famille, pire encore, sans doute. Je connais la musique, dix-huit ans de concert. Qu'est-ce que je vais faire, maintenant ?

— Tu vas chercher un travail ?

— Phérial, t'as vu à quoi je ressemble ? Tu crois que je sais pas que je suis laide ? Elle a raison, la mère Procrons, je suis un sac, un cageot. Pas un mec veut m'approcher, pas un pour m'embrasser. Juste me tringler dans le noir, un soir où il a plus bu qu'un autre. Je suis une fille pour alcoolo, une fille qu'on ne regarde pas et qu'on baise en trois petits coups et puis s'en va. Mais je m'en fous, Phérial, t'entends, je m'en fous. Même les laids iront au paradis. Je le sais, moi. Il peut pas en être autrement. C'est trop injuste sinon. Souffrance sur terre ? Souffrance au ciel ? Peut pas en être autrement… Tu sais, moi, j'aimerais être coiffeuse, avoir mon salon, ma petite équipe. Tu vois, je le décorerais comme un salon de Paris. Ce serait chic dedans et j'offrirais le café à mes clientes, histoire d'être dans la bonne humeur. Chez Maria, coiffeuse de la joie. Mais je rêvasse et je ne suis bonne qu'à ça. Tout le temps je rêve, Phérial.

Après un long silence, Maria se lève et vient me faire une bise sur la joue. Je me lève à mon tour, la prends dans mes bras. Ses pas s'éloignent et s'éteignent dans la fraîcheur du carrelage.

Le Samson des lotissements

Réveil dur. Tête fracassée. Bouche en ciment. Je me lève, tant bien que mal, ce dimanche de l'année dix-neuf cent quatre-vingt-deux. Marcus m'interpelle :

— Dis donc, le bon à rien, on vient de recevoir ton bulletin. C'est pas joli, joli. Que des notes en dessous de cinq. Comme t'es parti, là, tu pourras que prétendre au concours d'entrée en maison d'incarcération, mon garçon. Hein ? C'est ce que tu veux ? Ben réponds quand je te parle !

— Je ne suis pas ton garçon et rien n'est joli. Je te répondrai quand j'aurai bu.

Je sors en claquant la porte. Mes mains tremblent, mes guiboles sans force me portent tout de même jusqu'au café des HLM. Roger, le patron, maintenant que j'ai du blé, me sert ce que je veux tant que je veux. J'enfile mauresques et perroquets en tentant d'oublier ces deux années où rentrer de l'école était plus dur qu'y repartir. Je me suis retrouvé en classe de CPPN, c'est-à-dire en Classe Pré-Professionnelle de Niveau parce que Marie-Janine n'a pas su quoi répondre quand le type de l'administration lui a demandé :

— Il est en première année de CAP ? En quelle qualification ?

Devant son hésitation, il a pris les devants :

— C'est pas grave, ma bonne dame, il ira en CPPN. Là, je suis sûr qu'il reste de la place.

Le niveau pré-professionnel en question, c'était : tarte coupée en quatre portions, j'en enlève une, combien en reste-t-il ? Invariablement, pour la plupart d'entre nous, il n'en restait qu'une. Les trois autres ? On se voyait déjà les manger. Le prof de maths, en cet instant, se taisait et sortait prendre l'air. Nous, on fumait une clope à la fenêtre.

Deux années d'internat, dans une chambrée dont les murs épais transpiraient la sueur de quarante jeunes apprentis fraiseurs, mécaniciens, tourneurs, travailleurs de demain. Et puis tant de bagarres, de colères jetées au visage de ces professeurs qui nous vantaient sans cesse l'excellent choix de nos métiers, qui voyaient notre avenir radieux malgré un salaire de misère à la clef. J'enfilais les conneries comme on enfile des perles, et ma réputation de graine de gangster a bientôt précédé celle de mauvais élève. Je suis devenu un temps riche d'argent et les Levi's 501 s'offraient à moi. Au bal, entre deux bagarres, deux nanas, je payais, avec largesse, maintes pintes et paquets de cigarettes, bijoux en toc aux conquêtes des samedis soir. J'arrosais avec un plaisir infini de ma main, devenue la main noire des lieux-dits. Les Procrons ne se doutaient de rien, ils me voyaient arriver habillé en bouseux le vendredi et repartir de même le lundi. Deux années à tromper ces pantins sans fils qui jouent, avec les enfants perdus, aux apprentis sorciers.

Les heures coulent dans mes godets et je pense à Maria. On la recherche. Comme dans les westerns ? Avec des affiches *Wanted* ? Cette idée ne me sort pas de la tête. On surveille les gares, les entrées des villes. On la retrouvera, c'est sûr. Mais pour quoi faire ? Elle traîne, quelque part, sa douleur.

C'est complètement fini que je me traîne jusque chez les Procrons. Comme souvent, ils ont fermé à clef. J'attrape tout ce qui se trouve dehors, poubelle, pots de géraniums, et les balance sur la porte. Marcus finit par ouvrir. Je le pousse violemment, il valdingue dans la salle à manger. Marie-Janine, pour la première fois, n'en mène pas large. Elle essaie de calmer le jeu.

— Phérial, assois-toi. Bois un café, va te passer la tête sous l'eau.

Je la fixe, livide, mes poings en garde, prêt au combat. Mais quel combat ? Je regarde Marcus à terre, Marie-Janine, figée comme son canevas au mur, la cheminée qu'on n'allume jamais, la grosse télé et les membres de cette famille qui n'est pas la mienne. Les meubles, l'argenterie, eux, tout ici est à crédit. Ils payent, sans répit, au prix fort, et chaque jour est une dette. Je les vois tels qu'ils sont, affligés, étouffant chaque fin de mois. Ils bossent comme des acharnés une vie entière et, au lendemain de la retraite, surviennent maladies, phlébites, cancers. Mes poings tremblent sous le poids de cette infinie désolation et la rage l'emporte. Je ne sais plus à cet instant si ma colère est dirigée contre eux ou contre moi. Moi, qui veux échapper au cercle infernal des pauvres de partout, d'une vie sans vie, d'une vie à œillères qui disparaît comme un éclair, d'une vie hantée par ceux qui ont rejeté mon sang.

Deux années que je me cache derrière un habit de clown mais ni mes gags ni mes pirouettes n'ont su toucher ces êtres. La cohorte des grands oubliés les attend et, avant de disparaître comme les siècles disparaissent, ils boivent, ils frappent, ils fautent, ils mentent, ils trahissent, la gorge étreinte par la douleur qui les empêche de dévoiler l'injuste misère. Je les comprends pourtant parfaitement et je suis persuadé, de toutes mes forces de jeune homme de bientôt seize ans, que rien n'est immuable, décidé par avance.

Il est temps que je parte. La lune m'attend. Dans sa blancheur opaline vit toujours l'homme que j'y voyais enfant. Il me faut fuir. L'alcool, en deux ans, a terrassé le Valium et est devenu mon unique ami. Cador des terrasses, verre après verre, l'idée s'est forgée : noyer l'inconsolable organe, mon triste cœur, gonflé à l'extrême, m'oublier dans le crime et mourir sans rien savoir. Même dans mes rêves, je suis cuit.

Mon vieux moi s'approche et j'ânonne en agitant mon corps imbibé. Je tombe, je rampe, vomis à ses pieds. Il regarde sans rien dire, moi, son gisant passé.

Marcus se relève, fonce à la cuisine et en revient balai à la main. Il esquisse un mouvement, comme pour me frapper. Le pardon s'évanouit là. J'attrape le manche en bois et ma force décuplée l'empêche de quoi que ce soit. Tel Samson, je le casse en mille morceaux que je jette aux pieds de Marie-Janine, cette mère en toc dont l'haleine sent le sang et qui finira par manger tous ses enfants. Sans valise, sans affaires, je pars, avant le grand désastre. Je quitte, en titubant, la maison des Procrons restés sans voix. De loin, au bout de l'impasse des Champs-Fleuris, je les entends hurler comme des putois que « jamais on leur avait fait ça ». Moi, je chantonne que je suis le Samson, le Samson des lotissements. Que le monde est à moi, car je suis, c'est sûr, le plus grand, le plus beau, le plus fort de tous les Samson de tous les lotissements. Au croisement suivant, je m'écroule dans les poubelles et, voyant là-haut le soleil, délivré, je pleure de joie.

Combien de temps suis-je resté là ? Une voiture a fini par s'arrêter. C'est la 2 CV de Mme Mireille. Elle m'aide à me relever, moi le Samson titubant, pour m'emmener jusqu'au château fort de l'État. Elle me fait monter au premier étage où je découvre qu'il y a une chambre avec douche. Elle sort. J'ouvre le robinet et me glisse habillé sous l'eau qui lave toutes mes fautes. Longtemps après, on frappe à la porte. Trempé mais dessoûlé, je prononce d'une voix claire :

— Entrez.

Mme Mireille me regarde :

— Dans quel état tu es ! Je suis repassée chez les Procrons prendre tes affaires. Ils sont en pétard, je ne sais pas ce que tu leur as dit, mais, bon sang, ils sont en pétard. Change-toi, je t'emmène chez moi. On va trouver une solution.

Elle quitte la pièce. Je m'essuie, me change et reste un long moment devant le miroir à ne plus trop savoir quoi penser. Je n'arrive pas à me reconnaître. Elle a raison, Mme Mireille, je suis dans un sale état. Il faut que je retrouve le Phérial sans clownerie, le Phérial de mon enfance, qui aimait regarder la lumière à travers les branches. Je saute par la fenêtre. C'est décidé, je ne veux plus de Procrons, je ne veux plus personne. Je cours là où je me sens bien, dans la rue, aux HLM. Je frappe à la porte des Frélon. C'est la mère qui m'ouvre :

— Olive, v'là ton copain, le maigrichon !

Je file dans sa piaule et leur raconte, à lui et ses frères, la situation.

Ils m'ont accueilli sans me dénoncer pendant des mois, les Frélon. J'ai aidé la mère pour les courses, on a refait la peinture dans les chambres et le père m'a offert un paquet de gitanes beurre. J'ai su, par Frédo, qui avait croisé Marie-Janine au Engros, que j'étais, à mon tour, recherché, officiellement déclaré en fugue.

Le soir sur le matelas, je pense à Maria. Peut-être nous reverrons-nous. Peut-être que j'irai me faire couper les tifs dans son salon, à Paris. Elle me dira quoi faire pour sortir des galères. Je lui raconterai comment j'ai mis Marcus et tout son enfer à terre, comment ils étaient terrassés sous mon pied puissant.

Pour l'instant, la vie continue et l'urgence, ce sont les gendarmes. Ils rôdent, ils cherchent, ils traînent jusqu'aux HLM. Ils ont peu de chance de me coincer, ici. Je connais tout le monde et tout le monde me connaît, à présent, à la cité des Deux Mille. Dès qu'ils pointent leurs nazes, un sifflement venu d'une fenêtre me prévient. Hop ! Je me cache derrière une voiture, j'entre dans une cage d'escalier, relève ma capuche, me plonge dans le cou d'une maman, ou m'accroupis derrière les poussettes, dissimulé par les pleurs des bébés. De toute façon, ici, personne ne les aime. Les langues restent muettes face à ces guignols en costumes, comme dit Croque-Mort. Le seul problème potentiel, c'est Roger, le patron du café des HLM. C'est une balance, tout le monde le sait. Il va leur dire, un jour ou l'autre, que je crèche chez mes copains les Gitans. Il va cracher aux flics, moyennant un petit service, PV à faire sauter, excès de vitesse à oublier. Il faut que je me barre.

En attendant ce jour, je fais pas mal de conneries. Pas si facile de retrouver mon

Phérial d'antan. Je rencontre un tas de nouveaux copains de mauvaise fortune et j'apprends même à conduire. Je sais voler n'importe quelle voiture, maintenant, et c'est très utile : l'approche avec les filles se fait plus aisément au volant d'une belle caisse que sur un vélo pourri ! Avec Olive, on leur propose de les emmener au Rempart Club, la boîte branchée de Sancerre. Elles acceptent d'emblée. On adore aller là-bas, y a des lumières partout, mes yeux deviennent fous et la musique me transperce.

Ce dimanche-là, quand on reprend le volant dans la lumière de l'aube, à peine naissante, je n'entends plus le bruit du moteur, je ne roule plus, je plane. Je veux que cela ne cesse jamais, au-delà de Tracy-sur-Loire, et on ne s'arrêtera que lorsque la voiture sera foutue. Puis la mort viendra chercher son dû : nos vies, nos vies brillantes comme des étoiles. Finalement je me gare et rien de ce rêve ne se réalise. Au revoir tout le monde et, abandonnant la tire, je pars seul, arpenter les trottoirs de la cité des Deux Mille, qu'un lampadaire sur deux éclaire encore. Il me faut réfléchir, faire marcher ma tête autant que mes jambes. Je vais trouver le moyen d'échapper à la police, aux familles, à l'État tout entier. Je marche, marche, et, exténué, m'effondre au hasard d'une cave de HLM.

Au petit soir, je sors comme un pouilleux. Les rues sont désertes. Faut que j'aille boire un caoua. Je traverse la cité et, dans le jour tombant, aperçois une ombre près du seul arbre du quartier. Je le connais bien, cet arbre. Il est tatoué de mille cœurs et d'initiales avec des « plus » et des « je t'aime, pour la vie ». Je m'approche et découvre l'ombre qu'au loin je voyais flotter. C'est Maria, qui ne touche plus terre. C'est Maria, qu'on ne recherchera plus. C'est Maria, que la corde a pendue. Maria est blanche dans la lumière. Maria est morte sur l'arbre des amoureux. Maria ne coupera pas mes beaux cheveux.

Je cours jusqu'au bord de Loire. Nu, je plonge dans le fleuve, laissant sur la terre mes haillons. Je me déchaîne. Mes bras cognent l'eau. Je veux périr ici. Mais il n'est pas si aisé de mourir. Ma jeunesse s'y refuse. Mon cœur palpite plus fort que jamais et la vie l'emporte sur ma peine. Je réalise que je ne peux rien faire, même pas mourir avec Maria. Il faut que je revienne sur la rive. Je nage, je traverse de toutes mes forces ce combat sauvage et finis par échapper à la Loire. Sur l'herbe, amorphe, je reprends mon souffle sous les étoiles.

Le braquage de la boulangère et en avant la musique

— J'ai pas arrêté de lui dire que personne veut de moi, qu'y a pas de boulot, qu'on est au siècle des emmerdes et du chômedu ! râle Fredo.

— Il a répondu quoi ?

— Rien. Tous des cons, dans cette ANPE.

Fredo pique ma peau, comme une machine, et, au fur et à mesure, le tatouage prend forme. Mon bras a triplé de volume lorsque se fait entendre le chant du coq. J'ai bu et bu pour supporter la douleur et Fredo me dit que c'est rien, que dans quinze jours on n'y verra que du feu et que le résultat donnera à peu près ça : il relève sa manche sur un personnage aux traits primaires avec une auréole sur la tête, la fourche du diable dans une main et l'éclair de Zeus au-dessus du cercle saint. Le saint des voyous est sur mon bras et il me suivra jusqu'à la tombe.

Pendant la séance, Fredo me confie qu'il connaît des gars qui sont sur un coup sans faille, une petite boulangerie dans un bled perdu, Jouy quelque chose, mais qu'il leur manque un associé. J'accepte de rencontrer les gars, sans plus tarder.

D'après eux, il y a au moins trois bâtons à ramasser. Comme le bled est paumé, la boulangère emmène la recette qu'en fin de mois et, vu que c'est la seule boulange à quinze, vingt bornes à la ronde, c'est sûr, il y a du blé à se faire. Un des types connaît bien le bled. Môme, il y passait les vacances, il y avait de la famille, mais maintenant elle est morte.

— La taule a une sortie derrière. Un de nous attendra les autres là, dans une bagnole qu'on va choper ce soir.

Je risque une question :

— On fait ça en plein jour ou la nuit ?

— En plein jour. On se collera des masques de Mickey sur la tronche.

Il sort trois masques de sous sa veste. Il a l'air sérieux et déterminé. Je marche dans cette combine qui sent le pas vus, pas pris, l'affaire est dans le sac.

Allongé sur mon matelas dans la cave où je me suis installé, je rêve : trois bâtons… un bâton chacun. Putain, ça en fait, de l'oseille. Je pourrai me faire une chemise en pascals. Je vais me payer un costard, la classe, et des pompes de mec. Une chaîne hi-fi, du tonnerre, avec un son qui fera trembler les murs, comme si c'était du papier à cigarette. Je vais acheter une discothèque, je ferai raquer que les riches, champagne à gogo pour les potes et jus de fraise pour les blindés, à trente balles le verre. Je me couche tôt. Gangster, c'est du sport !

Six heures, on démarre. Huit heures trente, on est derrière la boutique. On attend que le gros des clients passe. Neuf heures, on fait irruption avec nos masques, avant que la boulangère n'apparaisse derrière son comptoir. Je ferme la porte avec le loquet et baisse les stores.

— Mais, vous faites quoi ? Vous vous croyez où ? risque-t-elle, stupéfaite.

Mon acolyte dégaine un pistolet. Je suis glacé, je ne m'attendais pas à ça. Il lui fait signe de la fermer, passe derrière le comptoir. Tétanisée, elle la boucle. Il ouvre la caisse, ramasse l'argent, monte sur une chaise et cherche… Sa main se pose sur une grosse boîte en fer de gâteaux secs. Il la prend puis redescend de son perchoir, s'approche de la boulangère, lui ligote les mains et la bâillonne. Il dévalise le rayon des bonbons et me fait signe qu'on dégage. Un couloir, une porte, un petit vestibule, une autre porte et nous voilà dehors. On plonge dans la voiture, le troisième compère démarre sur les chapeaux de roue. Cinq kilomètres plus loin, on stoppe la caisse dans un petit chemin.

Je compte l'argent du sac et celui qui se trouve dans la boîte en fer. Une heure encore et j'annonce en explosant qu'on arrive aux alentours de quatre millions. Quatre millions en liquide ! On s'embrasse, on danse autour de la voiture. On hurle, c'est plus fort que nous, c'est notre joie, notre joie infinie d'avoir enfin réussi quelque chose dans notre chienne de vie !

Le soir même, on fête ça au resto : on s'offre des huîtres, du bar, sauce maître d'hôtel, un vin hors de prix. Je repense au casse. Tout s'est si bien déroulé. Net. Sans bavure. Le type connaissait très bien son affaire, jusqu'au loquet derrière la porte. Je lui demande :

— Tu la connaissais, la boulangère ?

Il ne répond rien.

Le lendemain matin, on se partage l'argent. Une brique chacun et, la quatrième, on décide de la garder commune, une sorte de caisse noire, en cas de problème. Je file acheter *Le Territorial*, le journal de Tracy-sur-Loire. Le casse est en première page. On est fiers ! C'est la gloire des voleurs anonymes. Dans l'article, ils disent qu'on devait bien connaître les lieux, l'affaire s'étant déroulée en deux temps trois mouvements, ni vu ni connu, par ici la fraîche. Des professionnels du grand banditisme, assurément. Ils disent aussi que le taux de vol et de criminalité est plus élevé à Tracy-sur-Loire qu'à San Francisco. On en est babas. On a battu les Ricains ! On a fait mieux que pendant la Seconde Guerre mondiale. On n'est plus des *losers*. C'est la gloire internationale, on est les maîtres du monde !

Pleins d'émotion, on décide qu'on doit aller aux *States* sur-le-champ. Que là-bas, y a des dollars, sept fois le franc, que les filles y sont incroyablement belles, que Miami, c'est le pays des oranges juteuses et de la mer plus bleue que bleu, que la Nièvre, c'est une contrée pour les pécores, sûrement pas pour nous, les visionnaires de la fauche, qu'il est temps de voir grand. À nous, les élans d'Alaska, les bagnoles de vingt mètres de long et les apparts avec des ascenseurs en or. On est d'accord, on va se prendre un billet, on va même se payer le Concorde, et hop, en avant la musique ! On sera les Affranchis à l'accent charmant, les tombeurs, les plus beaux voleurs de tous les temps.

Je décide d'aller me refaire une santé, question vêtements, chez Machiseaux, le tailleur des notables. Je ressors deux heures plus tard avec un costume blanc impeccable, des mocassins blancs itou et une chemise à fleurs dans les mauve, noir, style Tahiti. Quand il a vu mes biffetons, le patron, qui m'avait dévisagé comme si j'étais un syphilitique, m'a sorti le grand jeu. Et que je te passe le mètre mou autour du cou, et que je t'aligne toutes les paires de pompes en cuir de vachette véritable. Et la danse des costumes sur cintres : un vrai spectacle, une comédie musicale haut de gamme, enrobée de courbettes et mots jolis ! L'argent ? Ça vous amadoue tous les marchands de tous les temples.

Je me suis aussi payé une boîte de cigares, des Davidoff, et je suis allé m'en jeter un, au bar des bourgeouilles du centre-ville. On m'a regardé comme si j'étais un Parisien, on m'a servi tout de suite, on m'a posé des questions débiles : si j'étais en affaires dans le coin ou le nouveau patron de l'usine des câbles électriques ? Ou encore le repreneur de l'Éden Cinéma ? Le costume fait pas tout, c'est sûr, mais quand même, t'es vite le bienvenu, au paradis des alcoolos, qui seront un jour ministre ou président et qui oublient que t'as tout juste seize ans, que t'as rien d'un businessman et encore moins d'un armateur grec, racheteur de cinéma. Je me marre comme un fou, au fond de moi, et comme j'ai la comédie dans l'âme, je réponds avec un accent russe. Je me poile, au gaz les bobards, bistouilles, embrouilles, je suis le mytho nouveau riche, et je m'en paye une tranche avec ces abrutis de cafetiers, tous prêts à t'enfiler la tête sur leur fourche dès qu'ils découvriront la supercherie.

Au bout d'un mois, on a vu nos fonds s'amenuiser et on a redonné dans les affaires. Vols de voitures, braquages de toutes sortes, recels, reventes et même escroquerie d'assurances avec usage de faux et *tutti quanti*. Des experts, des as. Le pognon coule à flots et il y a du monde sur les vagues, il y a du pauvre à nourrir. Comme je suis celui qui sait le mieux, un peu lire, un peu écrire, je suis devenu le planificateur en chef. On a chacun une nana qui nous adore, nous et notre génie toujours en ébullition. On navigue entre Paris et Tracy-sur-Loire, on récolte, sans relâche, des ronds pour notre grand voyage, notre odyssée au pays des États-Unis d'Amérique.

Le tribunal, la prison et moi

Le plafond est si haut qu'il semble impossible à atteindre. Au centre, un grand lustre en cristal. Des dorures partout et une odeur du temps passé vous plongent dans un voyage de sensations infinies. Mais le temps n'est pas aux songes, aux rêveries. Les juges sont là, vêtus de leurs imposants costumes pour impressionner les jugés. L'un des magistrats se lève et demande :

— Pourriez-vous nous expliquer pourquoi vous avez volé votre propre sœur ?

Avant de répondre, mon pote prend son temps. Il est mal. Il est infiniment dérangé par cette question sévère et, derrière sa longue tignasse, on peut entendre son souffle qui s'accélère. Dur de trouver les mots, lorsque l'émotion est souffrante.

— C'est pas facile, votre question, et en même temps la réponse est simple, monsieur le juge. Moi, si vous me donnez un moteur à réparer, je suis un as. Une clef à molette dans une main, un tournevis dans l'autre et je suis votre mécanicien préféré, monsieur le juge. Faut comprendre, c'est là que je peux rendre des grands services aux gens, c'est là qu'ils m'aimeront, pour le bien que je leur fais. On nous aime au bien qu'on fait, pas vrai, monsieur le juge ? Ma mère est morte quand j'étais tout gamin, du coup, c'est ma sœur qui m'a élevé et elle ne m'aimait pas. Elle me disait tout le temps que j'étais un voleur, un bon à rien de fichu voleur. Mensonges.

Il se retourne vers l'assemblée dans laquelle je me trouve, juste à côté de sa sœur, la boulangère. Il la fusille du regard, puis s'adresse à nouveau au juge.

— Maintenant, elle peut dire que je lui ai volé quelque chose. Quatre millions de bonbons qui lui passent sous le nez, c'est vrai, c'est quelque chose.

Des éclats de rire retentissent jusqu'au plafond. Surpris de l'effet, il rit aussi. Il n'y a pas vraiment de quoi. En tout cas, moi, je ne rigole pas. Deux ans qu'il croupit en prison. Un an que j'en suis sorti. C'est étrange de faire de la prison avant d'être jugé. Il y en a même qui auront attendu plus de dix ans que le jour de leur jugement arrive, ça s'appelle la « détention provisoire ». C'est sans doute pour ça que les prisons débordent, en France.

J'étais encore mineur au moment des faits, c'est Mme Mireille qui comparaît à ma place et me défend, aidée par un avocat payé aux frais de l'État. Je quitte la salle du tribunal. Dehors, je cherche une marche et la chaleur du soleil.

Nous ne sommes jamais allés aux États-Unis d'Amérique. Nous sommes allés directement en prison, à Nevers. Elle se trouve au 13 de la rue Paul-Vaillant-Couturier. Qui peut vraiment croire que le 13 est un chiffre porte-bonheur ?

En arrivant, les matons m'ont pris en photo, de face, de profil. Ensuite, mes empreintes, et ils m'ont demandé de me déshabiller, entièrement. L'un d'eux a enfilé un gant pour fouiller mon fondement, des fois que j'y cache un hélicoptère. On m'a confisqué mes effets personnels, mes frusques, mes chaussures. J'ai endossé l'habit de forçat, une espèce de costume sans couleur, et des groles sans lacets. C'est plus tard que j'ai compris pourquoi, sans lacets. Pour ne pas se pendre. Ils surveillaient ça de près, les matons. Pas de mort non naturelle, en prison, ils ne veulent pas de ça. Et puis j'étais mineur, pas de mauvaise presse. J'ai marché jusqu'à ma cellule. Machinalement, ma main frôlait le mur, comme j'aimais le faire, sous un soleil de plomb, lorsque j'étais enfant. Pour mon premier jour, le maton a laissé passer. Par la suite, l'interdiction de le toucher tombait à chaque fois : « Chpapjik, ôte ta main du mur », ou encore : « Chpapjik, marche sur ta gauche et enlève ton autre main de ta poche. »

Des autres étages, des balcons, des prisonniers m'ont souhaité la bienvenue. Certains, voyant mon jeune âge, m'ont lancé des : « Tiens bon ! Te laisse pas faire ! Viens me voir à l'occasion ! » On est arrivés devant une grosse porte avec, planté en haut, au centre, un judas. Cellule 37, ma nouvelle demeure, de dix-sept groles sans lacets de large et vingt-sept de long. Deux lits superposés près de chaque mur, un chiotte à ciel ouvert. Un Noir, la trentaine passée, et un Tsigane, plus jeune, me dévisagent. La porte se referme. Ça y est, je suis cadenassé.

Il me faudra plus d'un mois, lorsque je commencerai à perdre les notions de haut et de bas, de droite, de gauche, avant de comprendre que quelque chose ne va pas. Que quelque chose manque, que l'horizon infini est un ami sans faille, qu'il est l'unique garant de notre étrange réalité, et que, sans lui, on ne peut pas être, tout simplement.

Je coche les jours sur le mur, ce qui fait bien rire mes compagnons de cellule. Le matin, je fais des pompes, mets en boule ma grosse couverture qui ressemble à celle de l'orphelinat et la boxe jusqu'à épuisement. J'apprends un peu la langue de Roy, le Zaïrois, qui me raconte comment les hommes sont traités en prison, dans son pays d'Afrique. Plongés dans l'eau, électrocutés, humiliés, battus, violés. Au pays de Mobutu, rien n'est juste, rien n'est droit. Le Tsigane, lui, me tape sur le système, à vouloir sans cesse que je lui lise des passages de mon roman à l'eau de rose, emprunté à la petite bibliothèque de la prison de Nevers. Un jour, alors qu'il vient de se voir refuser son énième demande de mise en liberté provisoire, je le vois signer le papier administratif d'une croix. Je suis en plein western :

d'un côté, l'armée instruite, disciplinée, de l'autre, nous, les Indiens balbutiants, ânonnant. Je me mets au travail : chaque jour, je trace sur le mur l'alphabet, le vrai Dieu sur terre, et mon compagnon de cellule apprend l'écriture et la lecture.

Avec le temps, je découvre comme tout se marchande en prison, le sucre, les clopes, le savon, l'huile et les revues pleines de femmes nues, et à quoi se résume la liberté : une heure de sortie le matin, une autre l'après-midi.

Mme Mireille a un droit de visite. Chaque semaine, elle est là, au parloir libre, avec moi. C'est une pièce ronde, presque entièrement vitrée, autour de laquelle les matons tournent en nous épiant comme des vautours. Leurs yeux sont des oreilles. La première fois, on ne s'est rien dit. Enfin, je n'ai rien dit. L'heure est passée avec, dans l'air, une lourdeur faite de mots absents. La deuxième fois, je lui ai demandé de quelle couleur était le radiateur du parloir.

— Gris, elle m'a répondu.

— Moi, je le vois marron ou rouge, ou rouille, je crois.

J'ai alors fait sauter une écaille de la peinture grise. On a vu la vraie couleur du radiateur : rouille. À partir de là, elle s'est abstenue de me parler du droit chemin, de ma réinsertion dans le monde de la réalité. Elle s'est ouverte, comme une amie, m'a parlé des films qu'elle allait voir au cinéma, de ses enfants, trésor de sa vie, de son mari, éducateur spécialisé comme elle et qu'elle aime tant. Notre lien s'est renforcé. L'éducatrice laissait ici tomber le boulot, et j'ai connu la femme, l'enfant, la jeune fille, la mère, tout à la fois.

J'ai aussi fabriqué des épingles à linge en bois. Sept mille quatre cent vingt-trois exactement, pour amasser la rondelette somme de quinze francs et soixante-quinze centimes, joli pécule qui me permettra de survivre à la sortie. Bien sûr, il y a quand même eu des morts dans la prison, des pendus, des grèves de la faim, et j'ai croisé des vrais tueurs au regard noir, qui prenaient mes jeunes années enfermées pour une insulte envers l'humanité.

Ai-je vraiment vécu là ? Les prisons sont de grands manoirs hantés par des cauchemars de sueur, de misère et de sang. Le temps ne s'arrête pas, en prison. C'est nous qui nous arrêtons. Quatre murs et quelques barreaux y suffisent. Stoppés net. On redémarrera peut-être, le fameux temps fera le reste. Il nous écrabouillera à la vitesse de la lumière et nos années sans instants seront le vrai prix à payer.

Des pensées lugubres m'atteignent et me rongent. Je commence à sombrer. Je fomente de terribles plans de vengeance, mais, très vite, mesure que la vengeance ne me servirait à rien, qu'il me faut faire plus injuriant : ne pas donner raison à ceux qui nous jugent et les démunir de leurs certitudes, en ne retournant jamais derrière les barreaux. Quoi faire sans vendetta ? Vivre pépère et trimer dans le dénuement ? Non, il doit exister autre chose. Vivre sans se faire prendre. Je trouverai, car la mort de mes compagnons de bagne m'a fait sentir aussi que la vie est pleine de vies, de plusieurs vies, au choix. Être gangster, boulangère ou sur la ligne, funambule entre leur bien et leur mal. Si seule ma vie est un miracle, alors j'ai peur de perdre quelque chose. Si ma mort est aussi un prodige, ma peur s'évanouit. On ne peut plus rien me faire et je peux entrevoir de vivre autant de vies différentes qu'il me plaira.

Sur les marches du tribunal, Mme Mireille et l'avocat m'annoncent que j'ai écopé de cinq ans de mise à l'épreuve. Mes compères en ont pris pour trois ans ferme. Ils me jettent un regard en passant devant moi, comme pour me dire de ne pas m'inquiéter, que tout ira bien, qu'au fond, leur vraie famille est en prison. Je ne les ai revus qu'une fois. Ils étaient sur le toit de la petite Caisse d'épargne de la cité des Deux Mille. Un flingue à la main, ils essayaient de rentrer par les vasistas. Les flics cernaient le bâtiment, en les priant de bien vouloir redescendre. Dans la foule, ils m'ont vu. On s'est échangé un clin d'œil. Ils sont repartis, menottes aux poings. C'est étonnant qu'ils aient toujours voulu faire leurs coups plutôt le jour que la nuit. Ils se fichaient royalement qu'on les voie et qu'on les prenne. Je crois que seul le spectacle les intéressait vraiment, avec, pour tout public, les flics, les chiens, les gens.

Sur le chemin du retour, je regarde les gouttes de pluie balayées par les essuie-glaces de la voiture de service de l'Assistance publique. Mme Mireille conduit sans rien dire. Je sens qu'elle est contente pour moi. Les juges ont été cléments, au vu de ma réelle réinsertion. Je ne suis pas retourné en prison et, demain, comme promis, je commence un travail à la Câblerie, tout en passant mon CAP d'électromécanicien.

Arrivés au 11, rue du Commerce, j'assure à Mme Mireille que je n'ai besoin de rien et je monte les minuscules escaliers jusqu'à ma piaule sous les toits, mon nouveau chez-moi.

Tout a changé depuis quelque temps. Je vis au centre-ville, je ne connais personne et personne ne me connaît. La cité des Deux Mille, ça fait une trotte, à pied, cinq, six bornes, là-bas, au loin, perdue dans les hauteurs, entre le Engros et les terrains vagues. Je n'y vais plus. Je ne bois plus. Je ne veux pas que l'on me reprenne. J'ai des nouvelles de temps en temps, je croise d'anciennes connaissances, sur le marché, le dimanche. À ma demande, je ne vis plus en famille d'accueil. J'en ai pratiqué suffisamment. Assez, des mamans sans mains, sans cœur et des papas en paille. Seul, c'est mieux. C'est dur, mais c'est mieux. C'est tellement dur que parfois j'ai l'impression de devenir fou. Je parle tout seul, je cuisine tout seul, je mange tout seul, pleure tout seul et lorsque je n'en peux plus, j'appelle le médecin de garde de Tracy-sur-Loire. Il vient dans le quart d'heure, dialogue un brin avec moi et, comme je panique, comme j'ai le cœur qui palpite aux environs des 150, 200, il m'envoie une bonne dose de Valium dans les veines. Je plane et demande au bon docteur de ne pas partir, pas tout de suite, pas avant que mes yeux se ferment, au cas où… Je n'ai pas envie de mourir sans sentir un autre, à côté de moi. Comme au début, tout seul dans l'hôpital.

Affalé sur mon matelas posé à même le sol, je regarde la pluie qui tombe sur la fenêtre. Les gouttes glissent lentement et disparaissent. Demain, c'est mon premier jour à l'usine. Demain, on ne pourra plus dire que je suis un voyou fainéant. Demain, je serai de ceux qui se lèvent tôt et qui chantent *le monde est à nous*. Demain me fait peur comme jamais. Je m'endors sans manger, en me faisant confiance pour ne pas trop changer.

L'ORIGINE

Des tics et des tocs

Debout devant le miroir, je scrute chaque partie de mon corps. Ai-je des tics ? Une lèvre qui tremblote, des doigts qui sans cesse pianotent ? Non. Suis-je mal formé ? Un pied bot, un œil à peine ouvert quand l'autre, presque sans paupière, lorgne l'univers ? Non. Suis-je trop maigre ? Un peu. On voit mes côtes et, quand je respire à fond, on peut les compter, mais rien de méchant. Bec-de-lièvre, scoliose, bras trop grands ? Non.

Parfait. Je m'habille avec quand même le sentiment que quelque chose manque. Je me sers mon café. La fumée s'échappe du bol et je me demande : si un jour je retrouvais ma mère, est-ce que j'aurais la force de lui dire : « Pourquoi m'as-tu abandonné ? »

Je bois. Wouah ! Trop chaud ce caoua. Ce qui me fait peur ? C'est que je sais que, si je devais la rencontrer aujourd'hui, eh bien… quelle que soit sa réponse, je voudrais certainement la tuer. Oui, c'est moche de penser comme ça. Mais est-ce vraiment une pensée ? Je ne sais pas. Je reconnais qu'en tout cas j'en ai un peu marre de manger tout seul le matin, car on se doute bien qu'aucun bol de café au monde n'a pu répondre à une seule de mes questions. J'enfile mes chaussures. Dernier regard dans le miroir. Tout va bien ? Tristesse et joie dans mes poches ? Tout va bien ! En avant dans les rues désertes, en avant pour le travail ! Mais non, que dis-je : à l'abordage, à la conquête !

Travail à l'usine ou comment le vertige s'est emparé de moi

— Sois à l'heure, le retard, cela fait mauvaise impression. Tu ne veux pas faire mauvaise impression, Phérial ? m'avait dit Mme Mireille en rigolant.

Bien sûr que non, je ne demande pas mieux que de faire bonne figure, d'être apprécié de tous. À dix-sept ans, on aime plaire, on se fiche de tout, du moment qu'il y a de l'amour dans l'air.

Je me suis présenté à quatre heures moins dix et j'ai bien fait, parce qu'il m'a fallu cinq bonnes minutes avant de pouvoir entrer dans l'usine de la Câblerie. Ce n'est pas tant son aspect de monstre de brique et de fer, avec son toit en dents de scie, mordant le ciel, qui m'a fait hésiter, que l'odeur, l'odeur du plastique brûlé. Elle vous rentre dans le nez, sans égards. À cent mètres du bâtiment, elle envahit le jour et empoisonne les nuages. C'est l'odeur de la mort de toute matière, c'est la puanteur du labeur des hommes, elle ne vous quitte jamais et vous embaume jusqu'à votre dernière heure. La grosse pendule sur le mur extérieur de l'usine indique moins cinq, j'essaie encore de repousser ce parfum sournois. Impossible. Tant pis, je mourrai une autre fois. Je m'élance, et c'est les narines soufflantes comme les naseaux d'un cheval en bout de course que j'entre dans le bâtiment. Là, juste à côté de la pointeuse, le chef m'attend.

— Bonjour, Phérial. Qu'est-ce qui t'arrive ? T'es rouge comme un poisson sans flotte, respire un coup.

Le chef, je l'avais vu, lors de l'entretien au bureau de l'Assistance publique, avec le grand patron de l'usine et Mme Mireille. Ils s'étaient mis d'accord pour parfaire ma formation d'électromécanicien. Chaque mois, trois semaines d'usine, une en établissement d'apprentissage et, pour finir, les doigts dans le nez, je décroche le CAP. La formule m'a plu d'emblée. Le moins d'école possible, pour moi, le contrat parfait.

— C'est l'odeur, monsieur, c'est pas possible de vivre ici.

— Tu vas t'y faire, la demoiselle, dans une semaine tu feras plus la différence entre ici et les fleurs de ton jardin. Pis tu t'en fous, t'as pas de jardin ! Bon, passons aux choses sérieuses. T'enfiles ton bleu de travail à l'atelier, on va te fournir une caisse à outils, et André va te faire visiter la demeure. Ah, et pis tu m'appelles pas monsieur, chef, ça ira très bien. N'oublie pas, quand tu arrives et quand tu repars, tu glisses ta carte dans la pointeuse, sans ça, adieu le salaire.

— Oui, chef !

— Fais ton boulot, fume ta clope à la pause et tout se passera bien. L'atelier des électros, c'est au fond, à gauche. Allez, en selle l'artiste, on se revoit tout à l'heure.

Je ne l'ai pas revu beaucoup, le chef. Toujours à se balader dans un bâtiment ou dans un autre, toujours occupé.

André m'a préparé une caisse à outils neuve, avec ce qu'il faut dedans, la pince pour dénuder les fils, une autre pour les couper, une panoplie de fusibles, tournevis en tout genre et un multimètre pour mesurer le voltage, le courant, la conductivité et le reste. Il me donne un petit plateau à roulettes, muni d'un manche en fer, sur lequel il pose ma caisse.

— Comme ça, tu te fatigues pas à te trimballer ta caisse à la main, t'es peinard, tu tires ta carriole, comme quand tu fais tes courses au Engros. Allez, viens gamin, on va voir les gars et les bécanes. Un petit coup pour le voyage ?

Il me tend une bouteille de Ricard.

— Non merci, monsieur André, je ne bois plus d'alcool.

— C'est pas de l'alcool, c'est du Ricard, le nectar des dieux. C'est pas grave, t'as bien raison, moi non plus, je buvais pas à ton âge, et appelle-moi Dédé.

Il s'en sert un, dans un verre en plastique, ceux de la machine à café, et se l'envoie derrière la cravate. Je remarque qu'il lui manque deux doigts à la main gauche.

— Ah, ça ? Je te raconterai, si t'es sage. Tu verras, ça vaut le détour. Allez, en route !

Dans les grandes allées de l'usine, on tire nos caisses à outils rouges. André me présente à tous comme si j'étais son fils. Malgré le bruit infernal qui règne en despote absolu, j'arrive à choper des :

— Bienvenu, petit !

— N'en fais pas trop, garde-toi pour la retraite.

— Si t'as un problème, viens me voir.

Quand on croise notre chef, André sort aussitôt de sa poche arrière un schéma électrique en marmonnant :

— Tu vois, là, c'est le neutre, nous on va shunter ici, on se rattrape là, et le tour est joué. Ça va, chef ?

— Ça va, ça va, allez donc voir les machines chez les femmes, André, y a la treize qui est en rade, qu'il répond sans même nous avoir regardés.

— Comme si c'était fait.

Le chef s'éloigne.

— Dis donc, Dédé, il court partout notre chef.

Ça le fait bien rire, Dédé.

— Comme un lapin qu'a peur du chasseur, sauf que, lui, c'est le travail qu'il fuit. Si tu veux devenir chef un jour, cours partout avec une gueule de six pieds de longs. C'est comme ça qu'il a gravi tous les échelons.

Et il se marre de plus belle. On traverse maintenant la salle des laboratoires. C'est de là que vient l'ignoble odeur, elle sort en fumée blanchâtre de gigantesques cuves en métal. Là-haut, il y a des hommes en blouses blanches qui récupèrent, à l'aide de grandes cuillères en bois, des morceaux du plastique.

— Ils fabriquent la gaine des fils. Tu vois, le bonhomme, il en prend un morceau et après, y va tester l'élasticité, la résistance du bordel. C'est des tronches, eux, c'est pour ça qu'ils ont des blouses blanches, c'est des professeurs, des savants de l'électricité, quoi.

Me voyant devenir tout chose à cause de l'odeur, Dédé m'entraîne dans le quartier des femmes. Les commentaires fusent.

— Dis donc, Dédé, tu viens nous voir que quand y a des pannes.

— Ma belle, faut dire que j'ai pas le temps pour autre chose.

— Hé, les filles, il n'est pas venu tout seul.

Les femmes se regroupent autour de nous.

— Mesdames, je vous présente Phérial, il vient d'embaucher ce matin. C'est un bon petit gars, je vais lui apprendre le métier et toutes ses ficelles.

Je les salue de la tête.

— Et il est poli, en plus de ça, c'est rare de nos jours. Dédé, prends-en soin.

— Au boulot, au boulot, si Moréno se ramène, vous êtes bonnes pour le blâme. Allez, suis-moi, gamin, on va voir la treize.

Derrière nous, les rires tentent de couvrir le bruit des enrouleuses de fil de cuivre.

— Dédé, c'est qui Moréno ?

— C'est notre chef, gamin, c'est notre chef. Méfie-toi de lui comme des murènes, il est toujours à traîner là où il faut pas, à entendre ce qu'il faut pas et à voir ce que t'essayes de cacher.

La sonnerie de la pause retentit.

— Ben, elle est bienvenue, celle-là. On verra ça tout à l'heure, faudra faire vite, avant que Moréno rapplique.

L'atelier se vide. Certains sortent, sur le parking de l'entrée, fumer leur cigarette, d'autres se retrouvent à la machine à café. L'usine semble dépossédée de son âme et les quelques machines qui tournent encore me font l'impression d'avoir survécu au genre humain. Elles ne veulent plus rien dire, elles ne peuvent plus rien être et je reste là, fasciné, devant ce spectacle troublant des machines qui fonctionneront cent ans encore après notre mort.

Finalement, je décide d'essayer de réparer seul cette fichue bécane. À l'aide d'une immense échelle, je grimpe jusqu'à la rampe électrique sur laquelle sont accrochés les fils d'alimentation. Arrivé en haut, je débranche la prise et j'ôte le fusible qui sent le chaud. Mais d'un coup, me voilà suspendu au rail, les jambes dans le vent. Mon échelle s'est barrée !

Ma nouvelle position dans l'espace me permet d'observer tous ces fils suspendus ressemblant à des lianes. Ce serait drôle de se déplacer ainsi, de liane en liane, dans l'usine, les uns sur terre, les autres dans les airs. Soudain, l'angoisse me saisit. J'ai la trouille, je panique, je crie :

— À l'aide ! Au secours !

Rien n'y fait, la pause est plus sacrée que ma peur. Personne n'entend celui qui est dans les airs. Je me sens tomber, je vais m'écraser. Une étrange pensée me vient à l'esprit : si je meurs, qui viendra à mon enterrement ? Qui regretterai-je de ne plus jamais entendre, sentir, embrasser ? Personne. Il n'y a que moi et mon souhait profond de voir le monde entier pleurer ma disparition. Être seul ici ? Être seul là-bas ? Maria a raison, il ne peut y avoir deux enfers. Autre chose doit nous attendre, nous autres, les solitaires de naissance. Fixé dans mon vide, je prie je ne sais trop qui, je ne sais trop quoi, pour que des yeux se posent sur moi.

Dédé est arrivé. Il m'a décroché, m'a serré dans ses bras, m'a regardé, et c'est comme s'il avait senti la peur que j'avais eue là-haut.

Le soir, dans mon petit chez-moi, j'ai mangé sur le pouce et me suis couché sans bruit, tremblant encore d'avoir échappé à la chute. Même seul, on existe. Il ne me faut jamais l'oublier. On a la vie jusqu'au bout. Après, je ne sais pas. Je me souhaite bonne nuit, Phérial, roi des lianes électriques.

Adieu le CAP

Je pointe, j'enfile ma cotte de travail et rejoins l'atelier où m'attendent Dédé et ma caisse à outils. En traversant l'usine, tout le monde me salue et je salue tout le monde. Un an que je suis des leurs. À la pause, on fume, on trinque, on rigole. Quoiqu'en ce moment, ça rigole moins, chez les travailleurs, parce que les usines des alentours ferment les unes après les autres, et chacun pense : « Pourvu qu'au prochain tour, ce ne soit pas la nôtre. » Dédé dit qu'il ne faut pas s'inquiéter, qu'il fait partie du syndicat, qu'il veille au grain, que des câbles électriques, on en aura toujours besoin. J'écoute et, comme d'habitude, je n'entends rien à ces discours. Simplement, je me rends compte à quel point les gens tiennent à leur boulot plus que tout et sont prêts à se battre pour ne pas le perdre. Se battre pour un travail répétitif, harassant et payé au lance-pierres ? Du haut de mes dix-huit ans, sans enfant, sans vie maritale, comme me dit souvent Dédé, je ne les comprends pas.

La pause est terminée, les gens oublient leurs soucis dans le labeur et c'est peut-être pour cela qu'ils ne veulent pas capituler. À midi, je rentre : je mange bien mieux maintenant, depuis que j'ai acheté une vraie gazinière. Du coup, Dédé s'est invité et me demande quand est-ce que je veux poser mes vacances. Je ne savais pas ça non plus, des vacances ça se pose et ça se demande ?

Fin de la journée, c'est le plus dur, pour moi qui ai l'âge du bruit, des fêtes et des nuits blanches. J'attends, comme un ours, que passe ce long hiver. Je m'ennuie à mourir, et c'est bien pire de le vivre que de le dire.

Le lendemain, le grand patron descend nous voir, à l'atelier. Ça fait toujours une distraction. Il est sympa, il n'hésite pas à boire le coup dans le même verre que nous et me demande si je me plais ici et compte faire une carrière. Je suis embarrassé devant cet homme en costume gris, au regard d'acier. Pour lui, tout semble bien tracé. Je bredouille que je ne sais pas trop, qu'il faut que j'y réfléchisse. Il m'interrompt en concluant que ma jeunesse passera et qu'un jour les décisions viendront d'elles-mêmes. Moréno acquiesce à ces sages paroles et, hochant la tête, m'indique qu'il faut retourner au turbin. Dédé me suit, en maugréant :

— Le grand patron, ce n'est pas le plus con, mais l'autre, le Moréno, p'tit chef de mes deux, quel lèche-pompes, cet enfoiré. Tu vas voir, si l'usine fermait, c'est encore lui qui aurait la plus belle part, la meilleure prime. Ça me fout les boules, pas toi ?

— Tu veux que je le fasse tomber dans une des grandes cuves, celles où on fabrique le plastique ?

— Tu parles, il en ressortirait quand même, et bien plus vache qu'avant.

On s'arrête chez les femmes, c'est encore la treize qui fait des siennes. Armés de nos outils on recommence, presque les yeux fermés, à bidouiller pour réparer la panne. Ce soir, je sors en bleu de travail, pas envie de me déshabiller. Je suis fatigué d'avoir parcouru, toute la journée, cette usine que je connais aussi bien qu'une souris son laboratoire. Je m'écroule sur mon matelas en attendant la nuit. J'aimerais que demain, ce soit déjà les vacances, comme par magie. Je stoppe là mes pensées. Je ne veux pas voir un médecin aujourd'hui. Allez, il faut que je dorme, que je dorme en pensant qu'il finira bien par venir, le bel été.

Quelques mois plus tard, un matin, devant la machine à café, Dédé m'annonce : « L'usine, c'est fini. » Il regarde dans le vide et ma main sur son épaule n'arrive pas à l'extraire de son malheur. Je ne veux pas le déranger plus. Je sais comment il est, Dédé, toujours la joie au ventre. S'il est triste, il faut le laisser tranquille. Je file à l'atelier. Moréno est là, prostré. Il finit par me dire que je dois aller voir le grand patron. S'il veut me voir, c'est pour m'aviser, dans son fauteuil de ministre, que le travail ici prend fin, que l'usine va fermer, qu'il ne sait pas comment va aller l'avenir, pour nous, pour lui, pour les générations à venir. Je me dis qu'il délire. Je ne mesure pas ce qu'il raconte. Je n'aime pas l'usine, je n'aime pas les câbles électriques ni les horaires. À tel point que je pars sur-le-champ, laissant ici mes amis de labeur, ma caisse à outils et ma sueur. Il est sept heures.

Je marche et je ne sais pas quoi faire de ma vie. Plus de métier, plus de perspectives. J'ai l'habitude. Adieu le CAP. La ville se réveille, le flot de voitures grandit et gronde plus fort à mesure que le soleil éclaire. Une heure encore, et une autre. Instinctivement, je me retrouve devant les bureaux de l'Assistance publique. Il est neuf heures.

Mme Mireille, qui descend de la 2 CV de service, s'étonne de me voir. Dans son bureau, je lui raconte que je ne suis pas viré, que je n'ai rien fait de mal, que le boulot, c'est terminé, que le grand patron a même pleuré et que je n'y suis pour rien, pour une fois. Elle est embêtée, on dirait que tout recommence, qu'il va lui falloir sortir de son chapeau une solution, une solution qui s'éteindra et qu'une autre remplacera. Je lui dis quand même qu'aujourd'hui, c'est mon anniversaire. Dix-huit ans de bons et loyaux services dans la maison mère, il faudrait que je pense à mettre les voiles. Mme Mireille m'explique que les enfants de l'État sont sous tutelle jusqu'à vingt et un ans mais que je peux effectivement prendre le large, seulement, une fois séparé de l'Assistance publique, il me faudra me débrouiller. Elle met aussi l'accent sur ma situation actuelle et m'invite à réfléchir sur mes moyens d'existence. C'est tout réfléchi.

— Tant pis, madame Mireille, ce sera pour la prochaine fois.

On fête un peu mon anniversaire, je sors acheter des croissants au beurre et elle m'offre le thé des fonctionnaires. On rigole, elle est gentille avec moi, ne me parle pas comme si j'avais huit ans. Elle est fine et comprend bien ma situation de jeune homme lâché au vent. Et puis, je ne sais plus trop pourquoi, comment, elle évoque mon passé, mes parents et la possibilité de faire des recherches. Elle pense qu'on pourrait passer un coup de téléphone à l'ambassade de Yougoslavie, trouver une piste, peut-être. La fête est finie. D'un seul coup, je vois tout rouge, d'un seul coup, me voilà redevenu le Samson des lotissements. J'attrape son bureau et le balance en l'air. Je fracasse tout, les peintures mauvais goût, les chaises.

— Qui vous a demandé de rechercher ma mère ? Qui vous a dit que je voulais une mère ? De quoi vous mêlez-vous ? Que voulez-vous ? Pleurer mon malheur d'enfant perdu, d'enfant foutu ? Je vous emmerde. Je vous hais tous.

Je sors en courant, dans les rues, mon véritable chez moi. Près de la Loire, je crie sans pudeur.

Trois jours plus tard, Mme Mireille passe me

voir dans mon petit appartement. Excuses, blabla, on établit un plan, un nouveau travail, une nouvelle voie. Elle me reparle, avec prudence, de ma mère, me dit qu'elle ne doute pas que je la retrouverai à ma façon, mais que, tout de même, il est possible qu'elle ne soit plus de ce monde. Je prends sa main et lui parle de son pouls qui bat comme celui de ma maman, loin, là-bas. Elle se tait et, pour la première fois, me prend dans ses bras. Pour demain, pour l'avenir, on verra. Je dois pointer au chômage, en attendant, comme les autres.

Ici et maintenant

Neuf heures : je me suis levé tard, ce matin. Lavé, habillé, en pleine forme, je prends mon petit-déjeuner sur la place du marché comme un vacancier. De retour chez moi, assis sur une des deux chaises disposées l'une en face de l'autre autour de ma table, je réfléchis à ce que j'aimerais faire dans cette vie. Rien ne me vient, comme si, pour moi, seul le moment comptait. Le reste, aucune vision particulière. Incapable de me projeter plus loin qu'ici et maintenant. Premier jour sans travail et déjà l'ennui me ronge. Je scrute ma pièce. Pas de poster, pas d'idole, pas de meubles non plus, juste ma petite lessiveuse bleue et ma gazinière bon marché. Au mur, des photos de moi, entouré des copains de la cité des Deux Mille, prises au bal populaire. Comme je ne travaille plus, je me dis que je pourrais y retourner, voir les anciens potes. L'angoisse monte. Il faut que j'agisse.

Je fonce au bord de Loire. Assis, mes pieds dans l'eau se laissent entraîner par le fort courant, à la manière des branches des saules qui vagabondent paresseusement à la surface du fleuve. Le soleil brille au zénith et mon attention se fixe sur ces arbres et leur air penché. Me reviennent des souvenirs de Maria. Sa tête s'inclinait un peu de cette façon-là. Maria oubliée de tous, déjà. Une infinie tristesse sans pleurs me gagne. Mon petit univers d'avant a disparu. Alors, c'est donc ça ? Une fois adulte, travailleur, tout le reste s'oublie aussi vite que le temps passe ?

La tête bouillonnante, je quitte cette Loire déprimante. Il ne faut pas se laisser abattre. Un steak frites maison, voilà ce qu'il me faut. Je décide de m'offrir un steak haché chez le boucher des notables. Arrivé chez moi, j'épluche, fais frire, ça pue le graillon, mon steak se noie dans le beurre, une baguette toute moelleuse et le repas est un délice. Allongé sur mon lit, je fume une gauloise, c'est mon dessert.

Cet après-midi, c'est décidé, je vais aller rendre visite à tata et tonton Lacroix. J'ai envie de les voir, voir ce qu'ils sont devenus, et tata m'a dit que leur porte resterait toujours ouverte pour moi. À vérifier. Petite sieste et je prends la route. Ils habitent tout là-haut, à l'opposé de la cité des Deux Mille. C'est presque la campagne, vers chez eux, avec de grosses maisons de riches, en bordure de route. Il faut une bonne heure pour y aller. J'ai le temps et les jambes pour. J'arrive en plein milieu de l'après-midi et tonton est là. Ils sont plutôt contents de me voir, tata surtout. Elle dit que j'ai encore grandi.

On discute de tout et de rien, je demande des nouvelles de Jojo, Antoine et Éliane. Tout le monde va bien. Jojo s'est remarié, Éliane, non, et Antoine, après de grandes études dans de grandes écoles, s'est retrouvé en Afrique du Sud où il dirige une très grande entreprise de je ne sais plus trop quoi. Pendant dix minutes au moins, je me sens un peu chez moi, bien que je remarque que tonton ne semble pas très à l'aise, comme si ma présence le gênait, comme ces mouches qui encombrent le dos des vaches qui les chassent, ces mouches qui reviennent sans cesse à la charge. Il refuse poliment ma proposition de faire une partie d'échecs, prétextant du travail à faire. Maintenant qu'il est à la retraite, il construit des meubles. Il s'est acheté du matériel de menuiserie et tata, toute fière, lui demande de me montrer ses ouvrages en cours. Je fais mine que cela m'intéresse et on se retrouve, tous les deux, dans le garage, face à une dégauchisseuse flambant neuve. C'est à cet instant que je comprends ce que je suis venu faire là. La fraîcheur et la demi-obscurité du garage me replongent dans cette intimité particulière que nous avions, tonton et moi. Ici, souvent, il œuvrait sur mon corps, ici, jamais tata n'aurait osé venir. C'est le sanctuaire de l'homme qui gagne sa vie et nourrit sa famille. L'homme respectable et respecté. Je regarde ses meubles moches et dis que c'est du beau boulot. Je le regarde lui, à présent, droit dans les yeux, et m'apprête à lui sortir tout mon dégoût pour sa petite, toute petite personne, pour ses meubles pourris et ses outils de boucher. Mais rien n'est si facile. Il ne souffle mot ni ne bouge. De marbre, il me laisse m'agiter. Plus je l'observe, plus je perds mes moyens. Je débite des âneries, je suis gauche et, en plus, j'ai de la peine pour lui : ce n'est pas le même tonton que tout à l'heure, avec tata, un tonton qui est le chef, posé et renseigné sur les affaires du monde, c'est un homme qui se cache derrière ses gros sourcils comme collés juste au-dessus de ses lunettes d'un autre temps. Et son regard fuyant, son corps vieillissant m'affectent plus que je ne l'aurais cru. Ainsi, tout doucement, les rôles s'inversent. Je suis pris par un étrange sentiment, comme si, à l'instant, c'était moi le bourreau et lui le supplicié. Je n'ai pas la force d'attaquer cet homme qui semble plus faible que moi. J'en ai le souffle coupé. Je pense même lui pardonner… Je n'en peux plus, je quitte le garage et retourne voir tata dans sa cuisine ensoleillée.

— Alors, mon grand, tu as vu, comment déjà… les beaux meubles que tonton a faits ? Mais, tu es tout pâle ! Tu manges bien au moins ? Bien manger, c'est bon pour la santé.

Tonton arrive, lui aussi. Maintenant, je sais qu'il me surveille, qu'il n'aime pas que je sois seul avec tata. Et comme pour dévier la conversation, il lance sur un ton et un débit mesurés :

— Tu sais, Phérial, on est fiers de toi. Tu t'en es bien sorti. Mon ami, le commissaire, m'avait raconté tes déboires avec la justice. Je sais que tu travailles, que tu vis chez toi, loin de tes anciennes fréquentations, et je t'en félicite. Après tout, c'est comme cela que va la vie : place aux jeunes, travaillez pour vous et pour les autres.

— Oui, tonton, c'est bien qu'il ait choisi une nouvelle vie.

Je réponds qu'ils ont sûrement raison, que je dois y aller, et ce vieux couple me raccompagne jusqu'au portail comme si de rien n'était, comme si on n'avait pas plus que ça à se dire. Tata m'embrasse tendrement et tonton plus sèchement.

J'arrive chez moi assez tard : sur le chemin du retour, le parfum des fleurs m'a saisi, je me suis arrêté pour cueillir des prunelles sauvages et des mûres. Je ne peux rien avaler. Plus faim, plus soif. Ma chair étouffe et je vais péniblement jusqu'à la cabine téléphonique de la place du marché. SOS médecins. Dix minutes plus tard, je suis sous Valium. Le jeune médecin a de la peine pour moi. J'ai répondu à toutes ses questions. Non, je ne bois plus. Non, je ne me drogue pas. Non, je n'ai pas de famille proche à prévenir de mon état. Oui, je veux bien un calmant pour pacifier mon cœur déraillant, ma tête fracassée, mes nerfs bousillés.

S'il a fermé la porte, je ne l'ai pas entendu. Je suis dans le noir total, jusqu'à la prochaine fois.

Les barbituriques

Qu'est-ce que cela ? C'est lourd, c'est long. Ah oui, c'est mon bras. Il va falloir essayer de me lever. Ce n'est pas impossible, mais sous l'effet durable du tranquillisant, le désir est enfoui. Sous la masse d'un corps en douleur, il se cache. Tout l'effort est là. Danser sur la pointe des pieds, s'arracher du contexte angoissant, n'est pas une mince affaire, quand le bras, la jambe et la tête, aussi, ne répondent plus, plus comme il se doit. Les malades voient le monde de leur lit, l'horizon n'est que plafond et les sons viennent d'en bas. Certes, je n'ai plus mal, mon cœur bat lentement, mes nerfs semblent réparés et, pourtant, je ne marche pas vraiment droit. L'aplomb a un prix ? Le déséquilibre aussi. Comment atteindre la station debout qui fait de nous des hommes, animaux à part et pensants ? Le temps est interminable sous calmant. La patience est le seul allié que je connaisse, dans ces moments-là. Je finirai bien par bouger et tant pis si tout s'affole encore une fois. Je mesure, dans ma geôle chimique, à quel point je suis en colère. Qu'est-ce donc que cet état de grabataire ? Je n'ai pas le droit de me punir ainsi. Je le sais, mais je ne peux rien faire car je ne comprends pas ce qui m'est tombé sur le nez, sur le nez depuis que je suis né. Je mélange tout et me défends, dans ce fatras d'oubli, d'accuser Dieu ou qui que ce soit d'autre que moi. C'est mon ignorance qui est la cause de mes tourments. Qui va m'aider ? Je suis là ! Dans mon lit ! Quelqu'un me voit ? Je suis là ! Bon. Pas de panique... J'ai quand même un toit. Le jour se lève et la nuit tombera. Alors je dois respirer profondément. Voilà. Comme ça, parfait, Phérial, tu tiens le bon bout. Le souffle, conserver le souffle. Oh, puis merde ! Allez, debout ! J'en ai vu d'autres. Je roule de côté, hop ! Je ne suis plus dans mon lit. Je longe le mur et m'en sers comme appui. Un pas, un autre, omoplates collées à la paroi, je me sens comme un fou qui, de son dos, inspecte l'état des cloisons qui l'entourent. Ça y est, je suis dans l'autre pièce. Ce n'est pas si mal d'avoir une petite piaule, ça limite l'exploration. La chaise est juste là. Il va me falloir quitter ma base murale. Je regarde au-dessus de moi. Un trapèze ? Je n'en ai pas. Il faut que je songe à en installer. Si je mesurais vingt centimètres de plus, je pourrais me soutenir, de mes mains, au plafond. Elles deviendraient mes pieds tant ces derniers ne sont plus sûrs. C'est trop bête, cette chaise qui n'est qu'à un ou deux mètres. J'ai une autre idée. Je me laisse glisser et, assis par terre, j'avance en sautillant sur mes fesses. Je suis un clown qui n'a personne à faire rire. Pas grave, cela me fait rire quand même. J'y suis, ma main attrape un barreau, mes réussites précédentes m'encouragent. Je recouvre assez de force pour finir assis, le dos bien calé contre le bois, et j'attends que le médicament se dissipe, que mes tremblements ressurgissent, que mon plexus brûle, que le vide pèse sur mon estomac comme une enclume, que ma gorge fourmille, que mes jambes me lâchent et que, dans ma tête, gémisse une toute petite voix, qui appelle maman, papa, où êtes-vous donc, je ne vous vois pas.

Premier rendez-vous avec une dame thérapeute

— Mme Mireille est là ?

— Bonjour, Phérial.

— Oui. Bonjour.

— Attends, je vais voir.

La secrétaire décroche son téléphone :

— Mireille, Phérial est là. Il veut te voir. Tu n'es pas en rendez-vous ? Bien, d'accord, je lui dis.

Elle raccroche.

— Tu peux patienter. Elle est avec un jeune, elle te prend après.

Je vais m'asseoir dans le grand hall où, sur une petite table, sont disposés des magazines sur l'enfance, l'allaitement, l'adolescence, comment soigner sa peau et autres conseils. Je n'en prends aucun. Ennui. Il fait frais ici. Je regarde mes mains. Le soleil éclaire le sol. Mme Mireille me sort de ma contemplation.

— Phérial, qu'est-ce qui t'amène à l'agence de si bon matin ?

— Par quoi commencer ?

On s'installe dans son bureau.

— Madame Mireille... j'ai encore eu une crise d'angoisse. Le médecin est venu. Hop, piquouze et dodo et mort-vivant pendant trois jours. En vous attendant, je regardais ma main et j'attendais qu'elle tremble comme quand je buvais comme un dingue chez les Procrons. Qu'est-ce que j'ai, madame Mireille, je suis foutu ?

— Non, je ne crois pas.

— Je ne m'en tire pas. Qu'est-ce qui peut remplacer les médicaments, l'alcool ? La drogue ? Le suicide ? Tiens, oui, si je me foutais en l'air ?

— Ne dis pas de bêtises.

— Je ne dis jamais de bêtises. Les bêtises, c'est pour les enfants. Je ne suis pas un enfant et ne l'ai jamais été. Pas le temps, madame Mireille. Je cherche un moyen d'en finir. Regardez-moi.

Je me lève de tout mon long. Je monte sur ma chaise et mime que je me pends.

Phérial Chpapjik, ancien compagnon des non-enfants orphelins, qui n'a pas trop aimé sa vie sur terre et en a espéré une ailleurs, sur mer ou au ciel.

Je me laisse retomber sur ma chaise. Un silence s'installe.

— Vous vous souvenez, lorsque je vous avais dit, en prison, au parloir vitré, que les matons avaient des oreilles à la place des yeux ?

— Tu parles que je m'en souviens, ta remarque m'a tellement frappée que je me méfiais de ce que je pouvais dire.

— Vous savez pourquoi j'ai fait cette remarque, comme vous dites ?

— Non, Phérial.

— Parce que, au fond, je suis comme eux. Vous comprenez ? On se ressemble. J'ai passé mon temps à surveiller mes faits, mes gestes, à être mon propre gardien. Voilà pourquoi je les ai reconnus si vite. Et vous savez pourquoi on se surveille soi-même, madame Mireille ?

Elle ne dit rien, m'écoute attentivement. Elle entend encore une fois combien une jeunesse peut se déglinguer à coup de barbituriques et autres adjuvants artificiels.

— Madame Mireille, c'est évident ! Personne ne désire perdre la tête. Personne ne veut ça, sauf ceux qui ont des choses à oublier. Vous comprenez ? Ceux qui portent des fardeaux qui ne sont pas les leurs et que la vie leur a quand même légués. Alors, pour ne pas devenir dingues, ils se surveillent de près, ils tournent en rond autour d'eux-mêmes, et j'ai bien peur qu'ainsi, ils finissent par devenir complètement fous, sans même s'en rendre compte. Je ne veux pas, moi, madame Mireille, je ne veux pas être fou de cette manière. Votre métier suffira-t-il à me sortir de là ? Il faut quelque chose de plus fort que le titre d'éducatrice spécialisée. Il faut donner au-delà des limites fixées. Il faut montrer son chagrin. Il faut vivre bien plus que ça, encore et toujours. Et avec qui peut-on partager tout ça à part une mère ? Êtes-vous une mère ?

— Oui, Phérial, je suis mère de trois enfants.

— Et non de quatre, n'est-ce pas ?

Elle ne répond pas.

— Alors vous ne pouvez rien faire. Il fallait que je le sache.

Je quitte le bureau. Dans la rue, mes larmes brouillent ma vision et mes vérités bourdonnent dans mes oreilles. Je suis occis par moi-même. J'avance dans le coton et me fiche de me faire écraser. Je marche sans but, sans projet, sans avenir. Je suis hors du temps et du monde. Voilà, je vais mourir là, comme la petite fille qui voulait vendre ses allumettes. Je m'assois au sol pour prendre racine et me fondre dans cet invisible décor. Je regarde à nouveau mes mains. Tremblent, tremblent pas ? M'en fous. J'ai envie de dormir. Je ferme les yeux. Pas d'image, pas de sons. C'est donc ça, toucher le fond ? M'en fous. Je suis arrivé au bout de ma solitude, je n'ai plus aucune parcelle de désert à découvrir. Il faudrait un miracle pour me sortir de là.

Coup de klaxon. Mme Mireille ouvre la porte du côté passager. Elle est drôle, ainsi penchée sur le siège à me dire de monter dans la 2 CV de service. Je souris et c'est elle qui a une larme sur la joue. Je suis touché au cœur. Elle ne me laisse pas croupir ici.

— Phérial, je connais une thérapeute, à Nevers, qui travaille souvent avec l'agence et les jeunes dont nous nous occupons. Peut-être qu'elle pourra t'aider malgré le fait qu'elle non plus ne pourra pas être une maman. Il faut que tu essaies.

— Une thérapeute ? Ça y est, je suis devenu

cinglé. C'est fait ! Il ne faut pas que mes potes apprennent ça. Ils vont se foutre de moi. Dans mon dos, ça va y aller les : « Il a muté en barjot », « Il est bon pour l'asile ».

Je saisis ma tête entre mes mains, mes yeux s'affolent.

— Je vais essayer votre combine, d'accord. On verra. Foutu pour foutu, n'est-ce pas ?

Elle démarre, je ferme la portière, le claquement retentit dans ce coin de rue qui a failli m'avaler tout cru.

Chez moi, elle me prépare un dîner après avoir prévenu sa famille : ce soir, elle ne sera pas là.

— Tu n'es pas fou, Phérial.

— Non, madame Mireille, pas plus que les autres. N'empêche que je dois quand même voir une dame qui s'occupe des fous.

— Elle ne s'occupe pas de fous mais de gens qui ont besoin d'un soutien.

— Non, non, non, dites ce que vous voulez, moi je sais bien que ce sont quand même des fous. Qui d'autre va voir cette thérapeute ?

— Des jeunes de l'agence, des…

— C'est bien ce que je disais, que des cinglés.

— Mais non, il y a aussi des gens qui ont des angoisses passagères, des soucis qui font que, pour un temps donné, ils ont besoin de parler.

— D'éclaircir leur horizon ? Pour un soleil plus radieux ? Conneries ! Moi, j'ai des angoisses à vie car ma vie est l'angoisse même. J'ai rien demandé. Ce bordel, l'abandon, le vide…

— Tu n'es pas le seul, tu sais, Phérial, à l'agence…

— M'en fous des autres ! On ne peut pas considérer les autres, madame Mireille, quand on est assis sur le néant. Je voudrais bien, d'ailleurs, pouvoir faire, agir, pour les autres. Être thérapeute, moi aussi. Mais non, je suis né fou, je mourrai fou. Passez-moi le sel.

— Pas bon, le sel, pour les fous.

J'éclate de rire. Je me sens si fragile. Mme Mireille ne rit pas, et je lis dans ses yeux que la situation est plus urgente que je ne l'imagine.

— Savez-vous ce que c'est que de tournoyer dans les étoiles sans être une des leurs ? Savez-vous ce que cela implique lorsque les bras et les mots manquent chaque jour à l'appel ? Je suis enfermé en moi-même, madame Mireille, mes yeux sont mes propres miradors, mes pensées sont mes violences de corps et mes désirs sont réduits au strict minimum. Manger, dormir surtout pour arriver, un jour, à ne plus avoir peur. Je suis perdu, perdu dans le monde des hommes. Je ne me sens ni l'un d'eux ni comme eux. Je dérive dans l'espace où mon nombril ne se prend pas pour le centre de quoi que ce soit, de qui que ce soit. Détaché à jamais, j'erre comme un clochard dans l'univers insondable avec, pour plainte, un torrent de haine et d'amour envers ceux qui m'ont fait ça, me laisser là, sur le carreau, devant les autres stupéfaits. J'ai mal à la tête.

— Va t'allonger, Phérial, tu as besoin de te reposer.

— Au ventre, aussi, au cœur, aussi. Je suis un étau.

— Ça suffit, tu te fais du mal pour rien.

La fièvre grimpe. Mes joues sont en feu. Elle a raison, Mme Mireille, je suis malade et je dis n'importe quoi. Elle m'aide à m'allonger, me passe la main sur le front, bouillant.

— Tu as des aspirines ?

— Non, des Tranxène, lui dis-je en souriant.

Elle sourit aussi, fouille dans son sac, en sort deux cachets. Un verre d'eau, et j'avale encore des pilules blanches. Le soir tombe. De mon Velux apparaissent les premières lueurs d'étoiles.

— Je vais partir, Phérial, il faut que je rentre chez moi.

— La famille, madame Mireille, c'est le plus important, la famille.

Elle sait que je ne me moque pas. La famille, c'est important, même pour ceux qui n'en ont pas. Elle repart avec la sensation d'en avoir appris autant sur elle que moi sur moi.

Le lendemain, Mme Mireille me dit que j'ai rendez-vous avec la thérapeute jeudi prochain. On est jeudi. Elle passe me prendre en bas de chez moi. J'ai envie de conduire la 2 CV de service, mais elle refuse. Je lui dis que je sais très bien conduire, que j'ai appris quand j'étais gangster. Elle rigole.

— Tu n'as pas été gangster, Phérial. Tu t'es égaré momentanément du droit chemin.

C'est moi qui me marre.

— Quel chemin ? Y a un chemin ? Grand, petit, le chemin ?

— Ah non, ne commence pas.

— Vous avez raison, mais dès que vous en verrez un, prenez-le, et admirez comme je conduis bien.

— Tu ne t'arrêtes jamais ?

— Jamais. Je suis là pour ça, ne jamais rien arrêter !

Il fait beau. On roule en direction de Nevers. On passe par Pouilly, La Charité et, tout du long, je regarde les arbres. C'est une drôle de sensation pour un fou comme moi, cette nature qui ne me fait jamais tort. Mes yeux ont sans cesse besoin d'elle. Je la contemple avec attention, et je sens les mille combats qui se trament dans les herbes. C'est là que j'ai des frères et des sœurs, dans ce combat qui, comme moi, ne s'arrête jamais.

On roule. Cette 2 CV n'avance pas, mes pensées la dépassent. On se traîne. Sans doute Mme Mireille ne sait pas trop bien la conduire, cette bagnole de service. Si j'étais au volant, on serait arrivés en un rien de temps. Quand on atteint Nevers, ça me rappelle le lycée technique. C'est étrange de commencer à avoir des souvenirs de soi.

On se gare devant un grand bâtiment qui ressemble à un hôpital.

— Pas très gai, ici.

Dans la salle d'attente, Mme Mireille me demande si je veux un magazine. Je laisse ma salive couler le long de mon menton et j'articule :

— Non, je suis fou. Les fous ne lisent pas. Ils bavent, madame Mireille, ils bavent comme des limaces.

— Arrête !

— Les fous n'arrêtent pas. Quand est-ce que vous l'admettrez ?

— Ne fais pas l'idiot.

— Les idiots ne sont pas des fous, madame Mireille. Un idiot est idiot, c'est tout. Un fou a le privilège, s'il le veut, d'être les deux. Vous saisissez la différence ?

Je bave encore un peu et Mme Mireille pouffe. Tout à coup, mon nom retentit.

— Phérial Chpapjik ?

Je me retourne et aperçois une petite femme avec un visage bon, des yeux pétillants, qui tend la main pour m'inviter à la suivre dans son cabinet.

— Tu veux que je vienne avec toi ? me demande Mme Mireille.

Je ravale ma salive.

— Jamais de la vie. J'irai seul, désarmé, fier et fou.

Je m'agenouille et avance vers cette petite femme qui me considère d'un air étonné. Elle ne se démonte pas, me laissant entrer sans commenter ma drôle de façon de progresser. Le soleil baigne de lumière la petite pièce. Je lui demande si elle veut bien tirer le tissu bleu et épais qui sert de rideau car la luminosité m'empêche de la voir.

— Bonjour, Phérial.

— Bonjour.

Elle se lève, ferme le rideau à demi et se rassoit.

— Je suis Mme Lecœur.

— Quel beau nom !

— Le tien n'est pas mal non plus.

Je ne réponds pas.

— Par quoi veux-tu commencer ?

Elle sourit toujours.

— Par rien.

— D'accord. Que peut-on faire, alors, avec un jeune homme qui prend ses genoux pour ses pieds et qui souhaite commencer par rien ?

Je ne réponds toujours pas. J'évite ses yeux. J'évite la lumière qui filtre encore un peu dans la pièce. D'un coup, je me retourne et enlève mon tee-shirt. Torse nu, je la fixe :

— Pouvez-vous me masser le dos ?

Elle s'arrête de sourire. Elle ne me regarde plus, elle me scrute.

— Pourquoi le dos, pourquoi pas les mains ou les pieds ?

— Parce que mon dos renferme un secret qui ne peut être délivré que si une fée le touche, par exemple.

— Mon métier, Phérial, consiste à parler aux gens, avec les gens, pas à les masser. Et je dois t'avouer que je suis loin d'être une fée.

Je ramasse rapidement mon tee-shirt.

— Tant pis, le secret restera dans sa tombe.

— ... Cependant, je vais faire une exception.

Elle s'approche de moi. Assis sur ma chaise, je lui présente mon dos. Avant que sa main me touche, j'ai senti la chaleur. Avant que cette chaleur m'envahisse et me délivre, j'ai senti résonner le son des pas de cette petite femme aux cheveux noirs et bouclés. J'ai confiance, elle ne me prend pas pour un fou, en tout cas pas plus fou que les autres. Elle masse délicatement mon dos. Mes yeux se ferment. Ma bouche s'entrouvre. Des mots sortent, mon secret avec. Mon secret que je livre contre des mains de fée.

— La seule personne qui m'ait massé le dos est un vieil homme que je devais appeler tonton. Ses mains étaient vilaines et grossières. Ses mains sont descendues plus bas que mon dos et mon mal s'est étendu. Je ne comprends pas ce que ce vieux tonton a voulu me faire, je sens juste que ce mal n'est pas sorti de moi. Je n'entre pas à genoux parce que je suis un farceur, j'entre à genoux parce que, comme les fous, j'ai des moyens étranges d'exprimer parfois ma douleur. Je vous le dis, madame Lecœur, comme les fous je m'exprime souvent à l'envers. Lorsque je marche on dirait que je cours et lorsque je cours alors vous ne me voyez plus. Je suis profondément touché par vos mains qui apaisent ce dos qui est le mien et aussi un peu celui de ce vieil homme aux doigts sales et vulgaires.

Mes larmes coulent. Je me retourne et plonge

ma tête dans son épaule. Elle m'accueille sans prononcer un mot.

— Votre métier, ce n'est pas de temps à autre de ne rien dire, de ne pas parler ?

— Si, Phérial, cela s'appelle écouter. Je te promets que je t'écouterai tant que tu le désireras.

— Je vous promets d'essayer de vous parler vraiment tant que vous aurez le désir de m'écouter.

Elle relâche ses bras, j'enfile mon tee-shirt et elle ajoute en souriant de nouveau :

— Marché conclu.

Sur le chemin du retour, Mme Mireille a bien senti que quelque chose avait changé. Elle s'est arrêtée dans un petit chemin et m'a laissé conduire la 2 CV comme je l'entendais, c'est-à-dire à fond la caisse et en riant à gorge déployée.

Paris, là où mènent tous les chemins de fer

Je suis à la gare. Le train va bientôt partir. Mon pote JP est assis en face de moi. On fume clope sur clope, impatients d'arriver à notre destination. On est assez fiers parce que ce n'est pas souvent que l'un de nous peut se permettre de monter à Paris, capitale des plus belles nanas du monde, capitale de lumière et de liberté. JP est un nouvel ami. Il est serveur au PMU de la place du marché. Toujours bien mis, jean 501, chaussures plutôt que baskets et éternelle veste noire de serveur, boulot ou pas. Bien coiffé, bien rasé et une sacrée expérience des épaves humaines, pour son âge, dix-huit ou dix-neuf ans je crois. Faut dire qu'au comptoir, il y en a du monde qui échoue la gueule défaite et qui déblatère le pire et le meilleur du matin au soir. Cachalots, baleines, requins, thons, un vrai chalutier, ce café PMU. On s'est vite marrés tous les deux à partager nos points de vue sur la condition des hommes accros à la bière, à la chopine et au tiercé. Et puis, ce que j'aime, chez JP, c'est qu'il a toujours une anecdote bien croustillante sur presque tout le monde dans cette petite ville de Tracy-sur-Loire. Je lui fais souvent la remarque :

— Avec ton boulot, tu ferais un super indic. Tu devrais y réfléchir.

Il me répond toujours du tac au tac :

— C'est vrai, mais dommage, je n'aime pas les flics.

Avant, on ne se connaissait que de vue, petit signe de tête respectueux chaque fois qu'on se croisait. Il n'avait pas trop fréquenté le bal populaire du coin ni la cité des Deux Mille, tout juste si on le voyait débarquer parfois au Rempart Club, tard dans la nuit, après son boulot de serveur.

Le mois dernier, on s'est retrouvés à faire la bamboula dans son appart près de l'Éden Cinéma. L'après-midi même, j'avais rencontré sa cousine au PMU. Danie a dix-huit ans, comme moi, et une pêche incroyable avec son accent de banlieue à couper au couteau. Des cheveux longs presque roux, des yeux noisette brûlants cerclés d'un trait noir profond, des lèvres sensuelles et du bagout à revendre. On s'est plu direct. On n'a pas traîné au PMU. Deux heures après, elle me poursuivait dans mon petit une pièce et demie, comme elle l'appelait, sa culotte à la main, en hurlant :

— Viens là que je t'attrape, beau gosse de campagne !

Le soir, JP nous a accueillis, bouteille de

Johnny Walker sous le bras, au milieu de la jeune assemblée dansant au rythme des Trust, Police et autres ACDC. Ça sentait l'alcool, l'herbe, la sueur, le sexe et le désir immense de dépasser ses limites par n'importe quel moyen.

— Tu ne bois pas ?

— Tu veux que je me batte avec tout le monde ?

— Tu ne fumes pas ?

— Tu veux que je te raconte ce qui s'est passé la dernière fois que j'ai tiré sur un truc comme ça ?

— Oh oui, raconte-moi, mon petit rat des champs.

— Je ne suis pas un rat, et j'habite en ville.

— La ville pleine de rats qui viennent des champs qui l'entourent.

— Laisse tomber. Alors voilà, j'étais chez un pote, il roule son machin, tire dessus, me le passe, heureux comme tout avec sa nana enceinte jusqu'au cou. Elle allait bientôt pondre son deuxième marmot...

Danie me coupe.

— On dit accoucher et enfant plutôt que marmot.

— Bien, mademoiselle l'étudiante-qui-sait-tout.

— C'est normal, les gens de la capitale possèdent un français plus élaboré que ceux de la campagne et, avec une générosité non feinte, ils dispensent, dans un esprit de partage, leur savoir à bon entendeur.

— M'en fous, tu veux la suite ?

Danie se blottit contre moi et se met à loucher en tirant sur ses oreilles comme pour mieux m'entendre. Je ris.

— Au bout d'un moment, sa nana revient avec un gros paquet de photos de son premier marmot…

— Bébé.

— Bébé. Je les fais défiler devant mes yeux alors que l'herbe commence à agir.

Danie se met à me taper comme une dingue.

— Espèce de drogué, tu crois vraiment que tu aurais pu me cacher ça plus longtemps ? C'est fini entre nous, je retourne chez ma mère !

Elle fait mine de partir mais, revenant en courant, me saute dessus.

— La suite, la suite !

— Donc me voilà, les pieds au-dessus du sol, la tête vrillée. Je me dirige vers la fenêtre en fixant la nana comme un demeuré. J'ouvre la fenêtre et je balance les photos du bébé une à une en répétant : « J'n'aime pas les photos, j'n'aime pas les bébés, j'n'aime pas les photos de bébés. » Ensuite, j'ai sauté par la fenêtre. Heureusement, deux étages seulement.

Danie ne rit plus. Elle prend mon visage entre ses mains.

— Viens, rentrons chez toi.

Le lendemain, elle est partie pour sa banlieue, à Bobigny, et m'a dit, sur le quai :

— Viens me rendre visite, mon beau gosse des campagnes, en glissant dans ma poche sa petite culotte.

Elle a fini par m'attraper au corps, au cœur et chaque fois qu'on se voit on déclenche toutes sortes de tempêtes.

Le train démarre et, en deux heures, on est gare de Lyon. Métro, RER, il y a du monde, beaucoup de monde. On a rendez-vous dans une pizzeria à Bobigny avec Danie et ses copains de banlieue. En la revoyant, mon cœur s'emballe, je l'embrasse comme un fou et elle hurle dans tout le restaurant :

— C'est lui que j'aime ! Lui ! Phérial Chpapjik, qui nous vient de la campagne.

JP, sur un ton solennel, tient à préciser que je suis né à Paris, pas à la campagne ni en banlieue, mais à Paris. Ce qui en jette. On trinque, on commande pizzas, boissons et tout doucement, ce « né à Paris » fait son effet. C'est étonnant comme un mot, un son peuvent tout faire basculer. Je suis là, assis, aimé, aimant, rigolant et voilà que résonnent dans ma tête : Paris, parents, chaos, abandon. Ma gorge se serre, j'étouffe. Danie s'aperçoit de mon malaise, elle fait taire la bande de braillards qui me regardent comme un enfant regarde un poisson se débattant sur la berge. Je deviens tout rouge, j'ai peur et je m'évanouis.

À mon réveil, je suis au sol dans les cuisines du resto. Un médecin est penché sur moi. Il me dit que j'ai fait une crise de spasmophilie, rien de grave, qu'il va m'administrer du calcium en intraveineuse et que j'irai beaucoup mieux.

Il s'exécute, le liquide circule déjà en moi, je chauffe comme un soleil proche de l'implosion et je retombe dans les pommes. Un autre homme me réanime, les mains sur mon thorax. Cette fois, c'est le SAMU. Je suis transporté d'urgence à l'hôpital du coin et les copains de banlieue sont autour de mon brancard, déposé au détour d'un couloir. J'apprends que j'ai failli y passer, que mon cœur ne battait pas plus de quinze coups minute, que ce crétin de médecin avait dû faire une connerie, soit dans le choix du produit, soit dans le dosage. C'est alors que débarque une infirmière, seringue en main, qui demande si je suis bien le diabétique que les pompiers viennent d'amener. Ils l'arrêtent tout de suite et j'échappe à encore pire pour la seconde fois de la soirée. Dans mon drôle de lit, sous les néons blafards, mes larmes coulent et je confie à Danie que je suis triste d'avoir gâché notre virée. J'ai quand même le droit à une piqûre de calmant et ce soir-là, dans la chambre d'hôtel que nous avons louée, JP a dormi par terre et Danie dans mes bras sans forces de jeune homme dont le passé vient de ressurgir comme un tsunami auquel il aurait fallu mille ans pour se former.

— Il se pourrait qu'un jour la pluie t'envahisse et tu ne te discerneras qu'au-delà des vagues. Ton corps, porté par les vents, ira, en de multiples gouttelettes, droit au cœur des hommes. Il pénétrera imperceptiblement leurs secrets que tu garderas comme les fleurs gardent, par de beaux artifices, les insectes garants de leur renouvellement. Tu sauras la vérité de chacun et n'en diras rien. Croître à l'ombre des profondeurs humaines, voici ta tâche.

Je me tais. Mme Lecœur attend avant de parler.

— C'est la fin ?

— C'est la fin et le début. La voix ne m'a rien dit de plus. Dans cette pièce toute noire, elle a dit ça et rien d'autre.

— Comment tu comprends cela ?

— Vous savez, j'ai eu très peur, madame Lecœur. On aurait dit cette voix vivante. Vous comprenez ? J'ai même l'impression qu'elle va revenir et me parler comme ça, en plein jour.

Je vais entendre des voix, madame Lecœur ? Je suis fou ?

— Non, je ne crois pas. Je pense que tu as beaucoup d'imagination, Phérial, le tout est de savoir ce que tu vas pouvoir faire avec un tel potentiel.

— Je n'en sais rien, ce n'est qu'un rêve. Ce n'est qu'une voix dans un rêve.

— Oui, mais il est possible que cette voix soit la tienne.

— Oui, et alors ?

— Alors peut-être que tu te changeras réellement en de fines gouttelettes de pluie et tous les secrets te seront révélés.

— Quelle horreur ! Tout savoir de tout le monde.

— Phérial, n'y a-t-il pas de secret que tu aimerais connaître ?

— Non, je ne veux rien savoir. Même, pour être franc, quand j'avais dix ou onze ans je rêvais d'inventer un sérum magique que je pourrais m'injecter quand je le déciderais, quand j'en aurais vraiment marre de tout, et qui aurait le pouvoir de me rendre aussi inoffensif envers moi-même que peut l'être un idiot de village.

— Un gentil fou en quelque sorte.

— Oui, si vous voulez.

— Une fois devenu idiot de village, que deviendra tout ce que tu as appris, tout ce qui t'a été révélé par ta voix, par exemple ?

— À partir du moment où je deviens idiot dans un village ou dans une ville, j'oublie tout.

— Tu souhaites donc, à un moment de ta vie, ne plus rien savoir, apprendre, et surtout ne plus te souvenir ?

— C'est ça.

— Comment tu qualifierais cela ?

— Qualifier ?

— Oui, est-ce lâche, irresponsable, fuyant ou, au contraire, courageux, intelligent, allant de l'avant ?

— Madame Lecœur, je peux vous poser une question avant de répondre à la vôtre ?

— Tu le peux.

— Est-ce que devenir idiot par soi-même est une mauvaise chose ?

— Tout dépend de qui tu entraînes dans ton idiotie volontaire.

— Imaginons que moi.

— Es-tu certain de n'être lié à personne ?

— On ne peut pas vraiment savoir une chose pareille, mais je dirais que oui, j'en suis certain.

— Alors, si tu en es certain, comme tu le prétends, ce n'est ni une mauvaise chose, ni une bonne chose, ce n'est tout simplement rien. Te définirais-tu comme n'étant rien, Phérial ?

— Vous me fatiguez avec vos questions, je suis crevé, moi.

— Allons, la séance est bientôt finie. Réponds à ma question et nous pourrons nous dire à la prochaine fois.

— D'accord. En fait, là on n'a fait que supposer des choses. En vrai, si je pense que mon idiotie volontaire, comme vous dites, arrivait, cela pourrait blesser quelqu'un et donc, oui, ce serait lâche de le faire sans réfléchir au malheur de ce quelqu'un…

— De qui parles-tu ?

— De quelqu'un.

— Oui, mais qui est-ce ?

— Ben, c'est moi.

— À la prochaine fois, Phérial.

— À la prochaine, madame Lecœur.

Danie, mon actrice préférée

— J'ai eu tellement peur au restaurant. T'as failli mourir, petit con ! Tu te rends compte de ça ? T'imagines dans le journal : Phérial Chpapjik décédé à la pizzeria Del Arte suite à un malaise de vivre. Ridicule ! Ne me refais plus jamais un truc pareil. Je m'en fiche que t'aies une tête à l'envers, un cœur triste, des pensées de cinglé. Les pécores comme toi, ça a la peau dure, le cuir d'un lézard et la rage du renard. Phérial, je m'en fous de savoir si on fera notre vie ensemble, je veux juste être là pour toi et toi pour moi.

C'est la même promesse que l'on se faisait, Catherine et moi. Cachés dans les bois aux alentours de l'orphelinat, on dévoilait nos intimités et on signait un pacte parlant d'amour, d'amitié et d'éternité. C'est donc possible ? Ça va marcher ?

Danie m'agite des croissants sous le nez :

— Dis donc, elle est mignonne la boulangère.

— Oui, et elle aime le…

Danie m'arrête et déclame :

— Ah ! Je suis trahie ! Tu n'es qu'un amant méprisable, dont les conquêtes, au son des luths, se prélassent. Ah ! L'amour éternel que nous nous sommes promis est à jamais terni. Il ne me reste plus qu'à mourir, le cœur blessé et l'âme en peine. Me jetterai-je du haut d'une falaise de ma Cornouaille natale ? Me livrerai-je au dieu des Enfers ? Oui, ainsi le sort en est jeté. Viens à moi, ô Hadès ! Viens quérir mon âme de mortelle et qu'en échange mon bel amour connaisse les pires souffrances qu'un homme peut endurer sur terre. Ah ! Je meurs de n'avoir su me faire aimer, moi qui, de l'amour, ai toujours rêvé.

Lentement, elle se laisse tomber au sol et fait la morte. J'applaudis à tout rompre. Ma comédienne se relève et salue son public.

— Je ne t'ai pas trompé avec la boulangère.

— Je m'en fous, mon petit mec tout malade. Tu fais ce que tu veux.

— Oh, je ne fais pas ce que je veux. Si je pouvais faire ce que je voulais…

— Tu ferais quoi ?

— Vraiment, Danie, j'en sais rien. D'ailleurs, quelle heure est-il ?

— Il est dix heures et on est lundi et le soleil est levé depuis maintenant…

Je la coupe.

— Merde ! J'ai rendez-vous avec mon éducatrice, Mme Mireille.

— Et moi, je mange les croissants toute seule ?

— Non. Viens avec moi à l'agence.

— Chouette, on part en voyage ?

— Non, on va à l'Assistance publique.

— Dois-je me munir de quelques mouchoirs ?

— Arrête, viens, on fonce.

On court comme des malades. En chemin, je demande à Danie où elle a appris tout ça, son dieu des Enfers, et ses phrases pleines de poésie. Elle me répond naturellement :

— À l'école, je faisais du théâtre. L'école, tu ne connais pas ?

Je ne réponds pas. On passe par un jardin municipal et on saute par-dessus des petites haies. Deux chevaux sauvages. On a le souffle, on a l'amour.

Mme Mireille sourit de me voir en charmante compagnie. J'entre, un peu gêné, et marmonne :

— Voici Danie. Elle n'arrête pas de m'embêter tout le temps. Elle peut rester avec nous ?

— Bonjour, Danie. Bien sûr qu'elle peut rester. Il n'y a pas de secret d'État.

— Que des enfants…

— Très drôle, Phérial.

— Bonjour, madame Mireille. Phérial, t'as oublié de dire bonjour.

Mme Mireille rit à nouveau.

— Bien, asseyez-vous.

Je m'assois le plus loin possible de Danie. Elle me tire la langue comme une sale gamine.

— Bon, les enfants, si vous n'êtes pas sages, je vous sépare, dit Mme Mireille qui se prend à notre jeu. Mis à part ta nouvelle amie, Phérial, quoi de neuf dans ta vie ? Un plan ? Un objectif ?

— Que dalle, madame l'éducatrice.

— Eh bien, moi, je t'ai trouvé quelque chose, monsieur l'adolescent.

— Je ne suis pas un adolescent.

— Non, c'est un rat des champs, murmure Danie.

Je lui balance une gomme.

— Stop ! Tu croyais pouvoir rester à te tourner les pouces encore longtemps ? Raté. Tu vas te rendre, la semaine prochaine, à la maison de la jeunesse de Montargis, pour passer ton BAFA.

— C'est quoi, le BAFA ?

— C'est un diplôme permettant de devenir animateur de colonies de vacances ou de centres aérés. Est-ce que cela sied à monsieur Phérial ?

Danie lève le doigt, comme à l'école.

— Nous vous écoutons, jolie demoiselle.

— Phérial, c'est génial ! Tu vas t'occuper de mômes infects qui n'ont pas du tout envie d'être en colo mais qui n'ont pas eu le choix parce que maman et papa veulent faire du ski tranquille pépère à Chamonix. Ils bouffent comme des cochons, faut les poursuivre avec un fusil de chasse pour qu'ils aillent se laver et, le soir, ils dorment pas avant minuit alors que toi tu devras te lever au moins à sept heures pour préparer les activités réjouissantes comme fabrication de sacs en macramé le matin et construction de flèches polynésiennes l'après-midi avec tir sur cible vivante.

— Qu'est-ce que tu racontes, toi ?

— Non, sans rire, tu vas t'amuser comme

un dingue parce que tu seras avec des dingues comme toi. Sauf que c'est toi qui devras t'en occuper.

Je me tourne vers Mme Mireille.

— C'est ça, animateur de centre machin ?

— Heu… Oui, en quelque sorte, enfin, tu auras quand même des enfants sous ta responsabilité et par conséquent tu seras tenu de ne pas leur faire faire n'importe quoi.

— Et on est payé ?

— Et on est payé, m'assure Mme Mireille.

Danie se lève et, juste avant de sortir, lâche, en me regardant d'un air de pimbêche :

— Amour, je vais acheter des billets pour Moscou. J'ai toujours désiré voir la vraie neige des steppes.

Elle claque la porte.

— Elle est bien, ton amie. Elle déménage, comme vous dites.

— Oui, madame Mireille, et je crois que je…

— Tu…

— Non, rien. Ça commence quand, le stage ?

— Vendredi prochain.

— Ça dure combien de temps ?

— Quinze jours, nourri, logé. D'autres questions ?

— Non. Merci, madame Mireille. On se reverra que si je suis animateur diplômé.

Je sors. Danie fume une clope. On se remet en route bras dessus bras dessous.

Dans le jardin municipal, on s'allonge au soleil sur le gazon.

— Elle est gentille, ton éducatrice. Elle est jeune dans sa tête. Elle t'aime bien, ça se voit.

— Ah bon ? Tu en vois des choses, toi. Mais sinon, tu as raison, elle ne me déteste pas.

— Tu regardes quoi, Phérial ?

— Le soleil. Tu penses que si on dort là cette nuit on le verra se lever ? Pourquoi tu me regardes comme ça, toi ? Tu te moques encore ?

— Mon petit paysan, moi je viens de banlieue au cas où tu l'aurais oublié, de Bobigny même, banlieue rouge où on ne voit jamais le soleil. Alors, non, je ne me moque pas. J'aime bien ta campagne et, comme toi, je veux voir ton soleil se coucher et se lever. Ce soir, on dort là !

Du monstre et du temps des grands séquoias

J'hésite à mettre le pied dehors. Finalement, je pousse la porte du 11, rue du Commerce et me jette dans le froid matinal de ce mois de février finissant. La difficulté est qu'il faut retrouver de nouvelles sensations. Tous les jours. Le même trajet, les mêmes maisons alignées telles qu'elles étaient hier. Je me sens comme quelqu'un qui aurait bu trop d'alcool sans plus en ressentir les effets. Un cri puissant veut sortir mais un monstre invisible étouffe mon hurlement. Tapi dans chaque recoin de cette petite sous-préfecture de la Nièvre, ce monstre se nourrit de la crainte et de la peur de tous. Son appétit sans limites nous dévore et, en un rien de temps, nous voilà rendu chose morne. Il faut que ma vie change. Un autre paysage vite, vite, pour mes yeux qui ne demandent qu'à voir du pays, comme disent les paysans d'ici.

J'arrive au bureau à l'ouverture, juste en même temps que Mme Mireille. J'ouvre sa portière en lui disant aussi sec :

— Ne me dites pas que je suis bien matinal, vous me l'avez déjà dit cent fois !

— Bonjour, jeune homme, c'est bien agréable d'avoir son, et désolée par avance de la répétition, son portier matinal, me répond Mme Mireille en souriant, et elle ajoute : par ailleurs, si ce jeune homme veut bien me suivre jusqu'à mon bureau, nous pourrions sans doute débattre de ce qui semble le préoccuper et, ah oui, n'oubliez pas mes bagages à l'arrière. Bon, en avant, jeune énervé.

Je la suis.

— Alors ? Que nous vaut cette moue et ce ton ?

— Je m'ennuie.

— Ah oui ? Incroyable, et pourquoi donc ?

— Ce n'est pas drôle.

— Qui a dit que ça l'était ?

— Laissez tomber, madame Mireille, juste, je m'ennuie.

— J'ai une question pour toi.

— Allez-y toujours.

— Depuis combien de temps nous connaissons-nous ?

— On me l'a déjà posée, celle-là, il y a longtemps. On se connaît depuis huit ans. Je suis arrivé dans cette pu… pardon, dans ce trou quand j'avais dix ans.

— Faux.

— Comment ça, faux ?

— Faux. Je te connais depuis que tu as quatre ou cinq ans. J'ai mis du temps à faire le rapprochement car, vois-tu, ma petite tête n'a pas une mémoire de toute première fraîcheur. Bref, lors de ma dernière année d'études pour devenir la grande éducatrice spécialisée que tu sais, j'ai fait un stage dans le monde du travail. Immersion sur le terrain. Et tu sais où je me suis retrouvé affectée ?

— Aucune idée, dites-moi vite, je suis l'impatience même.

— À l'orphelinat de Frétoy. Ça te dit quelque chose ?

— Non, ça ne me dit rien du tout. Frétoy ? Je ne vois pas de quoi vous voulez parler. Mais continuez, vous savez bien que dès qu'on parle de moi, je m'ennuie déjà moins.

— Je t'ai vu et t'ai sans doute aidé à accrocher les boules pour décorer le sapin de Noël. En tout cas, ma vieille mémoire se souvient d'un petit enfant terriblement vivant avec, dans les yeux, une lumière particulière que je n'avais jamais vue auparavant. Une envie de croquer le monde. Oui, c'est ça, un désir de tout voir et tout savoir.

Je vais coller mon nez à la vitre. Mon regard se promène sur les thuyas taillés façon jardin à la française. Ils sont les seuls à arborer une parure verte en ce mois de l'année. Ce vert me rappelle d'un coup les séquoias de l'orphelinat, mes compagnons géants d'alors.

— J'ai bien changé depuis, non ?

— Je dirais même que ton cas a empiré. Phérial, tu ne peux pas vivre tout seul, ne voir personne et te laisser envahir par la routine. Il faut que tu trouves une autre ville, un autre but, tu comprends ? Comment s'est passé ton stage du BAFA ?

— C'était sympa. Peinture, sculpture, poterie. Un des animateurs m'a dit que je devrais faire du théâtre, que j'avais du talent. Je ne vois pas trop de quoi il voulait parler avec son théâtre et son talent, mais bon, j'ai quand même décroché la première partie du diplôme. Pour la deuxième, il faudra que je fasse l'animateur dans une colonie de vacances.

— Génial. Tu envisages quoi, alors ?

— En fait, madame Mireille, pour la deuxième partie, il y a un hic… Danie avait raison pour les colos. Moi, j'y suis allé tous les ans depuis que je suis né, à La Bourboule, à La Tranche-sur-Mer, avec toujours, pas très loin, une centrale nucléaire. Je retrouvais que des mômes de l'Assistance publique, comme moi. Alors, deux mois à se taper celui qui veut se trancher les veines avec une lame, se pendre, se jeter du haut d'une falaise bretonne, chercher pendant des jours les fugueurs sous la pluie, les empêcher de sniffer de la colle ou de l'essence, éviter les bagarres, les coups de boule, sans parler d'attendre des plombes sur le parking que la famille d'accueil veuille bien se rappeler qu'aujourd'hui le gagne-pain est de retour, non merci. Je vais plutôt me concentrer sur le théâtre, le talent, le potentiel, tout ça.

— C'est une piste.

— C'est rien du tout, madame Mireille, mais si vous le dites, c'est que c'est sûrement vrai. Je vais me renseigner. Je vais trouver.

— Et n'oublie pas, si tu as besoin, je suis là.
— Je vous remercie.
— J'avais une autre question.
— Posez toujours, madame Mireille.
— Pourquoi tu m'appelles toujours, après toutes ces années, Mme Mireille ?
— Pourquoi ?
— Oui, pourquoi ?

Je ne lui réponds pas tout de suite. Mes séquoias m'accaparent. Ils sont si grands dans ma mémoire. Ils ont toujours été là pour que j'atteigne le ciel. Je ne suis pas encore prêt pour ça. Il va me falloir du temps, comprenez-vous, mes robustes compagnons ? Il me faut encore m'habituer à ceux de mon espèce. Je ne vous oublierai jamais et c'est bien vous que je vouvoie à travers les hommes.

— Cela me fait du bien de vous connaître. Et le plaisir et moi aimons respecter une certaine distance pour qu'il ne disparaisse pas d'un coup, abattu par un « Tu » mal placé et vulgaire.
— Vous m'en direz tant, mon cher.
— Je vais trouver une solution, je vais sortir d'ici et vous viendrez me rendre visite dans un nouveau monde qui vous accueillera à bras ouverts.

Je sors en trombe du bureau. Dehors, le monstre m'attend. Je suis prêt à en découdre.

Nous ne serons jamais amis

— Aujourd'hui, je vais rendre visite à Mme Lecœur et ça tombe bien parce que j'ai deux, trois trucs à lui demander, maintenant qu'elle et moi on est presque comme des amis. Voilà ce que je me suis dit. Ça répond à votre question ?

— Oui, cela y répond.

— À mon tour de vous poser une question. Est-ce qu'on est presque comme des amis, madame Lecœur ?

— Je répondrai volontiers à ta question si tu veux bien me faire part avant des « deux, trois trucs » que tu souhaitais me demander.

— Pas si facile de parler avec vous. C'est toujours aussi difficile de parler avec des amis ? Avec vous, j'ai l'impression qu'une question vient souvent répondre à une autre et, quand je ressors d'ici, toutes les questions du monde ne peuvent rien vraiment résoudre et, finalement, il faut se résigner à ne pas attendre une réponse. Bon, pas grave. Premier truc, donc, je n'arrête pas de rencontrer des gens qui me disent que je devrais faire du théâtre. Deuxième truc, c'est quoi, vraiment, du théâtre ? Troisième truc, en tant que presqu'amie qui ne répond jamais à mes vraies questions, qu'en pensez-vous ?

— Première réponse, Phérial : qui rencontre souvent des gens qui leur disent qu'ils doivent faire du théâtre ?

— Je ne sais pas. Tout le monde ?

— Non. Cherche encore.

— Des gens qui doivent... qui doivent peut-être en faire, qui sont faits pour ça. Comme quand la mère Procrons me disait que j'étais un voleur, que j'avais ça dans le sang ?

— Pas mal, pas mal... Deuxième réponse : le théâtre ? Je ne saurais trop quoi te dire à ce sujet, je ne suis pas actrice et n'ai approché cet art qu'en tant que spectatrice, vois-tu. Cependant, je dois t'avouer qu'à chaque fois que j'ai eu l'occasion d'aller à un spectacle, j'en suis ressortie absolument différente. On pourrait dire que le théâtre est un lieu investi d'une sorte de magie qui opère sur nous. Que l'on soit venu avec des questions en tête ou pas, si le spectacle est bon et fort, le temps de quelques heures, nous sommes liés avec ces professionnels de l'illusion si profondément qu'on pourrait les croire nos amis et l'on quitte cette salle avec bien plus de questions encore que lorsque tu repars d'ici.

— Vous en savez tellement, des choses. Comment vous faites ?

— Question hors sujet. Troisième et dernière

réponse : mon travail ne consiste pas à répondre à tes vraies questions comme : est-ce que tu es fait pour faire du théâtre, par exemple. D'ailleurs, est-ce une vraie question ? Une vraie question pour toi ? Ou est-ce que tu pourrais tout aussi bien te demander si tu es fait pour la carrosserie, la peinture en bâtiment ? Seul toi dois savoir si tu es fait pour quelque chose et, si oui, pour quoi.

— Me voilà pas très avancé. On dirait que je vais passer ma vie à aller de ville en ville en faisant croire que j'ai compris l'amitié, l'amour et la mort. Je ne suis pas sorti de l'auberge, madame Lecœur. C'est vrai ce que vous dites, on n'est pas vraiment des amis. Mais on travaille, tous les deux, et on avance plus vite et plus sincèrement, et c'est pour ça que je crois, malgré ce que vous me dites sur votre métier, que vous êtes quand même une sorte d'amie. Je ne suis pas toujours aussi bête, vous savez. Dernière question : faire du théâtre donne plus de réponses que réparer des machines électriques ou repeindre des murs à l'infini ?

— Je ne sais pas.

— Vous voyez, nous sommes très proches, madame Lecœur.

— Je ne sais pas.

— Mais si. Vous êtes un peu comme moi.

— Je ne sais pas.

— Si vous voulez…

— Je ne sais pas si on peut être comme toi, Phérial. Je ne sais pas si on peut être comme qui que ce soit d'autre que soi-même et, à vrai dire, je ne sais pas ce que « être soi-même » peut bien être. Ce que je sais, c'est que, si tu ressens que nous donner rendez-vous ici tous les jeudis te fait progresser, t'aide, te soulage même parfois, alors nous ne devons pas cesser de nous voir et de nous poser des questions.

— Merci, madame Lecœur. Et, pour être franc, je ne repars jamais d'ici plus fou que je ne suis. Je ne sais pas si je peux appeler ça un progrès, mais au moins ça me fait du bien de savoir que, maintenant, je peux dire à quelqu'un, quelque part dans ce monde, ce que je suis, ce que je sens. Ce ne sont pas les questions ou les réponses qui m'apaisent, madame Lecœur, mais les yeux qui me les posent ou me les donnent.

Comme à son habitude, Mme Lecœur m'ouvre la porte de son cabinet. Je me retourne et plonge la tête dans son épaule. Je respire un grand coup, elle me tend la main et nous nous saluons presque comme deux bons vieux amis qui savent tout de l'autre et si peu d'eux-mêmes.

L'annonce dans le journal

Je trépigne, attrape au hasard les prospectus de la SNCF. On y voit toujours des vieux en photo. Des vieux bien coiffés, avec des sourires et des dents d'une blancheur surnaturelle. Si on lit bien, on comprend vite qu'ils ont beaucoup d'avantages, de réductions. Je ne sais pas trop quoi en penser. Vieillir, dans ce monde, c'est obtenir de plus en plus de privilèges ? Ça cache quelque chose, parce que j'ai beau essayer de me rappeler, je ne me souviens pas d'une seule personne qui fût heureuse de vieillir. En tout cas, pas dans les familles d'accueil où j'ai été trimballé. Pas de dents aussi blanches non plus et, finalement, les familles de l'Assistance publique m'ont semblé bien souvent être des mortels malportants, souffrant de rages de dents, d'ulcères, de lumbagos à répétition, d'ennuis d'argent, d'opérations qui ratent, de vies sans voyages, sans temps de loisir, de vies dépouillées de plaisirs. Existe-t-il vraiment des hommes pour qui vieillir est une bénédiction, quelque chose qui libère, qui rend fort et droit, qui incite au respect et au partage ?

Je m'assois sur l'unique banc du quai de la gare de Tracy-sur-Loire. Je n'en peux plus de me mettre à cogiter dès que je vois une photo bizarre, une attitude étrange, un mot inattendu. J'observe trop. Cela devrait être bon d'attendre l'arrivée de Danie. Mais rien à faire.

Lorsqu'elle pose le pied sur le quai, elle me trouve tout blanc, avachi sur mon banc, plus vieux que la mort. Mes yeux hagards se tournent vers elle et je marmonne que j'ai soif. Les voyageurs nous dévisagent, pensant qu'elle est bien belle, la jeunesse d'aujourd'hui, toute droguée, toute fatiguée avant même d'avoir soulevé la pelle ou le seau. On s'en fiche. Danie actionne le bras de la pompe et l'eau coule sur mon visage qui reprend peu à peu couleur et fraîcheur.

— Tu crois que je pourrai le faire ?

— Tu peux tout faire.

— Tu es sûre ?

— Je te le jure.

— Ne jure pas.

— Je jure si je veux.

— Jure si tu veux, mais attention, quand c'est juré, c'est pour la vie.

— Idiot.

— Par où commencer ?

— On ne t'a rien appris à l'école ?

— Si, mais je ne me souviens de rien.

— Idiot.

— Où dois-je aller ?

— Dans la lumière.
— De quoi tu parles encore ?
— Je ne parle pas, je lis.
— Tu lis ?
— Je lis le journal de toutes les villes, je me renseigne, m'informe et nulle part ne parais une étrangère. Je sais tout des potins, des naissances à venir et des mariages ratés.
— Tu es comme Mme Soleil, alors ?
— Je ne suis pas madame, ni mademoiselle, je suis vivante, c'est tout.
— Quelle chance, moi qui meurs trois fois par jour, cinq fois par nuit.
— Tu es M. la Lune, alors ?
— Oui, aussi pâle qu'elle, diffusant sur les autres une blancheur d'outre-tombe pour essayer de les prévenir d'une chose qu'il m'est bien difficile de leur expliquer.
— Idiot fois trois le jour, fois cinq la nuit.
— Idiot à vie, tu veux dire. Pourquoi le gentil animateur m'a pris la tête avec son théâtre ?
— Pour ça.
— Quoi, ça ?
Elle sort de son sac un journal et se met à lire à voix haute :
— Oyez ! Oyez ! Bonnes gens de la commune de Tracy-sur-Loire, apprenez qu'en ce mois de février de l'an mille neuf cent quatre-vingt-cinq se dérouleront, en la maison de la culture de Bourges, des auditions préparatoires à la rentrée de la toute nouvelle école de théâtre !
— Quoi ? Fais voir.

— Tu ne sais pas lire.

Je lui prends le journal des mains et lis.

— Comment ? Comment tu as su ça ? Tu es incroyable.

— Idiot de campagne. J'ai un cousin ici.

— JP ! Mais que je suis con !

— Non, idiot, mais je t'aime quand même.

Je relis l'annonce. Alors ça y est, j'ai un vrai projet entre les mains. Je ne suis plus un bon à rien, un paria, un petit gars foireux abandonné et recueilli, blanchi aux frais de l'État ?

— Mais une audition, c'est quoi ? Faut faire quoi ?

— Je ne sais pas, mon bel acteur.

— Mais si, tu sais, toi, tu sais tout.

— Apprendre le texte d'une pièce de théâtre, je suppose.

— J'ai pas de livre.

— On va trouver.

— Oui, mais quoi, qui ?

— Je ne sais pas, une pièce de Molière, *Le Misanthrope* par exemple.

— Misanthrope ? Connais pas !

Je m'énerve. Je shoote dans le journal.

— Calme.

— Mais t'as vu la date, c'est dans trois jours cette audition de m…

— C'est pas grave, t'inventeras, t'es doué, tu ferais pleurer la France entière rien qu'en racontant ton histoire.

— Tu as raison, je vais les faire pleurer. Mais tu me parles de qui, en vrai ?

— Du jury !

— Un jury ? Comme au tribunal ? C'est quoi cette histoire ? On a la guillotine si on ne réussit pas ?

— La peine de mort est abolie.

— Ah bon ? On ne tranche plus la tête des criminels ?

— Non.

— Ouf, je suis sauvé.

— Idiot.

— Oui, oui, idiot.

Le soir, au PMU, JP me félicite et me souhaite bonne chance pour l'audition. Il me demande de signer un autographe sur le coin de la nappe en papier, au cas où je deviendrais célèbre. Toute la soirée, je plane du haut de mes rêves de gloires incertaines. Demain, Mme Mireille n'en reviendra pas. Demain, je quitterai cette ville moisie où toute une partie de ma jeunesse s'est écorchée.

Je ne dors pas de la nuit. Mes yeux se ferment au petit matin, comme certains referment la dernière page d'un livre. Le rêve s'invite dans ma vie.

Le grand jour, adieu les villages

Dans la main gauche, je tiens une poignée de cailloux. Dans la main droite, une lettre à en-tête de la maison de la culture de Bourges. Pour la première fois de ma vie, je suis face à un avenir possible. Je jette un de mes cailloux, il ricoche plusieurs fois et finit par s'évanouir dans l'eau. Si je lançais cette lettre, qu'est-ce qui finirait par s'évanouir ? Voilà ce qui est dur : prendre une décision tout seul. Danie, endormie sur la berge, elle, l'ouvrirait cette lettre. Elle m'impressionne, avec sa facilité à croire en l'Univers.

J'ai passé une audition. Le matin de ce grand jour, il faisait beau. En filant vers Bourges, je donnais des coups de Klaxon tandis que Mme Mireille râlait. On a traversé le grand pont de la Loire, et au fur et à mesure des kilomètres, je me suis rendu compte que je connaissais tous les bleds, toutes les vies, tous les gens, toutes les familles qu'on croisait. Je les laisse derrière, qu'ils meurent, qu'ils s'enterrent, je continue.

Au pied de l'immense cathédrale, j'ai dégusté le soleil en attendant de savoir si je serais ou ne serais pas de l'école de théâtre. Les minutes étaient longues et les secondes, bien plus encore.

Mme Mireille m'a lancé un énergique :

— On y va ?

L'avenir qui m'attend risque de m'offrir une chose bien nouvelle : ne plus me sentir un maltraité, ne plus subir le poids de la charité de ceux qui m'ont jusqu'ici toléré. Je jette encore un caillou. Pas de ricochet, il tombe à pic.

La maison de la culture de Bourges est presque aussi imposante que la cathédrale et mon cœur s'est emballé en entrant dans la salle à l'appel de mon nom. Face à moi, le jury. Face à eux, moi. Ils m'ont demandé si j'avais préparé une scène en duo ou plutôt un monologue.

— Je n'ai rien préparé.

— Rien ?

— Rien du tout.

— Vous avez une explication, peut-être ?

— Je ne connais rien.

Finalement, l'un d'eux m'a tendu un livre. J'ai déchiffré comme j'ai pu :

— *La Dispute*, Marivaux.

— Continuez, jeune homme, l'auteur, on le connaît.

Ma lecture a impressionné. Aux points, aux virgules, jamais je ne me suis arrêté. En cinq minutes, le premier acte était presque bouclé et, comme eux, j'avais la nette sensation de n'avoir rien compris. Ils m'ont remercié, promis de m'écrire. Derrière mes cheveux qui cachaient mes yeux, j'ai souri comme un idiot en repartant dépité, certain d'avoir échoué.

Je tente un autre caillou. Il frôle l'onde sans jamais vraiment la toucher, léger, et échoue sur l'autre rive. Si un train part, je cours, je monte et voyage. Certes, j'ai mal lu, mais je veux être le Prince accompagné de la belle Hermiane ! Je veux ouvrir la bouche comme si, sportif de l'émotion, je n'avais jamais su parler, comme s'il me fallait tout réentendre, porté par l'excès de ma jeunesse qui ne me fait jamais défaut. Être un des enfants sauvages de Marivaux le temps d'une seconde infinie. Et au spectacle de fin d'année, Danie, Mme Mireille et Mme Lecœur seraient là, comme promis, pour soutenir mes exploits en me disant que je suis beau, que je bouge comme un fou. Bien sûr, Mme Lecœur timidement s'éclipserait, confirmant que nous ne serons jamais de vrais amis.

J'ouvre l'enveloppe et lis ceci : « Vous avez été retenu aux auditions de l'école de théâtre de Bourges pour une période probatoire de cinq semaines. Votre entrée à l'école se fera le tant à telle heure, veuillez apporter une tenue adéquate. »

Je réveille Danie.

— Probatoire ?

Elle marmonne :

— À l'essai.

— Probatoire, je m'en fous, je suis pris, j'y reste et on verra ce qu'on verra !

Le jeu sur scène, le jeu devant la caméra

Chaque matin, je passe sous le haut porche principal de la cathédrale et, traversant la grande allée, me dirige au fond, là où les vitraux, recevant la lumière du soleil, brillent, illuminés de mille couleurs. Le spectacle vaut le détour et le spectacle, de jour en jour, j'y prends goût. Dans le parc de l'archevêché, entre les immenses tilleuls et les parterres de fleurs éclatants, le professeur de cinéma et vidéo a tout installé. Le preneur de son et le perchiste attendent que nous nous lancions.

— Le jeu de cinéma n'est pas celui de théâtre. Pas besoin de parler fort, de grimacer. Soyez simples, naturels et on vous verra. Qui veut commencer ?

— Moi !

— Parfait, Esméralda. Qui d'autre ? Oui ? Phérial ? OK ! Bon, alors l'improvisation est simple. On est au petit matin, vous êtes un couple, vous vous croisez, vous échangez deux, trois mots. Tu sens qu'elle te ment, c'est louche, tu questionnes, tu comprends : elle t'a trompé. Réaction. Et n'oubliez pas le contraste, toujours le contraste. En place. Esméralda, démarre de l'arbre là-bas, Phérial, démarre de derrière la caméra, passe devant, et vous vous retrouvez par ici. Sentez bien la caméra sans la regarder. Vous voulez des marques au sol ?

— Non, ça ira.

— Vous attendez bien « action » et, ah oui, essayez de laisser un petit temps entre vos répliques, ne collez pas vos mots à ceux de votre partenaire, cela aide au montage. En place ? Bien. Silence. Moteur. Ça tourne. Action !

Je me concentre, je me concentre à fond, c'est-à-dire que je ferme les yeux, tétanise tout mon corps et regarde en direction d'Esméralda qui passe près des arbres qu'elle touche avec douceur. Elle est rêveuse. Voilà ce que j'observe avant de démarrer. Elle est rêveuse, mais de quoi, de qui ? Je laisse monter ce questionnement. Au moment où nous nous croisons, ce dernier est devenu une énorme suspicion qui brûle en moi. Je suis tout chaud, tout bouillon, et avant même qu'elle ait pu finir sa réplique pleine de mensonges, je lâche :

— Salope, sale pute ! T'as osé me faire ça ?

Joignant le geste à la parole, je dégaine littéralement mon bras, ma main, lui administrant une baffe qui l'éjecte trois mètres plus loin, hors champ.

— Coupez ! hurle le prof affolé.

Tout le monde accourt vers la jeune apprentie

du jeu de cinéma. Elle est au sol, complètement sonnée. Je me penche et essaie de la réanimer.

— Ne la touche plus ! Ne touche plus personne ! Mais bordel, qu'est-ce qui t'a pris ? C'est de la comédie ! De la comédie ! On joue, on ne se met pas des baffes, on ne s'embrasse pas réellement, on ne s'aime ou ne se déteste que faussement vraiment ! Si, dans la vie, tu lui colles une baffe, c'est la vie ! Mais non, d'ailleurs, qu'est-ce que je dis, tu colles des baffes à personne, t'es pas un flic, t'es un acteur, bordel, un acteur ! Ce n'est pas un interrogatoire, une vendetta ! Esméralda ? Esméralda ?

Elle revient à elle, se relève, sa joue est rouge, elle m'empoigne et m'en colle une. Je n'ai pas bougé, cloué par la honte. On l'entoure, lui apporte de l'eau, lui demande comment elle va. Fin du cours de jeu devant la caméra.

Je m'éclipse. En passant devant la cathédrale, je me dis que j'ai un sérieux problème avec mes mains, mes émotions. Peut-être que je ne suis pas fait pour ce métier difficile qui exige tant de choses de moi ? Au pied du monument colossal, je verse des larmes. Dans le bus pour rentrer au foyer de jeunes travailleurs où je vis maintenant, les gens montent et descendent sans faire attention à ma peine. En arrivant, je m'écroule sur mon lit, sans me déshabiller. Allongé, je pense à cette férocité qui m'habite. Comment ai-je pu tout confondre ? Tout s'embrouille dans ma tête. Transportant mes souffrances passées, mon sang me brûle. C'est le feu de la mémoire des coups.

Grand chapiteau de mon propre cirque, j'abrite en moi tout ce spectacle fait de douleurs lointaines. Des endroits de mon corps se réveillent et se souviennent : ici, un coup de tison, ici, un coup de poing, ici, un mot insultant qui vous laisse sur le carreau, boxeur solitaire et tremblant.

Danie me manque. Danie me comprend. Mais elle ne pourra pas toujours être là. Je dois me débrouiller seul.

Le passé jeté à terre

Face à la porte, ma main tremble. Danie frappe à ma place. C'est tata Lacroix qui ouvre, surprise de me voir, les deux pieds ancrés au nouveau paillasson, sur lequel on peut lire « Bienvenue ».

— Mon Dieu, que tu as grandi ! Tu me dépasses au moins d'un mètre ! Tonton, regarde qui est là ! C'est ta petite amie ? Comment déjà… elle est jolie…

Tonton me dévisage sans réussir à dissimuler, derrière ses lunettes, l'appréhension qui grandit en lui. Il se lève comme pour m'embrasser, je recule d'un pas. Il s'arrête. Tata, embarrassée, enchaîne :

— Qu'est-ce donc qui t'amène ? On a appris que tu faisais du théâtre, maintenant. Qui nous l'a dit, tonton ?

Mes yeux ne quittent pas ceux de tonton, qui se rassoit. Tata propose qu'on s'asseye aussi.

— Merci, tata. Toi, assieds-toi.

La gêne gronde. S'enfonçant dans son fauteuil, tonton bafouille :

— Ton amie désire-t-elle boire ?... Elle est dans les arts, comme toi ?

Danie ne répond rien. C'est impressionnant comme une présence féminine et muette le dérange infiniment. Je m'approche lentement, sors de ma poche une photo d'enfants découpée dans un magazine télé et lance :

— Tu vois ces deux petits, ce sont les miens, les miens plus tard. Un jour, oui, j'en aurai deux, trois, quatre comme ceux-là. Ils sont beaux, n'est-ce pas ?

— Où veux-tu en venir ? Que veux-tu à la fin ?

— À la fin de quoi ? Je ne comprends pas, comment déjà... demande tata à Danie.

Tonton et tata Lacroix me regardent tandis que je replie avec minutie la photo. Prenant appui sur leur silence, je murmure :

— Tu es un criminel d'enfants pour qui le procès n'arrivera pas. Tu t'es déjà préparé à cette justice-là, on ne peut rien faire contre toi. Aucune crainte à avoir, tu as ma parole, pas d'effusions, pas de scandale. Je ne veux pas de procès.

Les souvenirs fusent en pagaille. Les images endormies au plus profond de ma mémoire jaillissent et m'apparaissent comme les lumières d'un feu d'artifice dans un ciel noir. Pêle-mêle, ses mains, sa bouche, son sexe, le mien, son crâne luisant, ses fausses dents. Vertige incessant. La main de Danie vient frôler la mienne pour me tirer tout en douceur de mon sinistre cinéma. Je souffle lentement, prends le temps de laisser l'air entrer et sortir.

— Jamais je ne serai comme toi. Jamais ta langue n'a réussi à m'empoisonner. Jamais je ne dévorerai d'enfants. Tu as échoué. Il te reste si peu à vivre, tonton. Au néant, sodomies et fellations. Au néant, les âmes foutues et les cœurs calcinés.

— Mais de quoi parles-tu ? Un procès, un scandale ? s'inquiète, assise, enchaînée, tata Lacroix.

Je m'agenouille devant elle :

— Il cachait ses revues pornographiques dans le grenier, sous sa mallette noire. C'est un détail que tu ne peux pas ignorer, toi qui as fermé les yeux et le cœur pendant cinquante années.

Silence encore.

Tata jette un regard perdu vers tonton et, sans le lâcher des yeux, gémit, cadavérique :

— Est-ce que j'étais dans la maison lorsqu'il faisait ces choses ?

Tonton s'approche et intervient énergiquement :

— Mais que racontes-tu ? Qui es-tu pour venir ainsi nous…

Il ne termine pas sa phrase, je stoppe son avancée du haut de mon mètre quatre-vingt.

— Qui je suis ? Tu me demandes qui je suis ?

Je sens bien, au-dessus de mon crâne, l'ouverture entre le ciel et moi. Mes amis d'enfance, mes séquoias ? En tout cas, empli de cette puissance imperceptible, j'entre, sans le vouloir, dans une transe logorrhéique et, nourri par le désir d'en finir, livre ma danse archaïque sans retenue à la famille Lacroix :

— Je suis Phérial Chpapjik qui a appris, alors qu'il ne savait pas encore bien lire, la scène de la lande dans *Le Roi Lear*. J'avais décidé, tonton, de la faire à ma façon, tant ce monsieur Shakespeare m'avait, pour ainsi dire, collé au plafond. Aussi, quand je la jouais, je vibrais comme une feuille au vent et mes émotions décuplées m'éloignaient de moi-même. Alors, poussé par une force invisible, obligé d'être un autre, je me suis senti bien plus beau et plus héroïque que je ne l'ai jamais été. Recevant par les paroles de l'auteur l'énergie nécessaire, une transformation s'est opérée, me permettant de comprendre sans comprendre qui était vraiment ce triste roi. Sa douleur m'écartant finement de ma propre histoire, j'ai pu accepter calmement l'infortune de ce bon père que j'aurais aimé connaître. J'entrevoyais soudain d'autres souffrances que les miennes et fus triste pour de bon. C'est là que j'ai su ta misère. C'est là que j'ai pris ma décision : rendre à tonton Lacroix son malheur et ses obsessions. Je ne peux rien expliquer de plus, je ne peux rien dire, sauf que je me sens bien moins malade qu'autrefois. Et par-dessus tout, grâce au généreux Shakespeare, un enfant délaissé par papa, maman, peut enfin pleurer un père, un roi imaginaire que ses enfants ont écarté ignoblement. Un abandon dans le sens contraire. Jamais vu ça auparavant. Merci le théâtre, merci Shakespeare.

Exténué, je les quitte sans plus d'explication et ne veux pas savoir s'ils relèveront jamais la tête. Assis sur le trottoir, Danie caresse mes cheveux.

— On a voulu me tuer en m'étouffant, on a voulu voler mon nom et m'effacer.

— Phérial…

— Chut, Danie… Écoute cette fureur…

J'entends le squelette de tonton Lacroix qui se brise en mille morceaux, comme un miroir jeté du ciel.

La lettre perdue

— À propos d'âge, mon cher Phérial, tu sais que tu auras bientôt vingt et un ans.

— Oui, et alors ?

— Alors, si tu le désires, puisque maintenant tu gagnes ta vie, tu peux te séparer de l'Assistance publique définitivement.

Depuis que j'ai fini l'école de théâtre, ça marche bien. C'est vrai, je gagne ma vie en jouant et j'ai enfin trouvé un appartement à Paris. Alors oui, cette proposition me semble appropriée. C'est quand même étonnant de s'entendre dire que je peux me « séparer »... Je n'ai pas cette sensation. Je ne me sentirai pas moins ou plus libre après qu'avant. Cette liberté, si je l'ai acquise, c'était il y a quelque temps déjà, au moment où le théâtre est entré dans ma vie, plus exactement. En fait, j'ai la nette impression que Mme Mireille est assez fière que ce jour soit enfin arrivé.

— Quelle bonne idée ! Je dois faire quoi ?

— Écrire une lettre disant que tu renonces à la tutelle de l'État.

— Parfait. Nous autres, comédiens, avons toujours une plume et du papier en poche. Tournez-vous, je vais l'écrire sur votre dos, cette lettre qui va faire de moi un homme libre.

— Tu as des pistes pour un logement ?

— Ouais, j'ai trouvé un petit appart, boulevard Barbès, que je vais partager avec un ami comédien. C'est lui qu'a tout fait, fiches de paye bidon, cuistot dans les bistrots italiens et garantie parentale, vu que de mon côté, moi, j'ai que dalle.

— C'est bien, je suis fière de toi.

— Allons boire un verre, j'ai une faim de loup !

Mme Mireille m'accompagne jusqu'à mon nouveau chez-moi : une quarantaine de mètres carrés, où ma chambre donne sur le bruyant boulevard. Rendez-vous est pris pour le lendemain dix heures à Créteil, à l'agence mère de l'Assistance publique : je remettrai ma lettre en personne et en profiterai pour jeter un œil à mon dossier secret.

L'agence est un vrai labyrinthe administratif où l'on se perd rapidement, même avec l'aide d'un initié. Après avoir été deux, trois fois redirigés, nous arrivons dans le bon bureau, face à la bonne personne. Sans solennité, je dépose ma lettre et une secrétaire nous invite à la suivre au coffre-fort. Elle tourne la clef, pousse la grande porte en fer, cherche à la lettre C, trouve enfin le nom de Chpapjik et me donne, en main propre, le dossier.

— Veux-tu que je reste avec toi ?

— Merci, madame Mireille, cela fait vingt ans que j'apprends à lire, tout ira bien.

Je reste seul avec ce volumineux paquet. Je le regarde mais ne l'ouvre pas. J'ai autre chose en tête, qui vaut le coup d'être essayé. J'attends patiemment que les minutes passent. Au bout d'une demi-heure, je glisse l'énorme dossier sous mon manteau et, en bon comédien feignant des pleurs, je passe en trombe devant la secrétaire en jetant :

— J'ai remis cette horreur à sa place, vous n'avez plus qu'à refermer. Madame Mireille, on y va, s'il vous plaît.

Plus c'est gros, plus ça passe. J'ai ce truc sur mon ventre, ce truc qui est à moi et que je vais lire toute la nuit s'il le faut, toute la nuit sans m'arrêter. Je raccompagne Mme Mireille à la gare de Lyon.

— Qu'allez-vous faire sans moi ?

— Je ne sais pas, prendre ma retraite…

— Bien sûr, suis-je bête. Je vois d'ici le tableau : Mme Mireille se faisant bronzer aux Seychelles, tentant d'oublier Tracy-sur-Loire, la ville aux cinq cents bâtards.

— Phérial !

— Ben quoi ? Vous m'avez bien dit qu'on était plusieurs centaines à avoir débarqué en pleurant pour faire pitié et qu'on nous accueille ?

— Je n'ai jamais dit une chose pareille, Phérial.

— Si ce n'est pas vous, c'est donc le directeur.

— Laisse-le tranquille, ce pauvre directeur. Phérial, ça va aller ?

Je me mets à chanter à tue-tête :

— Je ne sais pas, M'dame l'éducatrice,

Je chanterai une chansonnette,
Qui parle d'amour et de nénettes.
Tout mon public, j'vais l'épater,
Le rendre tout gai et puis tout triste,
Lui qui remplira sans hésiter,
Mon p'tit chapeau d'artiste.
Vous verrez, M'dame l'éducatrice...

Assis en tailleur, à la lueur d'une bougie, page après page, je me plonge dans mon passé consigné. En tout premier lieu, pensant naïvement voir apparaître les petites ardoises étincelantes du château de mes rêves sous un soleil généreux, mes séquoias majestueux ou encore mes petits camarades pris dans une course effrénée, je cherche tout ce qui concerne l'orphelinat. Mais cette période n'est relatée que sous forme de rapports médicaux dénués des trésors des montagnes de crème Mont-Blanc. Et voici ce que j'apprends :

« Enfant chétif et colérique, non dépourvu d'une certaine intelligence, et faisant même preuve à plusieurs endroits d'une certaine curiosité. Réussit assez vite les tests de différents assemblages de puzzles, comprend les notions d'espace et de temps, assimile remarquablement des termes de langage assez sophistiqués eu égard à son jeune âge et se distingue par un goût prononcé pour la lecture à haute voix de livres pour enfants. Aime diriger ses petits camarades et va même jusqu'à se servir d'eux pour mettre en situation des épreuves du monde adulte, certains conflits notamment. Il est le seul enfant de son âge qui semble pratiquer, avec beaucoup de finesse, une forme sophistiquée de troc avec tous ceux qui ont un objet ou un savoir à échanger. Cependant, la colère l'emporte souvent et la médicamentation reste le seul moyen efficace de ramener cet enfant à la réalité. Son âge mental est bien avancé et dépasse de loin son âge affectif. La régression est toujours latente chez ce jeune patient et la surveillance ne doit pas être relâchée. Son départ possible de l'établissement n'est pas à prévoir avant une année. Je laisse le soin à mes collègues de compléter ce diagnostic, notamment en matière de carences et de déficiences d'ordre physique, la débilité étant toujours présente dans le corps de cet enfant. Au sujet des règles de vie et de la discipline requises dans l'établissement, il semble avoir beaucoup de mal à en assimiler l'intérêt. Trop souvent un ordre donné est déclencheur de "crises de nerfs" disproportionnées. Je recommande une grande vigilance dans l'approche du jeune Phérial Chpapjik et je reste dans l'attente d'une certaine acquisition des valeurs garantes de l'évolution de chacun en communauté. Son rejet apparaît comme viscéral de prime abord. L'intégration à une vie “normale” requiert encore l’examen de ce comportement changeant et imprévisible.

« Conclusion : en date de ce jour, le jeune Phérial Chpapjik ne peut prétendre à un placement en famille d’accueil. Même si des progrès notoires ont été réalisés, la confiance reste fragile et le lien n’est pas encore établi entre lui et la société adulte dont il se méfie tout particulièrement. L’envie de grandir est retardée par cet enfant lui-même qui paraît garder un contrôle sur cette étape majeure dans la vie d’un être. »

C’est donc ça ? Je n’ai grandi que parce que je l’ai bien voulu ? Ou est-ce que je n’ai grandi que lorsque j’ai senti que je l’ai pu ? Quel drôle de rapport plein de vérités et contre-vérités ! Plus je m’enfonce dans ces lignes et plus je ressens combien les règles apprises, données, n’ont aucun sens, ou n’ont d’autre sens que d’amener à la contradiction. Une chose est valable un jour mais l’est-elle tout autant le suivant ?

Plus loin dans le dossier, je découvre les comptes rendus de Mme Mireille, ses échanges avec les familles d’accueil : Phérial n’a pas respecté les accords passés entre lui et la famille Untel. Phérial a manqué de respect envers… Pour Phérial, il ne reste plus beaucoup d’options en matière d’établissements scolaires, comment faire ?… et Phérial ceci et Phérial cela.

À travers ces notes, voilà ce qui apparaît : dans cette histoire d’éducation d’enfants sans parents, tout le monde, au fond, veut faire de son mieux, du moins au départ. C’est un renouveau pour chacun et trop souvent une déconvenue pour tous. Il semblerait que seul le temps soit le garant de nos réussites. Le temps passé ensemble, le temps partagé, vécu. Mais apparemment personne ne l'a, ce temps. Apparemment, personne ne semble savoir ce qu'est vraiment le temps. Du début à la fin, tous ces mots sont aussi froids que le plus glacial des hivers sibériens. La joie est absente et les pleurs gèlent avant même de pouvoir couler sur la joue. Les faits s'additionnent, les notes se multiplient, les observations s'étalent comme autant de croyances inébranlables quant à ma personne, mon éducation, l'évaluation de mes capacités, bien que le tout n'aboutisse à aucun résultat.

Je suis harassé. Après tout, ce journal minutieux, implacable, est le mien et sa lecture fait surgir des douleurs comme surgissent les monstres dans un cauchemar. J'ai besoin de souffler un peu. Je réveillerais bien Danie pour partager ces plaies ouvertes d'enfant abandonné mais n'en fais rien. Je me confine plutôt dans la pudeur de mon intimité. Je m'y recolle et tente d'identifier ce qui pourrait se rapporter à mes origines : le début de toute l'histoire. Malheureusement, l'incertitude règne en maître et je dois me contenter d'un maigre rapport de police. Deux agents ont rendu visite à la concierge d'un immeuble situé rue Laghouat, à Paris, où ma mère aurait vécu avec un certain Vitomir Jérémitch qu'ils pensent être mon père. Elle vivait avec un homme ? Est-ce vraiment lui, mon père ?

Le rapport décrit également une chambrette propre et bien rangée. Ma mère était donc saine, équilibrée et ordonnée ? La police l'a noté. Il faut croire que ces détails pèsent dans la balance de nos jugements. Si cela avait été le foutoir et l'insalubrité, qu'aurais-je pensé d'elle ? La police dit-elle la vérité ? Était-ce vraiment ainsi, le jour de leur visite ? Certainement, puisque c'est dans le dossier.

J'ai tout lu. Réfléchir ? Analyser ? Tirer des conclusions ? Pour moi, c'est impossible. Des émotions en pagaille m'assaillent et font monter en moi cette même terrible colère que j'éprouvais enfant. Je me revois, vociférant entre mes larmes et mes dents, d'une voix par la fureur tout étranglée, des « Un jour, je mettrai le feu à ce château et tout brûlera ! Fenêtres, toilettes, lino. Et vous, moniteurs, monitrices, sous-directrice, vous finirez dans une poêle énorme, posée sur cet incendie géant. On vous fera cuire et on vous mangera longtemps. Vos jambes, vos fesses, vos têtes dans les profondeurs de nos ventres en colère. Ça ne peut finir que comme ça ». J'attrape le dossier et le balance violemment contre le mur. Danie sursaute. Elle s'approche, je la repousse. Elle tente de rassembler les preuves éparpillées du désastre, ramasse une feuille dans ce tas de notes, comme un spectateur tire une carte au hasard lors d'un tour de magie. Elle y jette un œil machinalement et balbutie :

— Quoi ? Qu'est-ce que c'est que cette histoire ?

Elle me tend le feuillet.

« Madame, monsieur… mari a disparu de la France… la mère actuellement sans travail… ne peut élever son enfant… Pris connaissance de vos services… si notre petit-fils est dans vos services… souhaitons prendre rendez-vous… merci de nous tenir informés… Grand-mère Zorka. »

Je suis ahuri, pétrifié en découvrant, agrafée à cette lettre, une courte note d'une écriture en pattes de mouches : « Pris connaissance d'une lettre des éventuels grands-parents, reçue dans nos services le 17/04/1967, c'est-à-dire presque un an après la naissance du jeune pupille Phérial Chpapjik. Trois années se sont écoulées depuis ce courrier et aucune réponse de notre part ne semble avoir été envoyée. Lesdits grands-parents n'ont jamais refait signe. »

Je m'écroule. Danie vient à la rescousse et une nouvelle fois je la repousse.

— Laisse-moi. Tu comprends rien, personne comprend rien. Arrête avec ta bonté, ton amour à deux balles. Vous êtes tous pareils, à profiter du malheur des orphelins pour votre bonne conscience. Toi non plus, tu ne m'aimes pas. Tu sais pas ce que je vis, ce que je ressens. Tu le sauras jamais.

Danie ne s'en laisse pas conter. Les yeux noyés de larmes, elle m'empoigne :

— C'est vrai, je ne comprends rien de ce que ça te fait, et ne le comprendrai probablement jamais. Mais ça ne te donne pas le droit de me repousser. Pas plus que ça ne te donne le droit de te laisser pourrir le cœur. Je te préviens, Phérial Chpapjik, je ne vivrai pas avec cette haine qui ne t'appartient pas. Fais quelque chose et ne me demande pas quoi.

Elle quitte l'appartement.

Je ne sais pas combien de temps je me suis endormi mais à mon réveil, seul, je ramasse tout ce boulet administratif et cours téléphoner à Mme Mireille.

— Allô…

— Tu sais qu'il est quatre heures du matin et que je ne suis plus officiellement ton éducatrice, jeune Phérial Chpapjik, plaisante Mme Mireille, pas très réveillée.

Je lui lis la lettre. Je lui lis la note. Mme Mireille ne plaisante plus. Comme moi, elle supporte comme elle peut le poids des erreurs de cette grosse machine qu'on nomme l'État. La certitude de l'injustice, qu'on ne peut rien faire, qu'on ne saura jamais à qui la faute, l'emporte sur notre juste tristesse. Je raccroche, me traîne jusqu'à la Seine. Tout près de Notre-Dame, je tiens mon passé à bout de bras et le lâche en souhaitant que jamais personne ne le retrouve. Qu'il pourrisse dans les eaux de Paris, où je suis né, et se désagrège parmi les cadavres dont personne ne se souvient.

Des deus ex machina

Près de chez moi, le marché Dejean est ouvert tous les jours. On y trouve des légumes frais, du poisson, du manioc, du maïs grillé, des marrons chauds. C'est le marché du monde. Asiatiques, Indiens, Africains ou de l'Est, tout le monde ici s'entend pour une seule cause : faire de bonnes affaires. Si on dresse un peu l'oreille, on peut même trouver, trois rues plus loin, un permis de conduire en bonne et due forme, des papiers d'identité avec tampon de la République à la clef, ou encore une dame exotique qui, moyennant finance, vous fera visiter son palais intime. Tout s'achète, tout se vend, à Barbès-Château Rouge, tradition oblige, de tous ces gens déracinés parmi lesquels je me sens tout à fait à l'aise.

Les courses faites, je prépare un dîner pour Danie. Au menu : épinards, roussette, golden et baklava. C'est un succès.

— Quand est-ce que tu viendras crécher définitivement chez moi ?

— Jamais. Mais si tu me donnes un double de tes clefs…

— Clefs, source d'ennui. Vite perdues…

— Rabat-joie !

— Viens, on va en faire un jeu tout de suite.

Je traverse le marché avec Danie. On tourne rue de Panama et on tombe rue Laghouat, où se trouve un petit cordonnier. Soudain, ce nom, rue Laghouat, puis un nombre, le 24, me saisissent. Je blêmis. Je ne bouge plus. C'est là que ma mère a habité. C'était écrit dans le dossier, dans le rapport de police. Je me dirige vers l'immeuble. Le bâtiment est vétuste et sans porte d'entrée. J'entre, jette un œil à droite, à gauche et aperçois une vieille femme assise sur une marche qui fume une cigarette.

— Tu fais quoi, c'est cette dame qui refait les clefs ?

Danie a l'air perdue. Je ne réponds pas et m'adresse à la vieille femme.

— Bonjour, madame, ça fait longtemps que vous habitez ici ?

— Presque trente ans, mon cher monsieur, me répond-elle en roulant les r comme les gens de l'Est.

— Excusez-moi, ma mère a vécu ici, il y a longtemps. Elle était yougoslave.

— Alors toi aussi t'es un Yougo ! Comment elle s'appelle ?

— Jélica Chpapjik.

— Connais pas.

— Mon père, Vitomir Jérémitch.

Elle se fige.

— Va à l'atelier rue de Suez, s'ils te laissent pas entrer, dis que c'est moi, Dragana, qui t'a dit d'aller.

Le cœur battant, je fonce rue de Suez. On s'arrête devant une grande vitrine dont le rideau de fer est baissé à plus de la moitié, masquant ce qui se passe à l'intérieur. Je frappe, pas de réponse. Je frappe comme un malade, le rideau se lève un peu et sort un homme à la carrure imposante qui me lance, avec un regard froid :

— Qu'est-ce que tu veux, toi ?

J'explique que la vieille Dragana m'envoie, que je suis le fils de Vitomir Jérémitch, que je n'ai pas connu mes parents. Il me coupe :

— Jérémitch... Juste entendu dire qu'on l'appelait Al Capone des Balkans. Il a quitté la France, il y avait des problèmes avec police, je crois. Tu as un cousin, comme disent les Français, mais chez nous, on dit frère ! Il habite rue Myrha, en face de l'auberge de Serbie. Viens !

Tenant toujours Danie par la main, je le suis. Tout va très vite. J'hallucine, plus rien autour de nous n'existe. Bâtiments, voitures, chiens, gens, tout semble être un immense décor en carton-pâte qui ne résisterait pas à la tempête. Je suis partagé entre peur et excitation et ce morceau de Paris se transforme, sous mes yeux, en un morceau des Balkans. J'ai l'impression d'entendre partout parler ma langue maternelle. J'ai vraiment peur. Et c'est Danie qui me soutient, moi qui l'entraîne vers la rue Myrha, où je vais rencontrer pour la première fois quelqu'un de mon propre sang.

Le malabar appelle en direction d'une fenêtre située au premier étage d'un immeuble délabré :

— Guilé ! Guilé !

La fenêtre s'entrouvre sans que personne se montre. De l'intérieur, on entend :

— *Ko je ?*

— C'est moi, Boban ! Je suis avec *tvoj brat !*

Aussitôt, un autre géant surgit à la fenêtre. Il me dévisage un instant et, quelques secondes plus tard, se trouve face à moi, dans la rue. Du haut de ses deux mètres, il m'attrape les épaules :

— Je connais l'histoire, je connais l'histoire… C'est vrai, alors ? Vita avait un fils… Incroyable comme tu lui ressembles, viens chez moi avec ton amie.

Son chez-lui, c'est une petite pièce meublée d'une chaise, d'un lit deux places, d'un lavabo et d'une énorme table sur laquelle se trouve une machine à coudre. Sous la fenêtre, des cadavres de bouteilles de slivovitch. Au plafond, un nuage épais de fumée de gitane. Guilé, c'est son nom, me raconte l'arrivée de mon grand-père paternel, venu aider l'armée française, me parlant avec fierté du pacte d'alliance entre la France et la Serbie lors de la Première Guerre mondiale. Je le questionne sur mes grands-parents et parle de la lettre qu'aurait écrite Zorka, ma grand-mère.

— *Da*, peut-être c'est elle, je crois pas, je sais pas. Elle aimait pas ta mère, elle lui a volé son fils. Elle était fâchée avec tout le monde, même avec ton père… Ton père ? Je l'ai pas beaucoup vu. Jamais là. Histoires avec la mafia. Moi, je viens des montagnes, j'étais berger quand j'étais jeune. Très belle femme, ta mère. Elle est partie rejoindre Al Capone des Balkans, ton père, après son expulsion. Et depuis, pas de nouvelles…

— Tu as des photos ?

— Non.

Dommage, j'aimerais tant les voir. Guilé, doux, sensible, sent ma déception. Embarrassé, il change de sujet et m'explique que le français est une langue ardue pour lui parce que, en yougo, toutes les lettres se prononcent :

— Tu écris comme tu parles, tu parles comme tu écris.

On échange sur ce sujet et je trouve les mots dont il a besoin. Il me les traduit aussitôt, pour que j'apprenne dès maintenant « ta langue de ta mère » comme il dit. Je lui confie que je suis acteur, il me demande si j'ai du travail, je lui dis que je vais bientôt partir jouer *Don Quichotte*, qu'il connaît. Il m'appelle son petit saltimbanque sans moquerie, juste pour signifier que c'est un rude métier, et passe affectueusement sa main sur ma tête. Profondément touché de sentir qu'en moins d'une heure je suis à ses yeux comme un frère qu'il n'aurait pas vu depuis deux jours à peine, je pleure. Il m'attrape dans ses bras de colosse et m'avoue :

— La vie, ici, c'est pas un paradis, mais c'est mieux qu'au pays.

La nuit tombe, sa femme nous a rejoints et

elle aussi fond en larmes : « Quel miracle ! Quel miracle ! »

Ce soir-là, allongé à côté de Danie, je n'arrive pas à dormir. Mon être change à vue d'œil, de l'intérieur. Je suis un puzzle aux pièces éparpillées et trottent dans ma tête trois petites phrases :

Ma mère a été.

Mon père a été.

Et moi je suis.

Dernier rendez-vous avec Mme Lecœur au détour d'un parking sous la pluie

Lorsque les petites choses du quotidien vous échappent sans cesse, lorsque les oublis se multiplient, lorsque les mots des autres vous traversent sans résonner, on peut être à peu près certain qu'on est en train de changer.

Deux mois déjà que j'ai rencontré mon cousin. Je vais souvent lui rendre visite dans son une-pièce de misère. Quand j'entre chez lui, je m'assois et j'attends, comme ces petits bateaux qui tanguent sous la houle dans l'enceinte des ports avec l'espoir que le vent se lève. Quelque chose va se passer. Tous les phares brillent en moi. J'espère si fort la venue d'une âme étrangère. Les angoisses depuis peu sont revenues. Je me trimballe toujours avec mon sac dans lequel se trouvent un fruit, du sucre, de l'eau et une petite boîte de tranquillisants en cas de frayeur intense. Au fond, que j'habite ici ou ailleurs, aucune importance puisque ma maison est là, dans ce petit sac que jamais je n'oublie.

Mon cousin et sa femme sentent bien que

je suis désemparé. Impuissants, ils m'offrent le repas et font des efforts pour me parler en français, sait-on jamais, si cela pouvait m'aider. Je dissimule tant bien que mal mon déséquilibre chaque jour grandissant en fixant sur mes lèvres un sourire. Je les écoute et ma pensée navigue ailleurs, vers Roméo et Juliette, effleure les rêves de pierre même si, pour la première fois, ni M. Shakespeare ni M. Baudelaire ne parviennent à me réconforter. Pire, leurs mots éternels attisent ma solitude, comme si chacun d'eux me disait en personne : « Traverse du noir tout le spectre et ne reviens que certain d'avoir ressenti un besoin cruel de lumière. »

Je dépéris. Danie le voit et ses visites se font de plus en plus nombreuses. Impossible que je reste trop longtemps seul. Le goût de vivre déserte ma bouche et cette âme étrangère qui ne surgit toujours pas... Danie veille sur moi comme on veille un malade. Elle s'assure que je mange et me tire sous la douche en déployant mille stratégies. Je me traîne en lui donnant ma main sans force : sa beauté l'emporte encore sur mon désarroi. Elle ne saute plus sur moi, elle sait que mes bras n'y résisteraient pas. M'enveloppant, elle me tient en son sein, me protège sans comprendre quel est réellement mon état.

— Tu veux parler ?

Il faut que quelque chose se passe. Mon corps n'avance plus. Je sens une présence qui s'approche, une ombre peut-être ? La mort ? Je ne sais pas. Je n'ai plus peur et c'est pire encore.

— Danie, je ne veux pas te perdre !

Elle resserre son étreinte, son cœur bat vite et fort.

— Et si tu parlais avec quelqu'un d'autre que moi ?

— Qui ? Je ne connais personne.

— Mme Lecœur ?

Elle a raison. Voilà celle qui pourra m'aider à comprendre, celle qui connaît l'enfant abandonné qui est en moi. Mes forces reviennent. Danie me regarde renaître, s'élance et saute pour tester. Je l'attrape aussitôt et on échoue sur le lit. Le lendemain, je joins Mme Mireille et obtiens le numéro de téléphone personnel de Mme Lecœur. Il faut faire vite. Au son de ma voix, elle s'est tue, longtemps. L'urgence ne souffre pas le blabla. Elle m'a donné rendez-vous à Tracy-sur-Loire.

Je me trouve sur la place des cars, en bas des HLM. Sous une pluie battante et sans parapluie, Mme Lecœur et moi échangeons au plus précis afin de me sortir de là.

— Mes bras, mes jambes sont sans force, j'avance sans le vouloir. Je m'endors en toute occasion. Je respire mal, je pense mal et me fiche de mon haleine. Les étoiles me manquent, je n'arrive plus à les compter. Je ne souffre pas, je ne brûle pas, j'erre. Je suis sur un sol qui se dérobe sous mes pas. Je suis suspendu à un fil qui cède de ne plus me sentir. Ça va mal sans faire mal. J'ai l'impression que quelqu'un va surgir derrière ces gros nuages gris et confus, que cette présence rôde et va m'apparaître. Je veux disparaître. Qu'elle s'en retourne les mains vides. Et pourtant, je me dis que je ne dois pas la rater. Mais aucun son ne semble pouvoir sortir de ma bouche, regardez bien, madame Lecœur, je vais essayer. Mes lèvres esquissent les deux syllabes. Muette tentative qui résonne dans l'espace.

Mme Lecœur, sous la pluie diluvienne, s'approche alors, me serre dans ses bras en frottant mon dos comme au premier rendez-vous. Elle prononce pour moi le mot avec clarté :

— Maman. Tu dis maman, Phérial. Tu sens qu'elle est là, entre ciel et terre, comme à ton habitude, et je ne sais pas comment tu parviens à cela, mais ton corps, lui, ne s'y trompe pas. Toutes tes peurs vont disparaître et comme beaucoup d'entre nous qui croyons tenir à celles-ci pour nous sentir encore vivants, tu repousses ce moment inévitable en essayant de te rendre littéralement invisible. Si elle pouvait ne pas te voir, tu resterais dans cette zone bien connue. Apparemment, il risque d'en être autrement, et j'ai appris, au cours de ma carrière, que le changement n'est pas une mince affaire pour ces girouettes émotives que nous sommes.

— Que dois-je faire ? Me laisser emporter par le vent ?

— Oui, certainement.

On sourit sous la pluie qui essaie de nous noyer.

— Je vous fais confiance. J'irai affronter le

changement et tant pis si tout doit disparaître sans que je ne puisse rien faire, n'est-ce pas ?

— C'est à peu près ça… Phérial, nous ne nous reverrons plus. Mon travail finit là où le tien commence. Je suis heureuse de t'avoir rencontré. Tu m'as tant aidée.

— Voilà donc le début de ce que je dois laisser sans chercher à le retenir ? J'accepte votre départ, madame Lecœur, ma façon de vous remercier.

Mme Lecœur s'en est allée. Seul, sur ma place déserte, je marche sous la pluie balayée par un vent puissant. Tout est gris autour de moi, mais qu'importe, puisque pour la première fois, je désire sans faillir d'avoir plus à recevoir qu'à donner.

Don Quichotte et le cœur des femmes

Six mois de répétitions. Deux mois de représentations. Je joue *Don Quichotte.* Les moulins m'attendent. Je suis un géant empli de toute la chevalerie du monde. Notre pièce est prête et le théâtre Louis Jouvet de Tours est bondé pour notre première. Les dieux du spectacle attendent, tapis dans les recoins les plus sombres, prêts à nous foudroyer de leur jugement. Moi, je m'en fous des dieux. Une chose extraordinaire vient de se produire.

Cet après-midi, en plein milieu de notre filage final, le téléphone du théâtre a retenti. Au bout du fil, mon cousin Guilé revenu de Yougoslavie. Dans son français d'étranger, il m'a annoncé pêle-mêle qu'il avait retrouvé ma mère, qu'elle vivait en Allemagne, qu'il avait son téléphone, qu'elle attendait mon appel. J'en suis resté bouche bée. — Comment as-tu fait pour la retrouver ? Comment as-tu eu son téléphone et celui du théâtre, toi qui ne sors pratiquement jamais de ton neuf mètres carrés enfumé ?

Depuis un an, sans rien me dire, Guilé a mis en place un plan de recherche de grande envergure en demandant à tous les Yougos de France et de Navarre de passage au pays de chercher des pistes pouvant mener à elle. Et s'il avait pu coller des affiches sur tous les poteaux électriques du pays, il l'aurait fait sans hésiter. On aurait pu y lire : fils abandonné recherche avec la force du désespoir sa mère enfouie dans le passé. Je l'ai remercié un milliard de fois avant de lui raccrocher au nez.

Tout le monde retient son souffle, tout le monde assiste à ce prodigieux événement, tout le monde va marcher sur la Lune. Le téléphone ne sonne qu'une seule fois. Un « Allô, je suis maman, ta maman mon fils », aussi émouvant que la naissance de toute chose sur cette terre me traverse. Je m'écroule sur ma chaise et les mains de mes amis de travail me caressent. Lorsque je peux enfin parler, cette femme me dit, dans un français encore plus étranger que celui de Guilé :

— Je vis à Francfort. Je peux venir. Où vis-tu, mon fils ? Je m'appelle Jélica.

Je réponds machinalement :

— Je vis au 58, boulevard Barbès, Paris 18e, où je suis né.

Limité par sa compréhension du français, je lui fais ensuite savoir tant bien que mal que je suis un *Schauspieler* sous contrat, que, ce soir, je joue la première de *Don Quichotte*, qu'il nous faut attendre encore deux petits mois… C'est ainsi, je ne peux trahir ni mes amis du théâtre ni le célèbre Cervantès.

Le spectacle est un triomphe et c'est bien Don Quichotte lui-même qui me fait vivre ce soir-là. Je passe la nuit à envisager sous tous les angles les approches possibles pour le jour J, moi, devenu en quelques secondes fils de ma mère, dévêtu de mon costume d'orphelin par cette voix matriarcale.

Le combat pendant ces deux mois fut âpre. La tentation de tout plaquer et de filer au firmament fut réelle. J'ai résisté. Cervantès a plus d'un tour dans son sac pour captiver l'attention des plus heureux comme des plus démunis.

De retour à Paris, je fonce chez Guilé.

— *Ko je ?*

— C'est moi, Guilé.

— Entre !

Guilé se tient debout, une bouteille de slivovitch à la main. Lui aussi, il a les larmes aux yeux. Ce costaud m'ouvre ses grands bras et je reste un moment dans la chaleur de son sein, à lui bredouiller :

— Merci, Guilé. Merci pour ce que tu as fait. Tu es le plus généreux des hommes que j'aie jamais rencontré. Tu as fait quelque chose pour moi, quelque chose d'incroyable. Laisse-moi encore dans tes bras, je t'aime tant.

— Qu'est-ce que tu racontes ? *Ti si moj brat* (Tu es mon frère). Tu es la famille.

La douceur de l'étreinte l'emporte sur l'odeur d'alcool et de tabac qui émane de mon colosse. Il passe la main dans mes cheveux avec une infinie précaution, comme s'il avait un dieu dans la poitrine. Là, au chaud, protégé, je pense à Mme Mireille, à Mme Lecœur, à Danie. J'ai envie de les voir. J'ai envie de leur préparer un excellent repas. Il y aura des fraises et plein de chocolat ! Elles savoureront comme je les aime, comme jamais je n'oublie les mains délicates, les parfums harmonieux, les cheveux lumineux, et comme il est fort et admirable, ce « maman » dit par un enfant. J'inventerai, pour chacune d'elles, un céleste poème qui louera la grâce sur terre, la puissance des vents, le feu, les mers, et mes paroles iront s'inscrire parmi les étoiles du vaste univers. Puis, Mme Mireille me dira qu'elle n'a jamais cessé de croire en moi, moi qui n'ai jamais failli pour elle. Et, reprenant du chocolat, elle me confiera aussi, en me faisant un clin d'œil, que, si je brille comme un phare, c'est au moins celui d'Alexandrie. Danie, elle, attendra, préférant vivre le moment lorsque nous serons seuls. Et notre désir ardent changera à jamais la destinée de ceux que nous aurons croisés et qui diront, longtemps encore après notre mort : l'amour était leur sang et leur fureur. Quant à Mme Lecœur, elle se lèvera et, nous saluant sans un mot, partira. Je remarquerai qu'elle n'a pas touché à son assiette. Un contrat, c'est un contrat. Son silence et son absence façonnent ma résistance. C'est pourquoi je ne la retiendrai pas. La voyant s'éloigner ainsi, je me souviendrai combien nous avons toujours su respecter nos choix comme nos douleurs.

Guilé me tire de mon songe éveillé. Mme Mireille, Danie et Mme Lecœur disparaissent et j'entends, profond, au loin, le cœur des femmes qui bat.

— *Idemo* (« allons-y »), on va appeler ta mère !

Guilé a parlé longtemps avec elle et m'a dit, en sortant avec peine de la cabine téléphonique :

— Elle viendra dans trois semaines.

Trois semaines, c'est long sans travail. Trois semaines, c'est long sans maman.

Rien n'est jamais sûr

Enfin, le fameux jour est arrivé. Habillé tout chic, je quitte mon appartement et file au métro. Gare de l'Est est ma destination. Je me tiens debout, bien droit, sans cadeau ni fleurs, juste moi. Autour, tous ces trains qui partent, qui arrivent, m'angoissent. Début de quai, je scrute chaque femme de quarante ans mon aînée, chaque mère ayant abandonné son enfant. Comme si on pouvait lire une telle chose sur un visage.

Ça y est ! Je l'aperçois. Du moins, je crois... Est-ce que c'est elle ? Est-ce cette femme, là ? Cherche-t-elle son enfant du regard ? Avance-t-elle avec élégance, habitée par la force d'en finir avec la trahison ancienne, elle qu'au fond rien n'oblige à être là ? Je ne bouge pas. Comment le pourrais-je ? Je me sens si petit d'un coup. J'ai besoin de bras pour me porter. Non, ce n'est pas elle. Pas grave, je fais confiance à la Providence et à tout ce qu'on voudra. Elle saura me reconnaître, cette maman tant souhaitée.

Guilé me dit toujours que je ressemble tellement à mon père, aux miens. C'est sûr, elle saura.

Les gens passent. Une interminable queue humaine et toujours pas de maman. J'attends. J'attendrai ma vie restante. Impossible qu'elle ne soit pas là. Je ne peux me résoudre, elle aura manqué le train… Mais le suivant, en provenance de Francfort, n'est pas arrivé. Mon cœur est vide à présent. Vingt-deux ans de ma vie à la rechercher dans le silence et la peine vont disparaître pour rien ? Ne m'aime-t-elle pas ? Qu'ai-je fait de si mal ? Quelle sorte de monstre suis-je ? Est-il possible que je sois maudit à ce point ? Mes jambes vacillent, je tombe à terre et, recroquevillé sur moi-même, je hurle non, non, non à l'infini. Dans ma tête, les images s'enchaînent, l'orphelinat sous un ciel gris, les sapins de Noël sans cadeau, les petits camarades en régression, Jésus en plâtre brisé sur le carrelage froid, les premiers instants dans ces familles exécrables, les gifles, un sexe dans ma bouche, les renvois des écoles, les pleurs de mémé Juliette, les médicaments brisant mes nerfs à vif, Maria pendue, Mme Mireille au parloir de la prison, Mme Lecœur sous la pluie et, ça y est, je sens la folie des hommes qui me gagne. Elle s'immisce en moi avec fracas, profitant de mon ultime faiblesse. Au sol, je m'évanouis. Pas de tunnel, pas de lumière, juste ce noir profond qu'enfant je redoutais chaque soir.

Réapparaît alors, plus vieux que jamais, mon vieux moi. Il me porte.

— Comment te sens-tu ?
— Fou.
— Que crois-tu voir ?
— Rien. Sans père ni mère rien n'existe.
— Pourquoi suis-je là ?
— Je ne sais pas.
— Qu'as-tu le plus aimé dans cette vie ?
— Je ne sais pas. Et toi, qu'as-tu le plus aimé ?
— J'ai aimé, petit, tracer mes premières lettres. J'ai aimé la beauté des sons lorsque ces lettres ont formé des mots porteurs de vivantes émotions qui m'ont élevé comme père et mère doivent élever leurs enfants. J'ai aimé voir dans toute chose informe de parfaits visages. J'ai aimé apprendre, découvrir et renoncer chaque jour à vouloir à tout prix.
— Je ne comprends rien. Tais-toi. Je suis fatigué, je suis presque mort.
— Non. Tu vas te relever une fois encore. Une dernière fois pour moi, pour toi.

Je me suis réveillé. Plein de gens partout, plein de trains partout. Je fuis dans le métro, je veux rentrer chez moi et m'éteindre, disparaître, anéanti d'avoir existé. Je suis si désemparé que je me trompe d'entrée d'immeuble. Je trouve enfin le 58, boulevard Barbès, gravis mes quatre étages et, le souffle coupé, m'arrête net face à une femme qui se tient devant ma porte, assise sur sa valise noire.

Instantanément nos regards s'accrochent et chacun de nous ressent un chagrin abyssal. Elle se lève. Je m'avance et me laisse envelopper par cette petite maman qui m'arrive au menton. Mes larmes choient sur sa chevelure brune qui sent bon. Elle se détache un peu, redresse doucement la tête et je vois mes larmes qui s'enfouissent dans les sillons de son visage ridé. Ses yeux expriment l'abandon, et l'abandon qui nous unit porte en lui une marque surnaturelle qui nous laisse hagards, démunis. Aucun mot ne vient. À cet instant, le temps, chère maman, moi qui t'ai tant attendue, est devenu presque un ami. Mon cœur, giflé à la naissance, est aujourd'hui, par nos larmes, couronné. On desserre notre étreinte et mon palier est un désert dans lequel mère et fils cherchent à être à la hauteur. Je me sens subitement si important. Je la fais entrer. Je lui sers un verre d'eau et, plus tard, je m'endors comme ceux qui ont enfin déposé sabres, épées et boucliers. Je ne combats plus, je ne survis plus. J'ai si peur, maman. Que vais-je faire dans cette ère nouvelle ? Que vais-je entreprendre, croire, raconter, vivre, partager à présent ?

Les habitudes de maman

Les traits du visage sont parfaits lorsque l'on a vingt ans. Sa chevelure brune et dense est coiffée d'une dentelle blanche et sur ses lèvres sobrement maquillées se dessine un sourire. Sa tête est légèrement inclinée et son visage est illuminé par des yeux pétillants d'où jaillissent force et vie. Je regarde encore et encore cette petite photo en noir et blanc que ma mère vient de me donner. Mes yeux vont de cette jeune femme de dix-neuf ans, habillée tout de blanc, tout juste mariée, à cette femme de soixante-deux ans qui dort dans le train qui nous emmène à Francfort.

Elle se réveille, me voit, recale son corps absolument plus fait pour la dureté de ces fauteuils et se rendort en grognant. Je sais maintenant que les orphelins, le jour où ils se trouvent devant mères et pères, ressentent qu'il est bien difficile pour leurs parents de les reconnaître, et inversement. Chacun doute encore longtemps de la réalité de celui qui se tient devant eux.

Je prends la main de ma maman. La peau est

fripée, la chaleur bonne. Je la caresse et glisse au fond de ma poche cette photo ancienne de ma si jeune mère. À la frontière, on nous réveille et nous montrons nos cartes d'identité. Ma mère parle allemand, répond aux questions, elle qui, partout, est une étrangère. Elle me sourit comme pour me dire qu'il n'y a pas lieu de s'inquiéter, elle est en règle avec ses papiers. Une heure d'arrêt et le train redémarre, tout le monde a été contrôlé.

Francfort est une grande ville qui court après les affaires. Arrivés devant chez elle, maman sort ses clefs en reprenant son souffle après trois étages. Je découvre une minuscule entrée qui ouvre sur une cuisine assez étroite et, à droite, deux pièces à peine plus grandes. Une chambre et une salle à manger. Je remarque des icônes bon marché trônant dans chaque pièce et, au mur, un grand tapis tendu : je suis déjà dans les Balkans, aux frontières de l'Orient. Elle a disposé dans une assiette des petits gâteaux en triangle, des sortes de crêpes fourrées au kaymac, un fromage typique de Serbie. Elle a sorti également une bouteille de slivovitch et je lui fais comprendre que je ne bois pas. Elle semble étonnée : un homme qui ne boit pas ? En Serbie, c'est rare. Soit cet homme est malade, soit il évite d'aggraver son cas.

Je cherche des signes de ma famille, des photos au mur, sur un meuble. Rien de tout ça chez ma maman. Juste une, de moi, en noir et blanc, que je lui ai donnée lors de notre rencontre à Paris. C'est une photo d'acteur qu'elle a recoupée et qui trône au-dessus d'une icône dans son médaillon kitsch, doré. Elle voit que je cherche et, d'un signe de tête, me questionne. Je pointe ma photo : *familia, moja familia*, photos ? Elle ne comprend pas. Je sors mon petit dictionnaire franco-serbe que j'ai eu toutes les peines du monde à dénicher. Photo, c'est *slika*. Je prononce le mot en feignant l'accent russe. J'aurai peut-être l'intonation juste… Ça marche : elle se dirige vers un buffet et en sort une boîte en fer. Pour la première fois, je vois des cousins en pagaille, des tantes et des oncles, et mon père, ce grand absent. L'émotion nous gagne. Ma mère formule, pour chaque photo, des phrases qui ne comportent jamais plus d'un mot de français. Arrivée à celles de mon père, auquel je ressemble énormément – Guilé avait raison –, sa voix s'arrête. Elle me regarde, les yeux mouillés. Et le mot *ljoubav* sort de sa bouche. Je cherche dans mon petit dictionnaire. « Amour ». Ses mains pressent avec délicatesse le papier photo. De temps à autre, son doigt effleure le visage de cet homme. Elle tremble. Sa respiration change de rythme. *Kao ti. Ljoubav*. « Comme toi. Amour. »

Elle range les photos et me donne celle où mon père pose avec un regard qui vous transperce d'emblée. Comme c'est difficile de se reconnaître dans une image qui n'est pas soi. Question d'habitude, que je n'ai pas.

Au bout de quelques heures passées ensemble

dans son chez-elle chez-moi, ma mère ne s'attarde plus à essayer de faire des phrases mi-allemandes, mi-serbes, mi-françaises. Elle parle dans sa langue maternelle, le yougoslave, et je m'efforce de repérer des sons connus. Ainsi, j'apprends que *voda* c'est l'eau, le faux frère de vodka. Une base se forme, et l'essentiel, boire, manger, dormir, me devient assez vite familier. J'ai tellement envie de savoir. Elle a tellement envie de me raconter. Au-delà de cet apprentissage commun de l'un et de l'autre, nous savons exactement que tous nos mots sont porteurs des mêmes sons : l'histoire, le passé, l'abandon, la faute, la culpabilité, l'envie de se pardonner aussi, qui sait ?

Les jours suivants, ma mère me sort dans Francfort. Je rencontre Katarina, son amie croate de toujours, si émue en me voyant. Elle loue ma beauté de jeune homme, elle a connu mon père et pleure en l'évoquant. Je ne comprends pas grand-chose. Les mots dans cette langue me manquent encore beaucoup, même si, de jour en jour, je glisse un petit *ja volim* (« j'aime ») par-ci, un petit *razumem* (« je comprends ») par-là, et chacune de mes tentatives linguistiques est accueillie avec cette chaleur qu'ont les étrangers lorsqu'ils entendent ou reconnaissent un des leurs. On passe chez Branko et sa femme Svetlana. Elle lui sert café sur café et ce mastard de plus de deux mètres, qui ne bouge pas une fois de son canapé, m'affirme qu'un homme doit vivre *kao pacha* (« comme un pacha »). Tout le monde est heureux de nos retrouvailles et chacun reste discret quant au pourquoi du comment.

Je suis frappé par la façon qu'ont tous ses amis de m'accepter d'emblée : c'est le fils de Jélica ! Je remarque aussi qu'ils sont très tactiles. On me palpe, on caresse mes cheveux, Branko me prend la main dans la rue, comme ça, sans problème. Je pense à toutes les difficultés que j'ai pu rencontrer à l'école à cause de cette même approche des autres et que je croyais être une façon de faire répréhensible. Je me sens bien. Je me sens peu à peu comme l'un des leurs.

Ma mère m'emmène au zoo et je la vois s'émerveiller devant tout ce qui est petit. Les petites chèvres, les petits hippopotames, les petits singes. Est-ce que toutes les mères sont ainsi ? Ou est-ce juste l'âge qui les rend comme ça ? Elle me touche tellement. Par moments, j'ai l'impression qu'elle n'est pas là, pas avec moi, qu'elle existe comme avant, sans moi, par habitude sans doute. Et puis elle sort sa tête des petites choses, des petits êtres, et me voit à ses côtés, grand dadais de vingt-deux ans qui ressemble tant à mon père.

On mange des glaces et je découvre une maman bien plus gourmande que les enfants. Elle en prend deux et mime que, pour son poids, elle ne s'en fait pas. À la supérette du coin, près de Bellermannstrasse, non loin de chez elle, j'essaie de l'aider à remplir le Caddie. Elle m'arrête de la main : encore une fois, la force des habitudes. Elle connaît son magasin par cœur. En un rien de temps on se retrouve dehors, les sacs pleins. Les étages, les clefs, le canapé. Ma mère a préparé une salade de concombres, des paprikas et aussi, malgré la chaleur de l'été, son succulent goulasch. Assez fatigué par cette journée pleine d'habitudes qui ne sont pas les miennes, je vais me coucher dans son grand lit, qu'elle me laisse, pour moi seul. Demain sera un autre jour, me dis-je en fermant les yeux, car, demain, Danie sera là.

La question, la réponse

Danie retient son souffle. La question est importante. Le futur qui se dévoile sous ses yeux rencontrera-t-il la fortune ou l'infortune ? Ma mère dispose soigneusement les cartes une à une sur la table de la salle à manger où règne une chaleur à peine soutenable. Le gros ventilateur *made in China* fonctionne à plein régime.

Elle demande, en allemand, à Danie de bien se concentrer sur sa question. Danie fait un effort. Même deux efforts car, en même temps, comme je suis pendu à ses lèvres, elle doit me rendre compte en français de la lecture de son avenir. Je me rends compte que tout ça est bien sérieux. On ne rigole pas avec cette chose que j'ai un peu de mal à comprendre : vouloir connaître ce qui arrivera.

La séance démarre vraiment. Les cartes bougent sous la main experte de ma mère qui semble avoir fait ça toute sa vie. Elle les assemble et les redistribue au gré des interprétations. Sa concentration est réelle. Des mots comme *Schicksal*,

Geschenk, Reisen ponctuent le ballet des cartes divinatoires. Plus cette introspection avance, moins Danie me traduit ce qui se dit. Je suis vexé mais ne moufte pas. Je la connais, lorsque cela est important pour elle, elle peut m'oublier complètement. Le regard fixe, elle est comme la montagne au pied du ciel, force brute en dehors du mouvement.

La séance dure presque deux heures et je m'assoupis au moins deux fois. Enfin, ma mère range son paquet et, avec Danie, visiblement satisfaite des révélations des cartes, prépare le thé. Elles s'entendent bien. Je sens que ma mère estime ma jeune amie et que Danie est fière pour moi d'avoir retrouvé une maman comme ça. C'est étrange, on est là, ensemble, donnant l'impression qu'on n'a rien à se dire, et pourtant nos pensées sont plus fortes que le silence. Danie fait traîner le goûter. Ma mère ramasse les miettes sur la table, fait du rangement. Moi, je m'attarde sur le son des pales du ventilateur qui tranche avec notre silence.

Danie est mal à l'aise. Ma mère est mal à l'aise. Je suis pétrifié. Depuis que l'on s'est rencontrés, ma mère et moi, la question n'a jamais été posée. Je la retourne pourtant pour la énième fois dans tous les sens, cette question. Mais pour dissimuler, retarder, éviter, nous possédons tous l'art et la manière. Vais-je pouvoir rester plus longtemps sans réponse ? De quoi avons-nous si peur ? Danie prend ma main, je prends celle de ma mère et prononce tout doucement :

— Maman, pourquoi m'as-tu abandonné ?

— *Mutter, warum hast du mich verlassen ?* répète Danie, la voix serrée.

Ma mère retire sa main et sort un mouchoir de sa poche. Les larmes sont arrivées avant même que Danie ait fini de poser la question. Sommes-nous toujours aussi indélicats ? Ne voit-on que par le trou de notre serrure et de façon tronquée, uniquement pour servir nos intérêts ? A-t-on vraiment le droit d'indisposer les vieilles gens ? Sont-elles comptables de leurs actions passées ?

En cet instant, sans états d'âme, il me paraît que oui, absolument, et j'attends sa réponse avec la force de celui qui a sorti le glaive. J'attends qu'elle me dise combien elle ne m'a pas aimé, que rien n'est moins pardonnable que de laisser son enfant à l'abandon. Et, derrière ses larmes, ma mère entrevoit ce qu'elle a tant redouté. Le jugement de son fils, qui espère des excuses d'exception. Plus doucement que moi, elle répond. Elle ne lâche pas mes yeux et je crois même qu'à un moment elle reprend ma main :

— Mon fils. Oui, mon fils. Si tu pouvais t'asseoir sur une chaise et regarder mon cœur s'ouvrir à toi, tu pourrais voir comme ce n'est pas toi qu'il a abandonné, mais moi. Je ne suis qu'une femme qui jamais ne s'en remettra. Je ne te demande pas de me pardonner, ni même de me croire. Je ne demande rien. Je suis déjà comblée par ta seule présence chez moi. Je ne saurai jamais quoi faire, pour réparer ton cœur à toi. Voilà ce que je sais. Rien ni personne ne pourra changer cela, rien sur cette terre en tout cas. Je vais essayer de te raconter mon histoire dont tu es l'absent capital, si cela pouvait t'aider à vivre ta vie comme tu l'entends, si cela pouvait te rendre ce que je ne t'ai pas donné. Je suis issue d'une famille de fermiers de la province de Vojvodine et, jusqu'à l'arrivée du communisme, nous avons vécu, ton grand-père, ta grand-mère et moi, de façon simple et parfois même heureuse. À dix-neuf ans, j'ai été mariée avec le fils du voisin, propriétaire terrien comme mes parents. Mariage arrangé qui a perdu tout son sens lors du partage des richesses. J'ai vécu avec un homme sans désir et sans amour. J'ai fini par divorcer et ai quitté cette Yougoslavie naissante pour fuir le pouvoir des hommes, la misère des femmes, pour aller en France, pays des libertés. À Paris, l'amour est venu dans mon cœur. Ton père, ton père est l'unique homme que j'aie aimé. Je suis tombée enceinte très vite, à un âge où les femmes finissent par laisser partir leurs enfants loin de la couvée. Ton père était un homme intelligent, il parlait neuf langues couramment. Il était interprète pour la police française le jour et un peu gangster la nuit. Il s'est fait dénoncer. Il s'est fait expulser. Je suis restée avec toi dans mon ventre, à Paris, la ville de mon amour parti. J'ai travaillé jusqu'au bout et tu es né si vite, si petit et si tôt qu'à l'hôpital je n'ai pas pu te prendre sur moi. Malade, tu es parti dans un autre établissement hospitalier, et un autre encore, et encore, encore. À chaque fois que j'arrivais, tu n'étais plus là. À l'accueil, ils prononçaient toujours ton nom avec des fautes, je ne connaissais pas bien le français. Ils ont écrit et prononcé le « h » cyrillique comme un « h » français. Un « h », c'est « n » en yougoslave. Quand je vois ton nom ou que je l'écris, avec ce « h » français, il est faux pour moi. Quand je pense à la France, c'est le pays du déshonneur à la langue si compliquée. Tu as changé beaucoup de fois de lieu. Je n'avais plus le courage. Plus d'enfant, plus d'amour, plus de langue ; plus d'argent. J'ai pensé que tu étais mort ou qu'on t'avait kidnappé pour t'enrôler plus tard dans l'armée, ou que tu avais été vendu par les Tsiganes, sans doute mes vieilles croyances de paysanne. Je suis partie, j'ai rejoint ton père en Serbie. Il a pensé à toi tout le temps. Il est mort d'un cancer, il répétait sans cesse : « Mon fils ? Où est mon fils ? » Jusqu'à la fin. On est repartis en Allemagne. Pays pas drôle pour nous autres Slaves, mais pays droit. On a fait comme on a pu, on a ri beaucoup tous les deux pour cacher notre secret honteux. Une fois seule, j'ai voulu en finir avec l'amour mort et avec l'amour que je n'ai pas pu garder. Regarde mon cœur, prends une chaise, regarde, il s'ouvre. Prends, mon fils, prends mon malheur et tue-le avec ton poing puissant, tu es si beau, si grand, si fort à présent. Tue-le ! *Ubi me ! Bring mich um…*

— Tue-moi, traduit Danie.

Ma mère est à genoux. Elle se tient la tête. Depuis longtemps, elle a lâché ma main. Elle dit qu'elle veut la paix. Elle veut être tranquille. Elle ne pleure plus, elle reste muette et plus aucun son ne sort de sa bouche à présent. Elle articule du silence. Je me baisse et la serre très fort dans mes bras. Elle s'évanouit comme le font les petits enfants lorsque la douleur est trop grande.

Comment je découvre qu'il faut bien finir par partir

C'est étonnant, le mois de septembre vient de s'écouler et je suis toujours chez ma maman. Il faut dire que son goulasch est une merveille et que ma cuisine, apprise tout seul dans mon petit studio de la rue du Commerce à Tracy-sur-Loire, est loin d'approcher la perfection. Ma mère invente chaque jour des salades colorées, des soupes au goût nouveau pour moi, comme sa soupe au chou-fleur et à l'avocat, un délice. Sans parler des paprikas farcis avec du riz et des boulettes de viande. Je me régale, je mange tout ce qu'elle me prépare et elle est infatigable. Je crois bien que ma minceur, qu'elle qualifie de maigreur, renforce son envie de nourrir son fils chaque jour copieusement. Je n'ai jamais autant mangé de ma vie. Et puis, entre les repas, des petits sandwiches par-ci, par-là, des petits gâteaux et du thé en veux-tu en voilà.

En fait, chez ma mère, je n'ai rien à faire. Mon linge ? Elle s'en occupe. J'ai une petite douleur au dos ? Elle me masse. Je me sens triste ? Elle me sort une vieille VHS d'un comique du pays. Je ne comprends rien, mais je ris de la voir rire. L'inquiétude me gagne ? On règle ça avec les cartes divinatoires. Tout juste si elle ne me nettoie pas les oreilles ou me coupe les ongles de pied. Ça doit être ça, être comme un coq en pâte. Même la vaisselle, elle ne veut plus que je m'en mêle. Un de nos petits plaisirs, c'est d'aller dans ces énormes centres commerciaux pour acheter des tickets de loterie et autres jeux à gratter. On ne sait jamais, si l'argent coulait à flots, on pourrait rentrer au pays et dispenser sans regarder notre générosité toute financière. Elle me donne chaque jour deux, trois billets que je dépense uniquement pour la gloire éventuelle qu'offrirait la richesse du loto. Cet argent me va droit au cœur : elle ne touche qu'une maigre retraite de l'État allemand et moi je n'ai jamais connu cela auparavant. Je ne sors plus de l'appartement. Affalé, en short, sur le canapé, je regarde la télévision toute la journée. Surtout l'émission *Risiko*, un jeu télé idiot que l'on ne rate pas, ma mère et moi. Le principe est simple : en répondant à des questions d'une facilité déconcertante, les participants gagnent des frigos, des lave-linge, des voyages aux Seychelles.

De l'extérieur, on ne pourrait jamais imaginer qu'on se connaît depuis si peu. Je parle de plus en plus yougoslave, je mange yougoslave et j'apprends, dans les bras de ma maman, à danser le traditionnel *kolo* des Balkans. Je connais maintenant très bien la supérette du coin et vais même plus vite que ma mère à remplir le chariot de courses. Molière, Marivaux, Shakespeare ne figurent plus à mon menu, remplacés par des *kolatchs* et des *tchévaptchitchs* succulents. Je vis au rythme de ma mère : repas, télé et amis du pays qui viennent prendre le verre de *rakija*. Je ne pense plus à grand-chose, l'avenir ne m'intéresse pas et le passé s'oublie dans les sauces et les crèmes au chocolat. Je suis saisi par ce bonheur ordinaire qu'est celui de n'avoir rien à faire. Satisfait, je mange, je dors, je parle du beau temps, et je suis le fils de ma maman.

Je crois que je grossis. Je crois que si je continue ainsi, je vais finir comme ces rock-stars, bouffies de viandes et d'angoisses. Danie m'appelle souvent et réclame mon retour. Elle dit que je déprime. Je lui assure que non, que je me sens bien, un peu comme ces éléphants de mer qui se roulent sur la banquise sans craindre le froid, protégés par leur épaisse couche de gras. Je profite des beaux jours finissants à Francfort et je raccroche le combiné pour aller vite m'asseoir dans le canapé. Le *Risiko* va commencer !

Un matin, je monte sur la vieille balance en fer de ma mère et, après trois essais, je constate avec certitude que je pèse douze kilos de plus que mon poids habituel. Une étrange pensée me traverse l'esprit : douze kilos et presque autant de familles… Le *Risiko*, c'est terminé. Il est temps que je parte. Il est temps de retourner à ma vie, de sortir de ma bulle familiale. Je m'habille aussi sec et achète dans le quart d'heure un aller simple par le train de nuit Francfort-Paris.

Le soir, dans les lumières de la ville, un taxi nous emmène jusqu'à la gare. Ma mère me prend la main et pose sa tête sur mon épaule, elle aimerait que je reste. Moi pas. Des heures plus tard, je tends mon billet au contrôleur. On va bientôt passer la frontière. Il ne prête guère attention à moi. Il fait son travail machinalement, l'œil fatigué. Il ne peut donc pas voir que je ne suis plus un orphelin. Pas plus qu'à l'avenir on ne verra cela de moi. Il retourne mon billet dans tous les sens tandis que je scrute ce monde incertain d'où je viens et duquel jaillissaient des bêtes féroces qui, sans pitié, dévoraient les plus faibles. Je sens que je le quitte, ce monde empli de misères et de chagrins, que je m'en sépare sans aucun regret. Je ne suis plus un faible. Et même si les bêtes féroces, toujours à l'affût, rôdent, je m'en fiche, je les combattrai encore, plus fort que jamais. Je me tourne vers la vitre. C'est vrai que j'ai bien grossi. Je souris. Une justesse est rétablie. Après tout, moi aussi j'ai vu ma mère maintenant, et j'en suis si fier qu'au fond de moi j'aimerais que la terre entière le sache. Cela fait un bien fou de sentir qu'on est dans son histoire. Que l'on ne rate rien. Qu'on appartient enfin à un bout de l'univers. Voilà la sensation qui m'envahit : vivre à fond parmi vous tous en regardant sans cesse vers le ciel, vers les étoiles. Oh, bien sûr, je ne suis pas dupe, tout ceci n'est pas un conte à l'eau de rose, et je sais que chacun de nous a ses mensonges, ses lâchetés, ses trahisons, maman, papa et moi y compris. Et je sens aussi cette nouvelle peur viscérale : être englouti par la nourriture surabondante de sa maman. Est-ce que tous les enfants avec parents ressentent la même chose ? Est-ce qu'ils oscillent entre appartenir complètement à la tribu ou partir loin des « familles la glu » pour donner un sens à notre liberté naissante ? Je ne sais pas, je ne sais rien, et voilà. Ai-je vraiment envie de m'en soucier plus que ça ? Être adulte, libre, libre de qui, de quoi ? Grandir, savoir, vieillir ? Ça aussi je ne le sais pas et, à vrai dire, depuis que j'ai cette maman, mon cœur opte pour les vacances éternelles. Je vais me mettre au vert, au repos d'ici peu, et je vais passer mon temps à contempler opiniâtrement l'herbe qui pousse sous nos yeux, délicat travail. Le contrôleur me rend mon billet.

— *Alles klar.*

Il repart en traînant son corps mal réveillé. Le train file et casse le brouillard à pleine vitesse. Heureux, seul dans mon compartiment, je m'endors au son de la mécanique qui ne cessera qu'en gare de l'Est.

Tournée nationale et liesse internationale

Le pied à peine posé sur le sol, je lâche déjà mon sac de voyage pour recevoir Danie dans mes bras. Elle remarque que je n'ai pas bougé d'un pouce. Sans doute mon nouveau poids et son effet sur la gravité.

— Mon gros amour !

— Je ne suis pas…

— Chut ! Viens vite à la maison, on va réparer ça. Salade, jus de pamplemousse et yoga !

— Je n'aime pas le yoga, je déteste la souplesse et j'aime mes douleurs et tous mes défauts. Allons au resto, j'ai envie de manger un truc en sauce et des gâteaux crémeux.

— Pas question, tu dois te préparer pour ton nouveau travail.

— Quoi ? J'ai une proposition ? Quelqu'un a appelé ? Dis-moi vite !

Danie ne desserre pas les dents, malgré mes promesses d'avaler tout ce qui est vert, tout ce qui est plein de vitamines, de faire du jogging au bord de la Seine, du vélo matin et soir dans ce Paris étouffé par la puanteur des voitures. Elle ne craque pas et je n'apprends la bonne nouvelle qu'une fois arrivé à mon appartement. Une metteuse en scène souhaite m'engager dans *La Dispute* de Marivaux. Je la connais bien, elle était l'un de mes professeurs à l'école de théâtre et m'avait, à l'époque, souvent rassuré quant à mon potentiel que je devais nourrir par un travail conséquent. Pour parfaire son discours de maître à élève, elle m'avait offert des œuvres de tous horizons, sondant sans juger cette humanité que j'ai vue, moi aussi, bien des fois défaillante et impardonnable. Leur justesse m'a profondément touché et, de livre offert en livre offert, j'ai pris goût à la lecture. Je suis fier qu'elle ait pensé à moi. Elle a laissé son numéro sur mon répondeur flambant neuf, outil indispensable pour tout acteur qui ne veut pas mourir à côté de son téléphone, offert et installé par Danie elle-même. Je la rappelle illico et rendez-vous est pris pour une lecture de la pièce au théâtre de La Tempête.

Les répétitions commenceront bientôt et la première aura lieu à la maison de la culture de Bourges, berceau de mes nouvelles joies. Une tournée est prévue dans toute la France et la dernière se fera ici, à Paris, ville qui couronnera peut-être nos exploits. Je suis encore plus fier d'apprendre que mon salaire ne sera pas indigne : être un artiste maudit n'a jamais été pour moi une vocation. C'est la fête, c'est la fête, c'est la fête !

Le soir, ma mère appelle. On discute comme on peut dans ma nouvelle langue et elle sent combien je suis heureux de pouvoir à nouveau travailler. Au fil de la conversation, je découvre ses inquiétudes maternelles et que ce n'est pas mal d'appeler sa maman pour dire qu'on est bien arrivé. Je raccroche en ayant la sensation que cette nouvelle vie ne fait que commencer.

Partout, c'est le triomphe. Applaudissements, rappels, je n'avais jamais fait une aussi longue tournée. Je suis étonné de voir comme nous arrivons à nous entendre, tous dans les mêmes hôtels, dans les mêmes trains, sur les mêmes scènes. Non pas que les tensions soient absentes, mais les solutions sont toujours ce que nous recherchons et, quoi qu'il advienne, le soir, à l'heure de la représentation, les haines, les divergences sont mises au rancart le temps de la magie. Je me souviens qu'à l'usine les engueulades étaient monnaie courante, les solutions rares et parfois, en fin de journée, le travail fini, dans la fatigue, des poings sortaient des poches. Le bruit ? Les machines toujours en panne ? Les salaires désolants pour des heures de travail interminables ? Je ne sais pas. Tout est si loin à présent. Et mon souvenir de cette époque, à vrai dire, sur ma joie ne l'emporte pas.

Danie me rejoint au détour des théâtres dès qu'elle peut et, comme moi, redécouvre cette France peuplée d'innombrables villes et villages desquels presque toutes les fermes ont disparu.

Au mois de novembre 1989, c'est la coupure. Le spectacle ne reprendra qu'en janvier et c'est sur les genoux que chacun regagne son appartement parisien pour prendre du repos. Nous voilà alors avec Danie au volant d'une voiture de location, en route pour l'Allemagne. La nouvelle est tombée hier sur toutes les radios et chaînes de télévision de France, que dis-je : du monde entier ! Plus on roule, plus l'excitation nous gagne. On fait une pause à Francfort et, dans la journée même, on reprend notre voyage avec, cette fois-ci, maman assise sur la banquette arrière. J'ai tout essayé mais rien n'a pu y faire, à chaque fois, du haut de ses soixante-deux années, maman a répondu, valise à la main :

— Je veux y aller !

Des heures encore et lorsque nous arrivons aux portes de cette grande ville en pleine effervescence, nous demandons notre chemin aux taxis. Ma mère passera la nuit chez Ratko, un ami du pays, et nous, nous acceptons sans hésiter l'invitation d'un jeune taxi justement à dormir chez les siens. Sa famille nous accueille au complet, sa famille toute réveillée malgré l'heure tardive. Le lendemain nous passons prendre ma mère et nous filons tous, Allemands, Yougoslaves, Français, direction Mauerpark. Une foule gigantesque est amassée là et déjà des hommes, des femmes, des enfants armés de marteaux ou de pioches contribuent à l'œuvre du moment : faire tomber le mur de Berlin.

Je m'équipe aussi, grimpe et, entre deux trois

coups de pioche, je me redresse de tout mon long, perché sur ce béton historique, et déclame en français, dans l'euphorie internationale, des poèmes de Rainer Maria Rilke. J'embrasse Danie et nous cassons ce mur avec le désir de voir la liberté surgir devant nous. D'un seul coup, un grand bruit résonne, tout un pan, à terre, vient de s'écraser. Ma mère me contemple, des larmes perlent sur sa joue. Elle voit son fils qui s'agite dans la poussière, son fils qui œuvre contre ce rempart, symbole mourant de ses hontes passées. Un autre pan de béton tombe à force de « ho hisse » et de « on t'aura », et, dans un fracas apocalyptique, nous découvrons une parcelle de ce Berlin Est enfin dévoilé. Des soldats russes, chapka à étoile vissée sur la tête et kalachnikov en bandoulière, se tiennent de l'autre côté, pas moins ahuris que nous.

Ma mère, enjambant les décombres de pierres, lance en russe :

— *Kak diéla* (« Comment vas-tu ») ?

Le soldat lui répond aussitôt, content d'entendre sa langue de ce côté-ci de la barrière :

— *Kharacho, baba, kharacho* (« Bien, grand-mère, bien »).

Ce dialogue surprenant continue et je comprends que ma mère lui demande ce qu'il va faire maintenant. Il répond simplement :

— Je vais rentrer chez moi, grand-mère, retrouver femme et enfants, et me soûler à la vodka.

Elle lui souhaite de bien vivre, elle me tend

les bras, tout le monde m'aide à la faire grimper. Assise entre Danie et moi, elle regarde au loin cette foule qui de tous côtés se rejoint. On reste longtemps ainsi tous les trois et on ne descend de là qu'une fois le mur alentour abattu.

Pris dans les étoiles,
Le regard dans l'infini,
La terre tourne sans bruit.

Nous finirons par tout nous dire.

J'avance en tâtonnant vers ce jour où je voyagerai sans contrainte parmi les âmes de nos ancêtres. Retour jusqu'au premier descendant qui, dans son sourire d'enfant, exprimera à la mère d'aujourd'hui : n'aie point peur, petite mère, n'aie point peur. Et, juste avant ton dernier souffle, qu'en slave on dit *doucha*, regarde comme ce sourire d'un âge lointain n'est jamais mort. Regarde ma mère, il vit encore.

L'ORPHELINAT

LE MONDE ET L'ERRANCE

L'ORIGINE

DU MÊME AUTEUR

Aux Éditions Flammarion

UNE VIE MINUSCULE, 2018 (Folio n° 6643 sous le titre UN DIEU DANS LA POITRINE). Prix du Salon du premier roman de Draveil, lauréat de la 32e édition du Festival du premier roman de Chambéry

COLLECTION FOLIO

Dernières parutions

6345. Timothée de Fombelle — *Vango, II. Un prince sans royaume*
6346. Karl Ove Knausgaard — *Jeune homme, Mon combat III*
6347. Martin Winckler — *Abraham et fils*
6348. Paule Constant — *Des chauves-souris, des singes et des hommes*
6349. Marie Darrieussecq — *Être ici est une splendeur*
6350. Pierre Deram — *Djibouti*
6351. Elena Ferrante — *Poupée volée*
6352. Jean Hatzfeld — *Un papa de sang*
6353. Anna Hope — *Le chagrin des vivants*
6354. Eka Kurniawan — *L'homme-tigre*
6355. Marcus Malte — *Cannisses* suivi de *Far west*
6356. Yasmina Reza — *Théâtre : Trois versions de la vie / Une pièce espagnole / Le dieu du carnage / Comment vous racontez la partie*
6357. Pramoedya Ananta Toer — *La Fille du Rivage. Gadis Pantai*
6358. Sébastien Raizer — *Petit éloge du zen*
6359. Pef — *Petit éloge de lecteurs*
6360. Marcel Aymé — *Traversée de Paris*
6361. Virginia Woolf — *En compagnie de Mrs Dalloway*
6362. Fédor Dostoïevski — *Un petit héros. Extrait de mémoires anonymes*
6363. Léon Tolstoï — *Les Insurgés. Cinq récits sur le tsar et la révolution*
6364. Cioran — *Pensées étranglées* précédé du *Mauvais démiurge*

6365. Saint Augustin	*L'aventure de l'esprit et autres confessions*
6366. Simone Weil	*Pensées sans ordre concernant l'amour de Dieu et autres textes*
6367. Cicéron	*Comme il doit en être entre honnêtes hommes...*
6368. Victor Hugo	*Les Misérables*
6369. Patrick Autréaux	*Dans la vallée des larmes* suivi de *Soigner*
6370. Marcel Aymé	*Les contes du chat perché*
6371. Olivier Cadiot	*Histoire de la littérature récente (tome 1)*
6372. Albert Camus	*Conférences et discours 1936-1958*
6373. Pierre Raufast	*La variante chilienne*
6374. Philip Roth	*Laisser courir*
6375. Jérôme Garcin	*Nos dimanches soir*
6376. Alfred Hayes	*Une jolie fille comme ça*
6377. Hédi Kaddour	*Les Prépondérants*
6378. Jean-Marie Laclavetine	*Et j'ai su que ce trésor était pour moi*
6379. Patrick Lapeyre	*La Splendeur dans l'herbe*
6380. J.M.G. Le Clézio	*Tempête*
6381. Garance Meillon	*Une famille normale*
6382. Benjamin Constant	*Journaux intimes*
6383. Soledad Bravi	*Bart is back*
6384. Stephanie Blake	*Comment sauver son couple en 10 leçons (ou pas)*
6385. Tahar Ben Jelloun	*Le mariage de plaisir*
6386. Didier Blonde	*Leïlah Mahi 1932*
6387. Velibor Čolić	*Manuel d'exil. Comment réussir son exil en trente-cinq leçons*
6388. David Cronenberg	*Consumés*
6389. Éric Fottorino	*Trois jours avec Norman Jail*
6390. René Frégni	*Je me souviens de tous vos rêves*
6391. Jens Christian Grøndahl	*Les Portes de Fer*

6392. Philippe Le Guillou — *Géographies de la mémoire*
6393. Joydeep Roy-Bhattacharya — *Une Antigone à Kandahar*
6394. Jean-Noël Schifano — *Le corps de Naples. Nouvelles chroniques napolitaines*
6395. Truman Capote — *New York, Haïti, Tanger et autres lieux*
6396. Jim Harrison — *La fille du fermier*
6397. J.-K. Huysmans — *La Cathédrale*
6398. Simone de Beauvoir — *Idéalisme moral et réalisme politique*
6399. Paul Baldenberger — *À la place du mort*
6400. Yves Bonnefoy — *L'écharpe rouge* suivi de *Deux scènes et notes conjointes*
6401. Catherine Cusset — *L'autre qu'on adorait*
6402. Elena Ferrante — *Celle qui fuit et celle qui reste. L'amie prodigieuse III*
6403. David Foenkinos — *Le mystère Henri Pick*
6404. Philippe Forest — *Crue*
6405. Jack London — *Croc-Blanc*
6406. Luc Lang — *Au commencement du septième jour*
6407. Luc Lang — *L'autoroute*
6408. Jean Rolin — *Savannah*
6409. Robert Seethaler — *Une vie entière*
6410. François Sureau — *Le chemin des morts*
6411. Emmanuel Villin — *Sporting Club*
6412. Léon-Paul Fargue — *Mon quartier et autres lieux parisiens*
6413. Washington Irving — *La Légende de Sleepy Hollow*
6414. Henry James — *Le Motif dans le tapis*
6415. Marivaux — *Arlequin poli par l'amour et autres pièces en un acte*
6417. Vivant Denon — *Point de lendemain*
6418. Stefan Zweig — *Brûlant secret*
6419. Honoré de Balzac — *La Femme abandonnée*
6420. Jules Barbey d'Aurevilly — *Le Rideau cramoisi*

6421.	Charles Baudelaire	*La Fanfarlo*
6422.	Pierre Loti	*Les Désenchantées*
6423.	Stendhal	*Mina de Vanghel*
6424.	Virginia Woolf	*Rêves de femmes. Six nouvelles*
6425.	Charles Dickens	*Bleak House*
6426.	Julian Barnes	*Le fracas du temps*
6427.	Tonino Benacquista	*Romanesque*
6428.	Pierre Bergounioux	*La Toussaint*
6429.	Alain Blottière	*Comment Baptiste est mort*
6430.	Guy Boley	*Fils du feu*
6431.	Italo Calvino	*Pourquoi lire les classiques*
6432.	Françoise Frenkel	*Rien où poser sa tête*
6433.	François Garde	*L'effroi*
6434.	Franz-Olivier Giesbert	*L'arracheuse de dents*
6435.	Scholastique Mukasonga	*Cœur tambour*
6436.	Herta Müller	*Dépressions*
6437.	Alexandre Postel	*Les deux pigeons*
6438.	Patti Smith	*M Train*
6439.	Marcel Proust	*Un amour de Swann*
6440.	Stefan Zweig	*Lettre d'une inconnue*
6441.	Montaigne	*De la vanité*
6442.	Marie de Gournay	*Égalité des hommes et des femmes* et autres textes
6443.	Lal Ded	*Dans le mortier de l'amour j'ai enseveli mon cœur...*
6444.	Balzac	*N'ayez pas d'amitié pour moi, j'en veux trop*
6445.	Jean-Marc Ceci	*Monsieur Origami*
6446.	Christelle Dabos	*La Passe-miroir, Livre II. Les disparus du Clairdelune*
6447.	Didier Daeninckx	*Missak*
6448.	Annie Ernaux	*Mémoire de fille*
6449.	Annie Ernaux	*Le vrai lieu*
6450.	Carole Fives	*Une femme au téléphone*
6451.	Henri Godard	*Céline*
6452.	Lenka Horňáková-Civade	*Giboulées de soleil*

6453.	Marianne Jaeglé	*Vincent qu'on assassine*
6454.	Sylvain Prudhomme	*Légende*
6455.	Pascale Robert-Diard	*La Déposition*
6456.	Bernhard Schlink	*La femme sur l'escalier*
6457.	Philippe Sollers	*Mouvement*
6458.	Karine Tuil	*L'insouciance*
6459.	Simone de Beauvoir	*L'âge de discrétion*
6460.	Charles Dickens	*À lire au crépuscule et autres histoires de fantômes*
6461.	Antoine Bello	*Ada*
6462.	Caterina Bonvicini	*Le pays que j'aime*
6463.	Stefan Brijs	*Courrier des tranchées*
6464.	Tracy Chevalier	*À l'orée du verger*
6465.	Jean-Baptiste Del Amo	*Règne animal*
6466.	Benoît Duteurtre	*Livre pour adultes*
6467.	Claire Gallois	*Et si tu n'existais pas*
6468.	Martha Gellhorn	*Mes saisons en enfer*
6469.	Cédric Gras	*Anthracite*
6470.	Rebecca Lighieri	*Les garçons de l'été*
6471.	Marie NDiaye	*La Cheffe, roman d'une cuisinière*
6472.	Jaroslav Hašek	*Les aventures du brave soldat Švejk*
6473.	Morten A. Strøksnes	*L'art de pêcher un requin géant à bord d'un canot pneumatique*
6474.	Aristote	*Est-ce tout naturellement qu'on devient heureux ?*
6475.	Jonathan Swift	*Résolutions pour quand je vieillirai et autres pensées sur divers sujets*
6476.	Yājñavalkya	*Âme et corps*
6477.	Anonyme	*Livre de la Sagesse*
6478.	Maurice Blanchot	*Mai 68, révolution par l'idée*
6479.	Collectif	*Commémorer Mai 68 ?*
6480.	Bruno Le Maire	*À nos enfants*
6481.	Nathacha Appanah	*Tropique de la violence*

6482. Erri De Luca	*Le plus et le moins*
6483. Laurent Demoulin	*Robinson*
6484. Jean-Paul Didierlaurent	*Macadam*
6485. Witold Gombrowicz	*Kronos*
6486. Jonathan Coe	*Numéro 11*
6487. Ernest Hemingway	*Le vieil homme et la mer*
6488. Joseph Kessel	*Première Guerre mondiale*
6489. Gilles Leroy	*Dans les westerns*
6490. Arto Paasilinna	*Le dentier du maréchal, madame Volotinen et autres curiosités*
6491. Marie Sizun	*La gouvernante suédoise*
6492. Leïla Slimani	*Chanson douce*
6493. Jean-Jacques Rousseau	*Lettres sur la botanique*
6494. Giovanni Verga	*La Louve et autres récits de Sicile*
6495. Raymond Chandler	*Déniche la fille*
6496. Jack London	*Une femme de cran* et autres nouvelles
6497. Vassilis Alexakis	*La clarinette*
6498. Christian Bobin	*Noireclaire*
6499. Jessie Burton	*Les filles au lion*
6500. John Green	*La face cachée de Margo*
6501. Douglas Coupland	*Toutes les familles sont psychotiques*
6502. Elitza Gueorguieva	*Les cosmonautes ne font que passer*
6503. Susan Minot	*Trente filles*
6504. Pierre-Etienne Musson	*Un si joli mois d'août*
6505. Amos Oz	*Judas*
6506. Jean-François Roseau	*La chute d'Icare*
6507. Jean-Marie Rouart	*Une jeunesse perdue*
6508. Nina Yargekov	*Double nationalité*
6509. Fawzia Zouari	*Le corps de ma mère*
6510. Virginia Woolf	*Orlando*
6511. François Bégaudeau	*Molécules*
6512. Élisa Shua Dusapin	*Hiver à Sokcho*

6513. Hubert Haddad	*Corps désirable*
6514. Nathan Hill	*Les fantômes du vieux pays*
6515. Marcus Malte	*Le garçon*
6516. Yasmina Reza	*Babylone*
6517. Jón Kalman Stefánsson	*À la mesure de l'univers*
6518. Fabienne Thomas	*L'enfant roman*
6519. Aurélien Bellanger	*Le Grand Paris*
6520. Raphaël Haroche	*Retourner à la mer*
6521. Angela Huth	*La vie rêvée de Virginia Fly*
6522. Marco Magini	*Comme si j'étais seul*
6523. Akira Mizubayashi	*Un amour de Mille-Ans*
6524. Valérie Mréjen	*Troisième Personne*
6525. Pascal Quignard	*Les Larmes*
6526. Jean-Christophe Rufin	*Le tour du monde du roi Zibeline*
6527. Zeruya Shalev	*Douleur*
6528. Michel Déon	*Un citron de Limone* suivi d'*Oublie...*
6529. Pierre Raufast	*La baleine thébaïde*
6530. François Garde	*Petit éloge de l'outre-mer*
6531. Didier Pourquery	*Petit éloge du jazz*
6532. Patti Smith	*« Rien que des gamins ». Extraits de Just Kids*
6533. Anthony Trollope	*Le Directeur*
6534. Laura Alcoba	*La danse de l'araignée*
6535. Pierric Bailly	*L'homme des bois*
6536. Michel Canesi et Jamil Rahmani	*Alger sans Mozart*
6537. Philippe Djian	*Marlène*
6538. Nicolas Fargues et Iegor Gran	*Écrire à l'élastique*
6539. Stéphanie Kalfon	*Les parapluies d'Erik Satie*
6540. Vénus Khoury-Ghata	*L'adieu à la femme rouge*
6541. Philippe Labro	*Ma mère, cette inconnue*
6542. Hisham Matar	*La terre qui les sépare*
6543. Ludovic Roubaudi	*Camille et Merveille*
6544. Elena Ferrante	*L'amie prodigieuse (série tv)*
6545. Philippe Sollers	*Beauté*

6546. Barack Obama — *Discours choisis*
6547. René Descartes — *Correspondance avec Élisabeth de Bohême et Christine de Suède*
6548. Dante — *Je cherchais ma consolation sur la terre...*
6549. Olympe de Gouges — *Lettre au peuple et autres textes*
6550. Saint François de Sales — *De la modestie et autres entretiens spirituels*
6551. Tchouang-tseu — *Joie suprême et autres textes*
6552. Sawako Ariyoshi — *Les dames de Kimoto*
6553. Salim Bachi — *Dieu, Allah, moi et les autres*
6554. Italo Calvino — *La route de San Giovanni*
6555. Italo Calvino — *Leçons américaines*
6556. Denis Diderot — *Histoire de Mme de La Pommeraye* précédé de l'essai *Sur les femmes.*
6557. Amandine Dhée — *La femme brouillon*
6558. Pierre Jourde — *Winter is coming*
6559. Philippe Le Guillou — *Novembre*
6560. François Mitterrand — *Lettres à Anne. 1962-1995. Choix*
6561. Pénélope Bagieu — *Culottées Livre I – Partie 1. Des femmes qui ne font que ce qu'elles veulent*
6562. Pénélope Bagieu — *Culottées Livre I – Partie 2. Des femmes qui ne font que ce qu'elles veulent*
6563. Jean Giono — *Refus d'obéissance*
6564. Ivan Tourguéniev — *Les Eaux tranquilles*
6565. Victor Hugo — *William Shakespeare*
6566. Collectif — *Déclaration universelle des droits de l'homme*
6567. Collectif — *Bonne année ! 10 réveillons littéraires*
6568. Pierre Adrian — *Des âmes simples*
6569. Muriel Barbery — *La vie des elfes*

6570.	Camille Laurens	*La petite danseuse de quatorze ans*
6571.	Erri De Luca	*La nature exposée*
6572.	Elena Ferrante	*L'enfant perdue. L'amie prodigieuse IV*
6573.	René Frégni	*Les vivants au prix des morts*
6574.	Karl Ove Knausgaard	*Aux confins du monde. Mon combat IV*
6575.	Nina Leger	*Mise en pièces*
6576.	Christophe Ono-dit-Biot	*Croire au merveilleux*
6577.	Graham Swift	*Le dimanche des mères*
6578.	Sophie Van der Linden	*De terre et de mer*
6579.	Honoré de Balzac	*La Vendetta*
6580.	Antoine Bello	*Manikin 100*
6581.	Ian McEwan	*Mon roman pourpre aux pages parfumées* et autres nouvelles
6582.	Irène Némirovsky	*Film parlé*
6583.	Jean-Baptiste Andrea	*Ma reine*
6584.	Mikhaïl Boulgakov	*Le Maître et Marguerite*
6585.	Georges Bernanos	*Sous le soleil de Satan*
6586.	Stefan Zweig	*Nouvelle du jeu d'échecs*
6587.	Fédor Dostoïevski	*Le Joueur*
6588.	Alexandre Pouchkine	*La Dame de pique*
6589.	Edgar Allan Poe	*Le Joueur d'échecs de Maelzel*
6590.	Jules Barbey d'Aurevilly	*Le Dessous de cartes d'une partie de whist*
6592.	Antoine Bello	*L'homme qui s'envola*
6593.	François-Henri Désérable	*Un certain M. Piekielny*
6594.	Dario Franceschini	*Ailleurs*
6595.	Pascal Quignard	*Dans ce jardin qu'on aimait*
6596.	Meir Shalev	*Un fusil, une vache, un arbre et une femme*
6597.	Sylvain Tesson	*Sur les chemins noirs*
6598.	Frédéric Verger	*Les rêveuses*
6599.	John Edgar Wideman	*Écrire pour sauver une vie. Le dossier Louis Till*
6600.	John Edgar Wideman	*La trilogie de Homewood*

Composition Nord Compo
Impression Maury Imprimeur
45330 Malesherbes
le 13 septembre 2019
Dépôt légal : septembre 2019
1er dépôt légal dans la collection : avril 2019
Numéro d'imprimeur : 239718

ISBN 978-2-07-278295-4 / Imprimé en France.

363397